KB269269

인생의 작은 숙련가를 위한

인생의 작은 숙련가를 위한
감정 사전

인생의 작은 숙련가를 위한
감정 사전

감정 사전

인생의 작은 숙련가를 위한

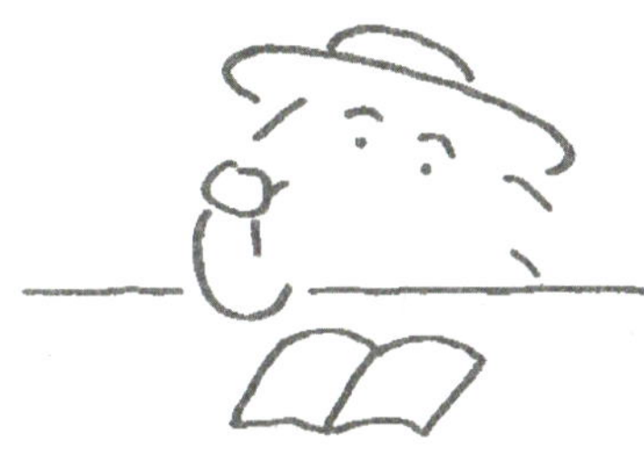

단춤 글·그림

유유히+

감정이라는 건

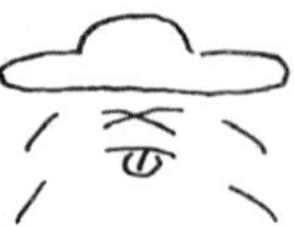
입천장을 다 데어버렸다

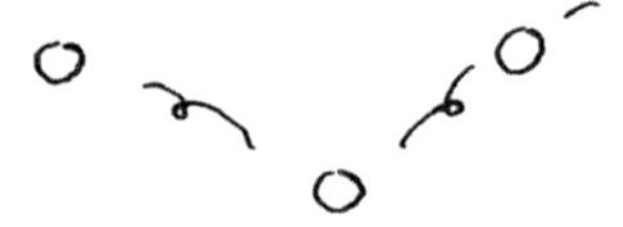
작게 튀어도 저 멀리
날아가버리는 탱탱볼 같아서

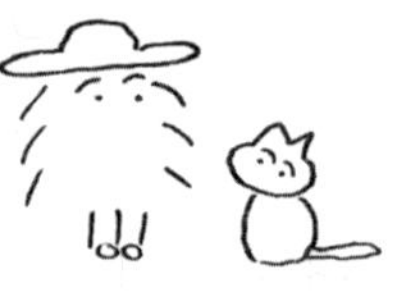
감정 곁엔 늘 시간이 붙었다

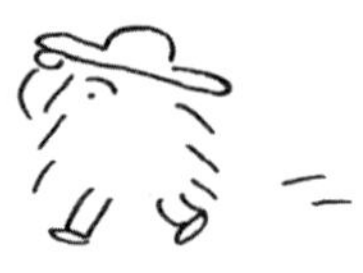
항상 뒤따라 다녔고

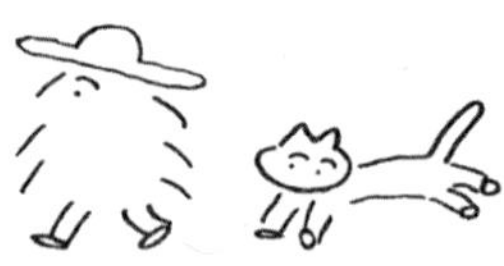
멈추길 기다려야 하고

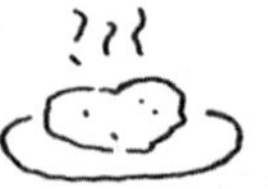
너무 뜨거워
먹을 수 없는 감자 같아서

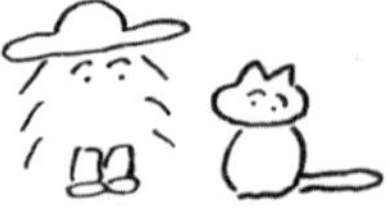
식어가길 기다려야 하는

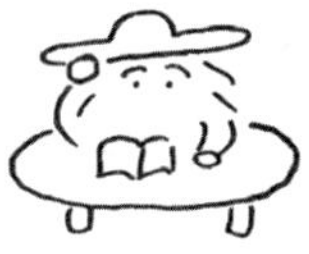

다만 살아가는 일에
기력이 다할 때마다

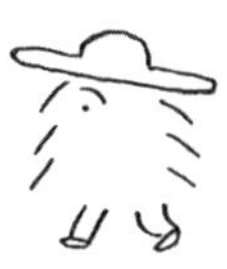

우리가 서로 멀어지면서

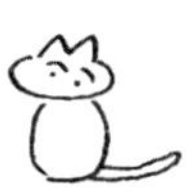

시간은 부족했고

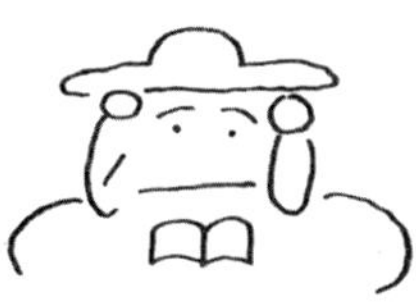

한때 따뜻하던 것이

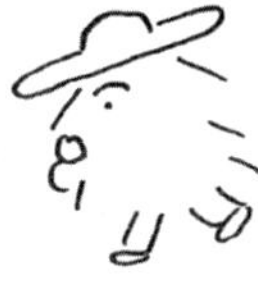

눈앞의 것을 쫓느라

바스락거리며 메말라갔다

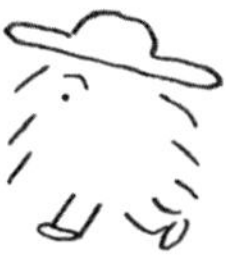

뒤따르는 마음을
눈여겨볼 수가 없었다

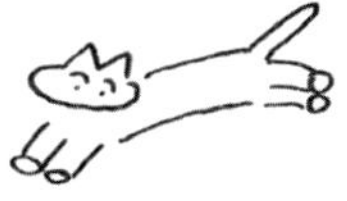

걸음에 밟힌 마음들이
낙엽처럼 바스라졌다

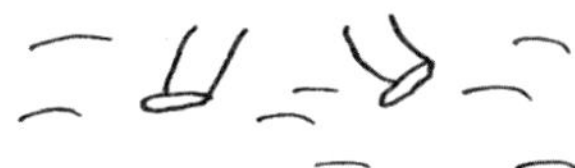

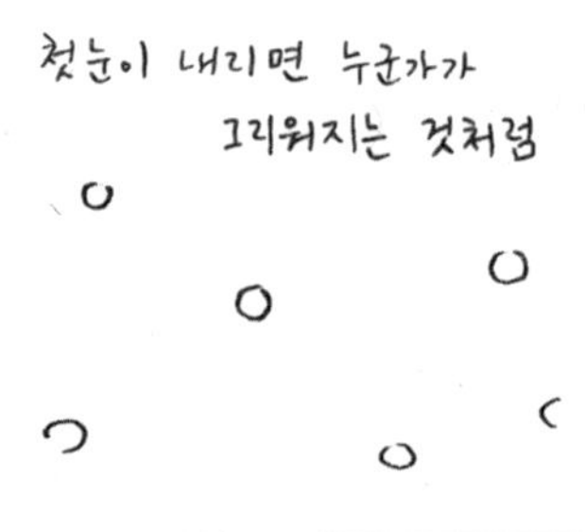

첫눈이 내리면 누군가가
그리워지는 것처럼

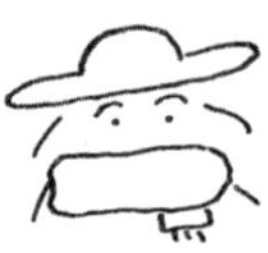

그 마음이 누군가를

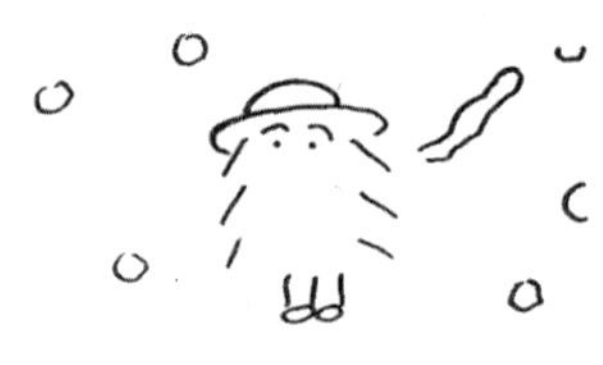

찬바람이 불기 시작할 때면

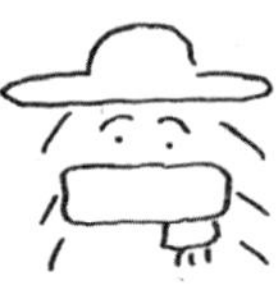

그리워하는 것이라
생각했는데

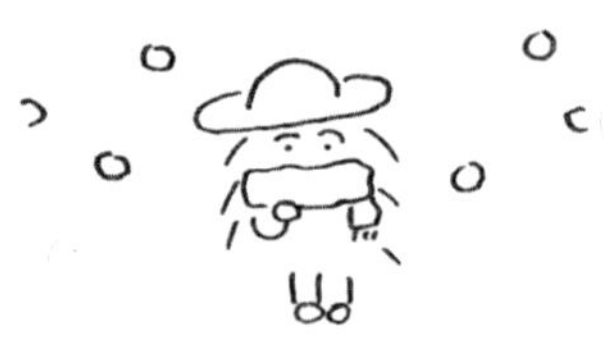

매년 약속한 것마냥

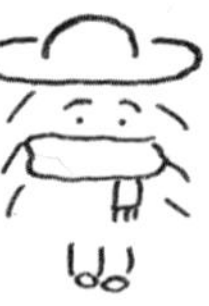

아니 그보다도 더 그립던 건

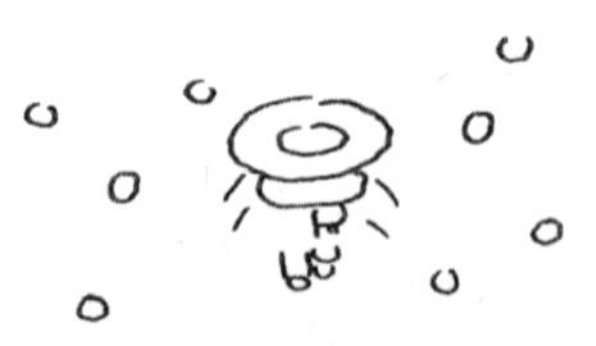

그리움에 시름시름 앓아갔다

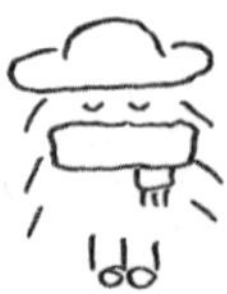

한때 나의 것이었던
바스라져버린 감정이었던 것

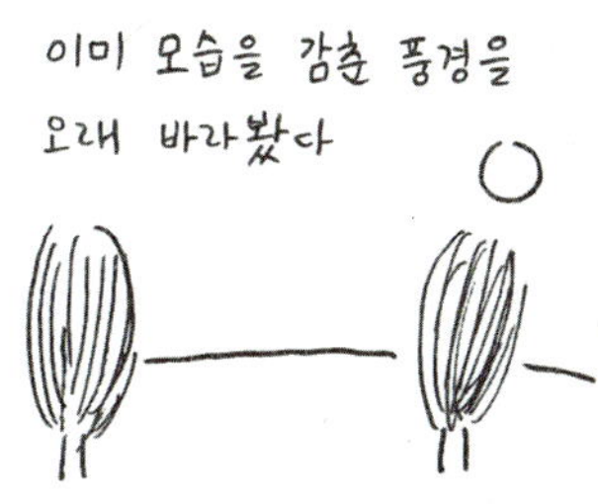

이미 모습을 감춘 풍경을
오래 바라봤다

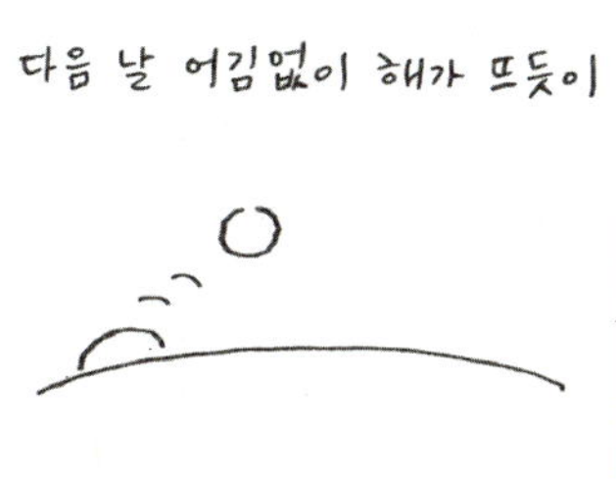

다음 날 어김없이 해가 뜨듯이

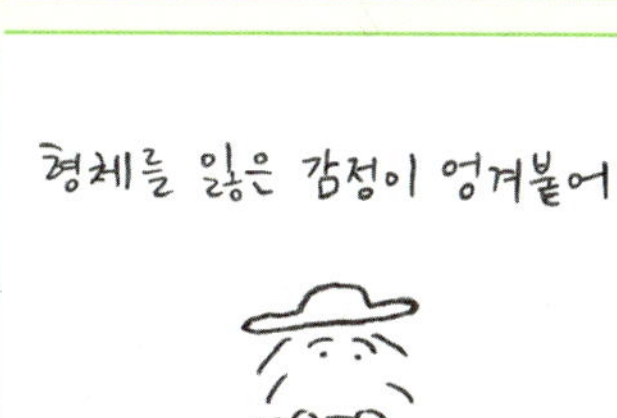

형체를 잃은 감정이 엉겨붙어

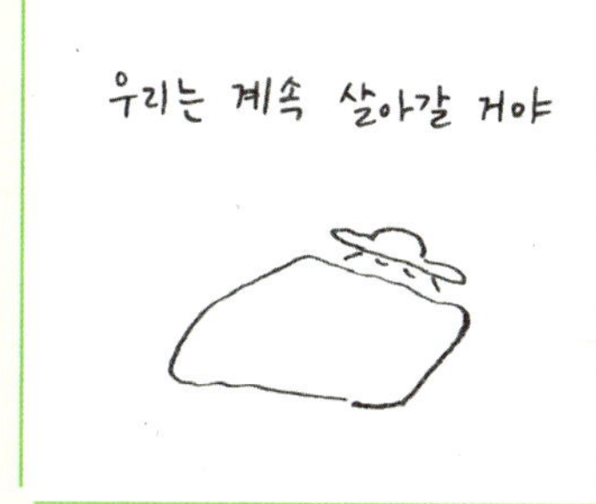

우리는 계속 살아갈 거야

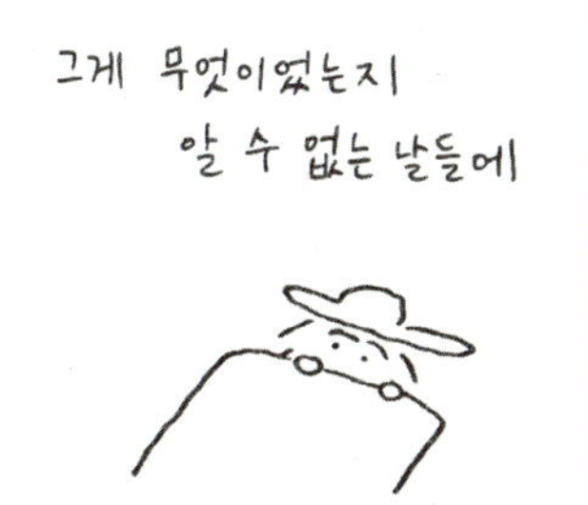

그게 무엇이었는지
알 수 없는 날들에

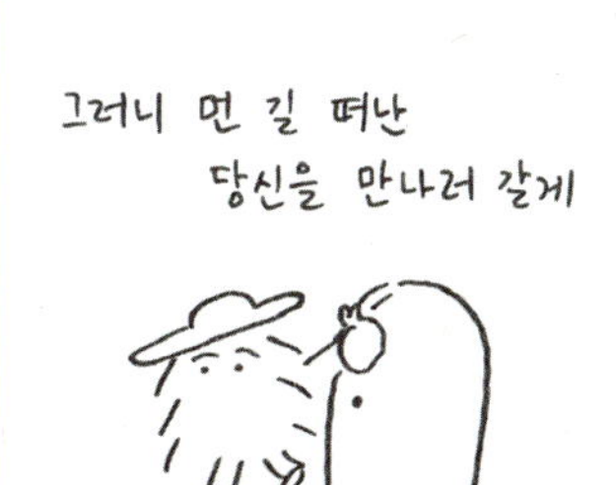

그러니 먼 길 떠난
당신을 만나러 갈게

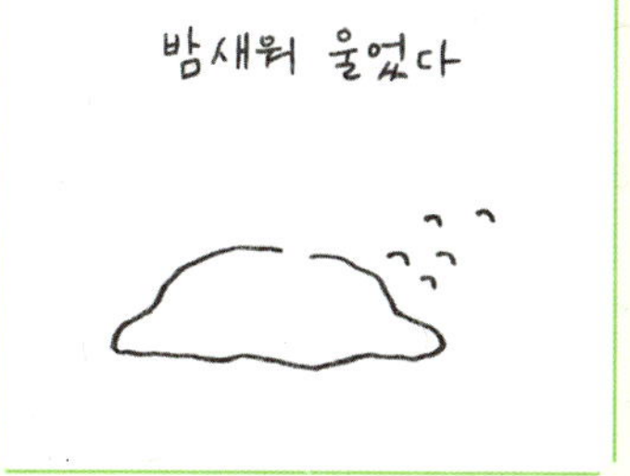

밤새워 울었다

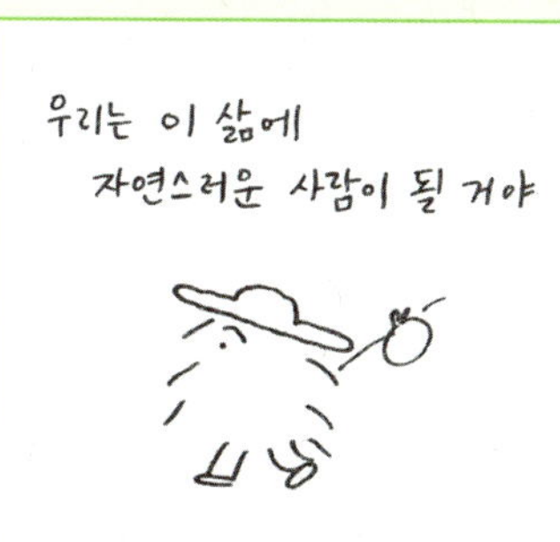

우리는 이 삶에
자연스러운 사람이 될 거야

차례

1부

나만의 속도를 찾아서

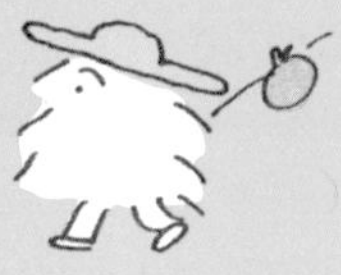

가볍다

지나고 있는 달의 마지막 날이

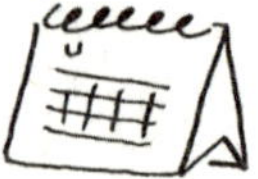

음푹 파인 뼈 사이를 만지고

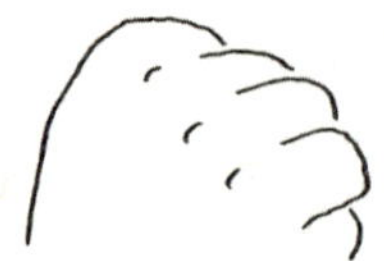

홀수인지 짝수인지

높이 솟아오른 능선을

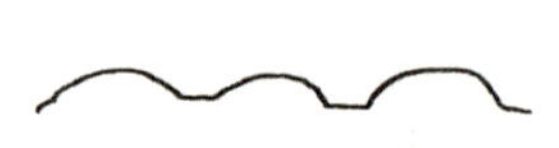

주먹을 쥐어

손가락으로 오르락 내리락 하며

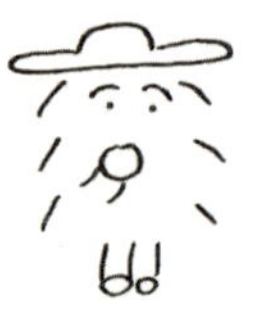

듬성듬성 솟아오른 뼈를 만진다

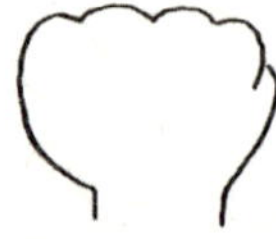

오늘에 도착해

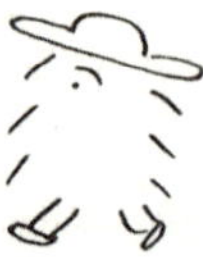

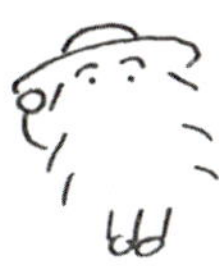

이 계절을 지내고 있음을
실감할 때마다

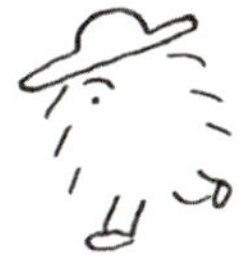

다만 드물게 펼쳐진 길 앞에서

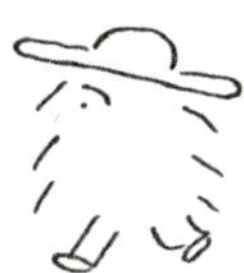

내 발은 왜인지 모르게
가벼워졌다

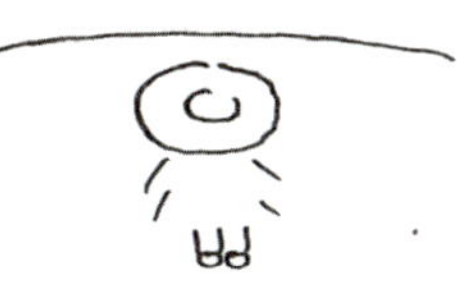

나는 자주 방황했다

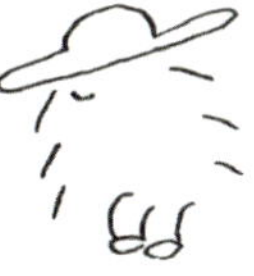

가벼워진 발은 어디든

드디어
자유로워졌다고 생각했는데

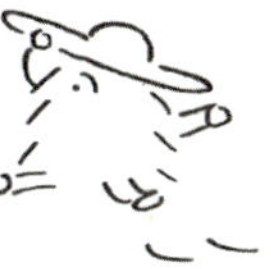

폴짝폴짝 뛰어갈 수 있어

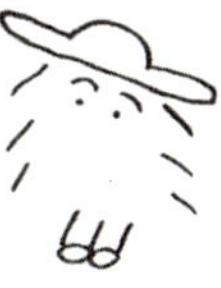

무엇을 두려워하고 있는지

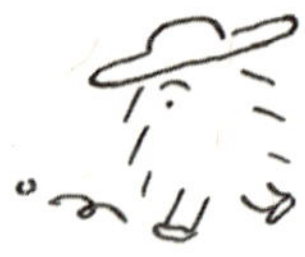
괜히 하릴없이 딴지를 건다

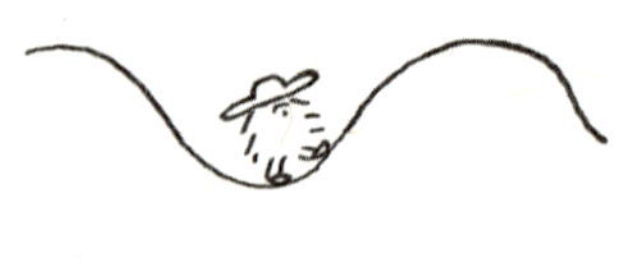
물결치듯 흘러갈 굴곡 앞에서

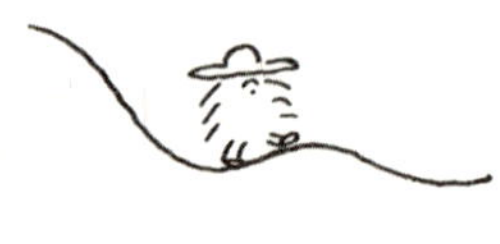
언제든 익숙해지지 않는

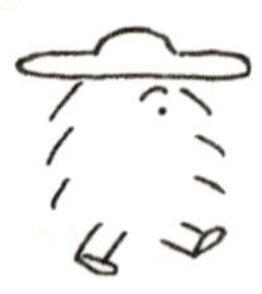
이 계절 앞에서

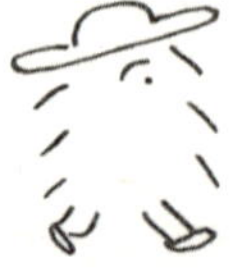

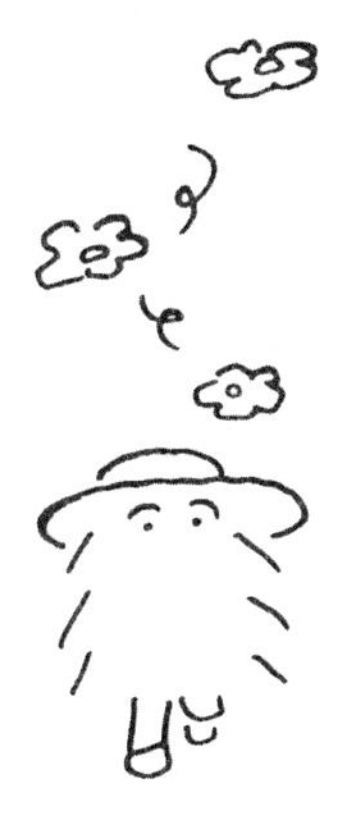

가볍다

 마음이 홀가분하고 경쾌하다

 놓친 것들로 인해 여기저기 흩날리게 되어 자유롭다

눈부시게 피어 있는 벚꽃을 바라보기 어려울 때가 있지. 금방 사라져버릴 것들을 누리고 품에 안아야만 할 것 같은데… 뻥 뚫린 내 마음 사이로 놓치지 말아야 할 것들을 놓친 기분이 든다. 마음에 뚫린 구멍만큼 나는 무척이나 가벼운 사람이 된다.

마음이 가벼워지면 계속 붕붕 뜨게 돼. 땅에 발을 붙이고 살아야 하는데 하릴없이 어딘가를 맴돌려 한다. 계속해서 어딘가로 향하려 해. 내가 살지 않는 곳으로, 내가 살 수 없는 곳으로 떠나려 했다. 끝이 없는 광야를 두려워하는 이가, 밤하늘의 어둠이 자신을 삼킬 것만 같아 두려워하는 이가 자유를 손에 쥐었을 때 과연 무얼 할 수 있을까.

갈피를 잡지 못하고 어디로도 향할 수 없어 큰 나무 곁에 앉아 쉬어간다. 나무가 바람을 맞으며 큰 소리로 몸을 털어낸다. 푸스스, 나뭇잎들이 부딪히며 저마다 소리를 낸다. 눈을 감고 있으면 마치 바다 앞에 도착한 기분이야. 나뭇잎이 부딪히는 소리가 마치 하얀 포말을 일으키며 부서지는 파도 소리처럼 들려온다. 이리저리 흩날리는 나뭇잎을 따라 파도가 일제히 일렁인다. 부드러운 포말이 발끝을 간지럽힌다. 사르르 녹아 사라져버린 거품을 발등에 얹기 위해

한 발 더 나아가, 발목에 막혀 돌아가는 파도를 지켜본다. 발등을 지나 내 그림자까지 닿은 파도가 다시 바다로 돌아갈 즈음에 살살 발목을 끌어당기듯 잡는다. 들어갔다 나오길 멈추지 않는 파도가 연신 움직이며 손짓한다. 발을 옮기려는 찰나 누군가가 "바다에 들어가지 말렴, 파도가 너를 잡아갈 거란다" 하고 다정히 소리쳤다. 퍼뜩 정신을 차리고 뒷걸음질로 파도에게서 멀어졌다. 내가 무엇을 두려워하고 있는지, 명확하게 알고 싶었지만 그럴 수 없었다.

서서히 감았던 눈을 떴다. 잠깐 잠이 들었던 것 같아.

마음에 난 구멍 사이로 낭만이, 다정이, 사랑이 흘러가버려 나에게 남은 것이 없다는 생각이 들자 몸은 물을 머금은 솜처럼 무거워진다. 무거운 발걸음을 옮겨 길을 걷는다. 불어온 바람에 꽃잎이 머리카락에 붙었다 떨어지더니 눈가에 머물렀다.

고개를 들어 올려다보니 햇빛 사이로 가지를 뻗은 벚나무가 눈에 들어와. 나도 모르게 활짝 웃어버렸다. 아주 작은 꽃잎 하나가 나를 미소 짓게 했다. 그 미소는 약간의 여유를 불러와 금방 사라져버릴 것 같아 조급해하는 마음을 멈춰 세웠다. 천천히 벚나무 밑을 걸었다. 흩날리며 낙화하는 꽃잎이 시린 마음의 구멍을 채운다. 눈을 감고 나는 이 바람을 기억하려 애썼다.

자유롭다. 아주 짧은 그 순간, 나는 두렵지 않은 사람이 되었다.

고독하다

고독하다는 것은
혼자가 되는 일

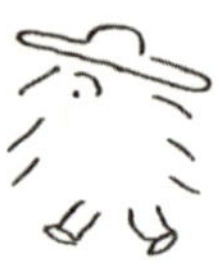

결국엔 혼자가 되었네

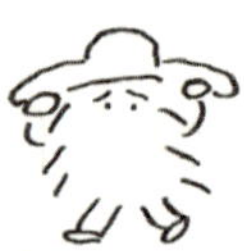

혼자가 된다는 사실은
두려운 동시에

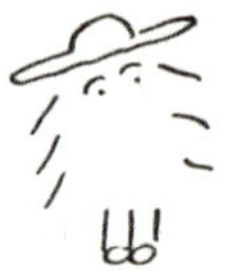

드디어 혼자가 되었네

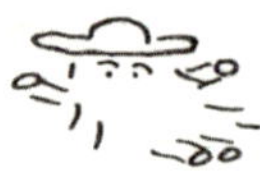

홀가분해지는
일이기도 했습니다

적막만이 맴도는 이곳에

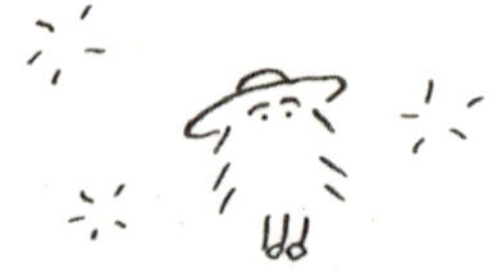

부유하는 것들을 지켜본다

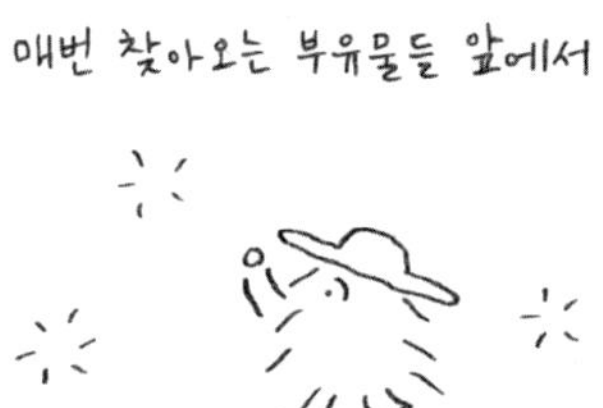

매번 찾아오는 부유물들 앞에서

매번 다른 모습으로

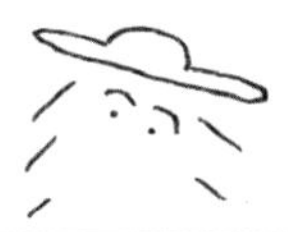

이대로
　　낯선 사람이 될까 봐

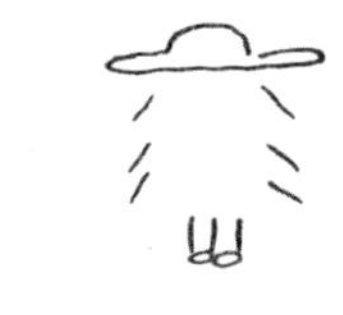

처음 만나는 사람처럼

이내 숨죽이게 된다

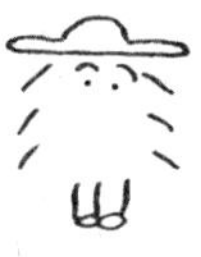

마침내 혼자가 된 시간을

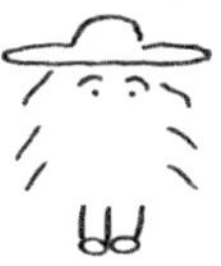

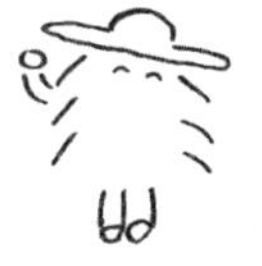

어색하게 반긴다

고독하다

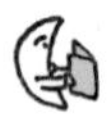 세상에 홀로 떨어져 있는 듯이 매우 외롭고 쓸쓸하다

 이방인이 되어 초대받지 못한 기분이 들다

여름비가 오고 난 뒤, 우거진 숲속에 들어가면 아무 소리도 들리지 않는다. 저벅거리며 풀을 밟는 소리는 나의 소리인지 너의 소리인지 모를 정도로 얇아지고 새의 작은 날갯짓에도 흠칫 놀라게 된다. 열 걸음에 한 번씩 뒤를 돌아봤다. 얼마 오지 않았는데 입구는 저 멀리 그림자 속에 숨어버렸다. 길을 헤맬까 두려워하며 걸음을 옮긴다.

한창 땀을 흘리는 여름인데도 앞서 걸어간 사람들이 만든 길 위에 지난 가을의 흔적들이 남아 있다. 낙엽들 사이를 비집고 올라온 새순들은 몸집을 키우며 자신의 세상에 온 것을 환영한다는 듯 웅장하게 길을 막아선다. 손으로 그들을 들어 올리며 몸을 숙인 채 앞으로 나아간다. 눈앞을 오가는 벌레들을 손으로 훠이 훠이 쫓아내며 묵묵히 걸어간다.

이따금 불어오는 바람에 잠시 쉬었다가 다시 걷기를 반복한다. 헉헉거리는 숨소리가 귀에 붙은 것처럼 크게 들린다. 저 멀리 매미가 우는 소리가 들린다. 스피오- 스피오- 같은 음의 소리가 계속 이어지고 또 다른 매미가 이어서 대답한다. 나뭇잎에 부딪힌 울음들이 메아리쳐 마치 내가 소리 안에 갇힌 것만 같다. 순식간에 나의 숨소리는 아주 작아진다. 내가 듣지 못할 정도로. 키가 큰 나무들이 나를 감싸고 바라본다. 이곳에서 나는 초대받지 않은 손님, 온전한 이방인이다. 아름답게 느껴지던 숲이 잠시 동안 내가 모르는 세계가 되어 나를 맞이했다.

소리를 질러도 아무도 오지 않을 것 같다는 생각이 확신으로 바뀌던 순간 두려움과 홀가분함 사이를 오가며 심장이 쿵쿵 크게 뛰기 시작했다. 혼자가 된 나는 빠른 걸음으로 산을 내려왔다. 분명 해가 떠 있는 시간인데도 나무들이 만든 그늘은 어떤 암흑보다도 차가웠다. 그늘 사이로 불어오는 바람에 땀이 식어 한기가 훅 끼쳤다. 나무 틈 사이로 비치는 햇빛을 향해 정신 없이 걷다 보니 어느새 내가 들어왔던 입구가 멀리 보였다. 한여름 햇빛을 온몸으로 받고 나서야 차가웠던 손끝이 따뜻해졌다. 초대받지 못한 기분, 그것은 마치 고독의 생김새와 같았다.

가끔 삶에 초대받지 못한 사람이 된 기분이 들었다. 그런 날엔 사람들이 나를 둘러싸고 있어도 차가운 그늘의 바람이 내 안으로 스며드는 듯했다. 느슨한 긴장감과 안정감이 고요하게 맴돌아 함께 있음에도 마음이 빈 것 같았다. 외로움인가, 공허함일까, 우울함이려나. 그것들과는 다른 이름을 붙여주고 싶었다. 고독하다는 것은 혼자가 되는 일, 삶 속에서 철저한 이방인이 되어 그 안에서의 나를 증명하는 일과 같았다. 나는 나를 증명하기 위해 기어이 혼자가 되기로 했다. 적막 속에 흔들리는 심장의 고동 소리를 따라 걸어가보기로 했다.

낭만적이다

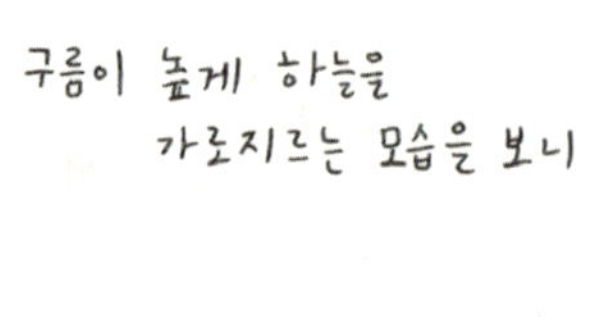

구름이 높게 하늘을
가로지르는 모습을 보니

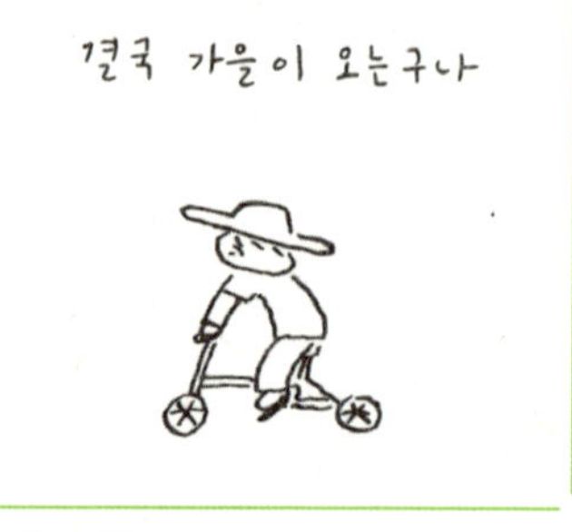

결국 가을이 오는구나

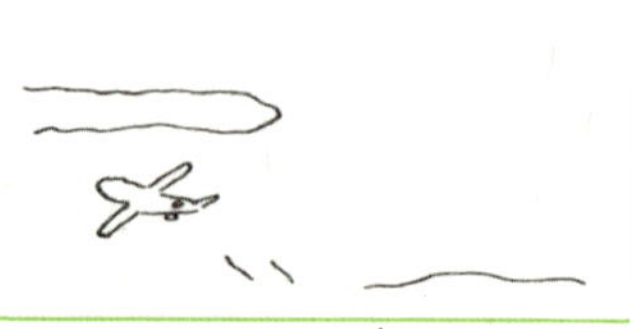

가을이 왔나 봐

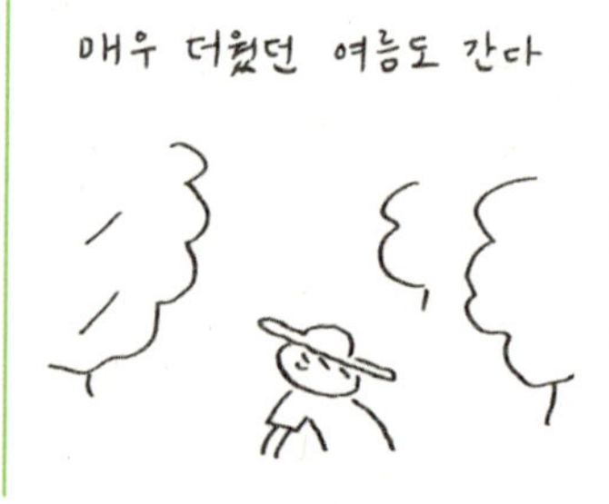

매우 더웠던 여름도 간다

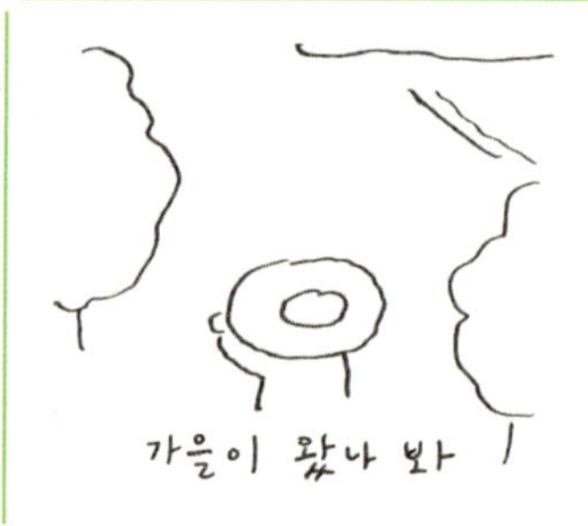

햇빛은 뜨겁고

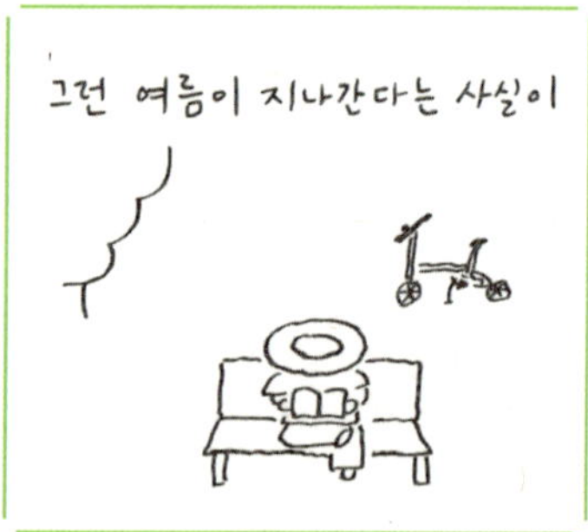

그런 여름이 지나간다는 사실이

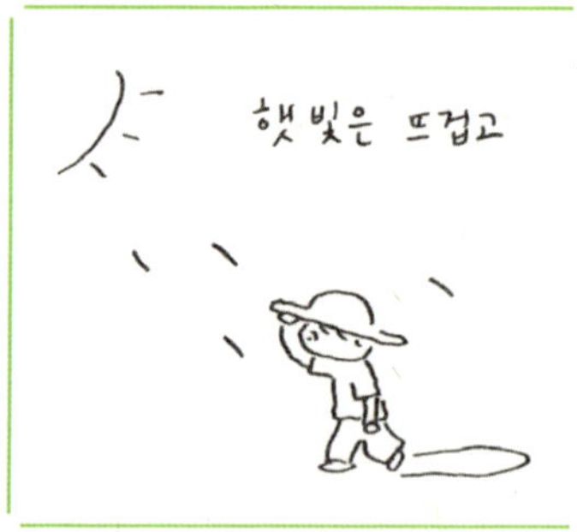

바람은 시원하다

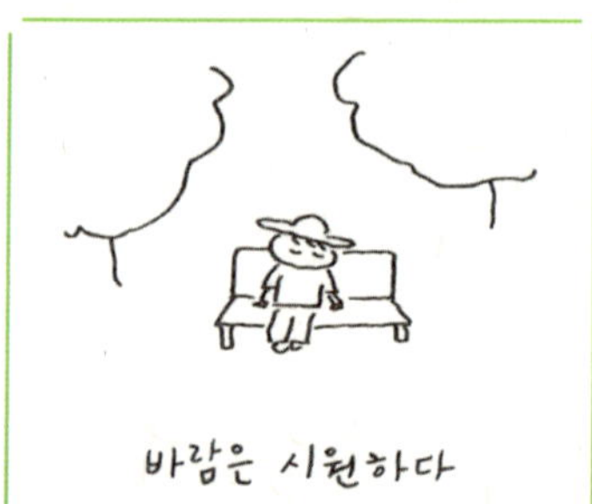

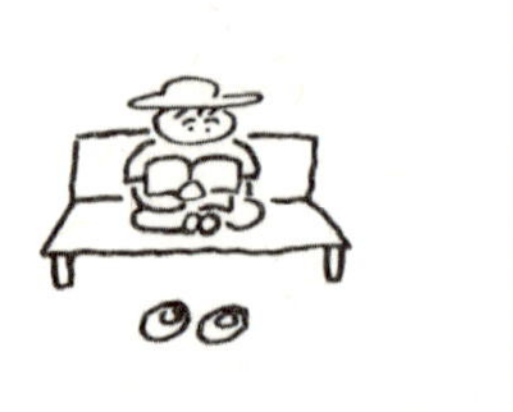

조금은 아쉽게 느껴졌네

어떤 순간은
매우 절망적이었고

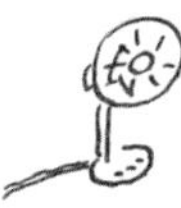

어떤 날엔
매우 행복했던 여름이었다

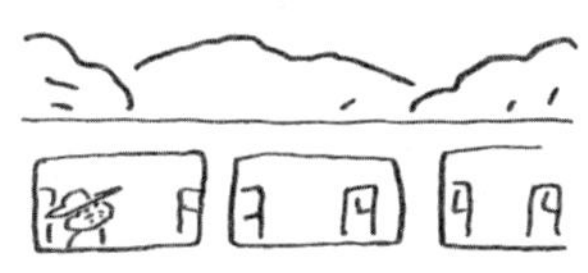

앞으로의 여름도 계절도 내일도

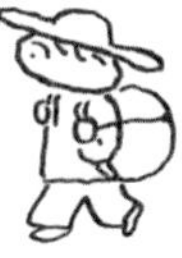

살아 있다는 기분을
벅차게 느끼는 날들이

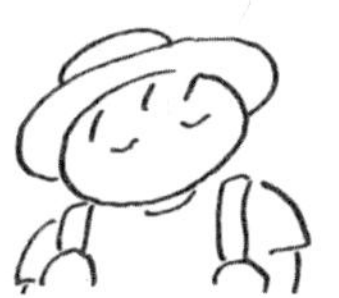

절망과 행복이 함께 하길

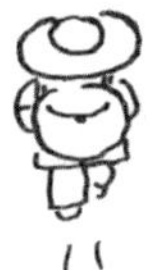

가끔 찾아와주길 바란다

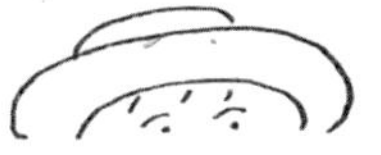

낭만적이다

 현실에 매이지 않고 감상적이고 이상적으로 사물을 대하는 것

 절망과 행복이 전부가 아니라고, 더 큰 세계를 보여주는 순간

우리가 볼 수 없는 달의 뒷모습이 있듯 내가 알고 있던 것들이 전부가 아니라 미처 알지 못한 다른 겹의 세계가 있다는 사실을 알아차렸을 때, 내 앞에 남아 있는 생이 더욱 궁금해졌다. 나는 그것을 낭만이라고 불렀다.

매번 같은 길을 걸어 다니고 똑같은 장면을 마주치면서도 유독 눈가에 아릿하게 다가오는 장면들이 너에게도 있었을까. 어떤 순간이었을지 묻고 싶어.

그런 날이 있잖아, 평소랑 다를 것 없는 일상의 순간이 한 뼘 다르게 느껴질 때. 나는 그런 순간을 낭만이라고 말하고 싶다. 까만 밤하늘에 흰 눈이 펄펄 내리던 날 그 눈을 얼굴로 맞으며 길을 걷던 날이 낭만이었고, 지는 햇살이 만든 아름다운 그늘을 옷 위로 스쳐 담아내는 것도 낭만이었다. 그런 순간에 나는 늘 행복이라는 단어를 연신 내뱉었다. 나에게 낭만은 행복과도 같은 것일까.

그런 날이 있어, 이 순간이 다시 돌아오지 않을 것 같다는 예감이 드는 날. 그런 순간을 처음 느꼈을 때는 늘 마음이 조급해졌다. 이 순간을 최대한 즐겨야 나중에 후회하지 않을 것이라고 애써 더 힘을 쓰곤 해. 낭만과 행복 앞에서는 늘 처음 사랑을 하는 사람처럼 애쓰게 된다. 그런 풋풋한 마음이 담긴 애씀은 이들을 더 소중히 간직해야겠다는 다짐으로 이어져, 잊어버리지 않겠다고 맹세한다. 나는 자주 그런 마음을 담은 낭만을 소중한 사람들에게 선물하고 싶어져. 일상 속 작은 낭만을 심어두고 다음에도 이 낭만을 함께 바라보자고 말하게 된다. 별다를 것 없는 일상을 잠시라도 빛나게 만들어주는 낭만을 바라며 사는 즐거움을, 우리는 오래도록 잊지 않았으면 좋겠다.

간혹 삶이 나에게 보여주는 풍경들은 무척이나 낭만적이어서 마치 영화 속 한 장면이나 소설 속의 한 대목에 있는 듯한 기분이 들게 해. 낭만이라는 단어와 함께라면 쉽게 현실을 벗어날 수 있을 것만 같아. 그런 순간 앞에서 계속 살아가고 싶단 다짐을 해. 사는 것이 녹록하지 않아 절망스러운 날도 있겠지. 그렇지만 선명하게 행복을 노래할 때면 살아있다는 기분에 벅차오르기도 해. 살아간다는 지치는 일 앞에 '그럼에도 불구하고'를 붙이고 좋은 하루였다고 위로하고 싶다.

낭만의 겹을 씌운 눈으로 웃음과 울음이 교차하는 얼굴을 한 채 영원하지 않을 날들을 바라본다. 이런 세계 앞에서 감히 영원을 꿈꾸면서.

모험하다

다른 이가 적어 내려간

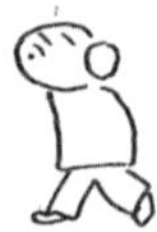

어떤 시선으로
일상을 마주하기에

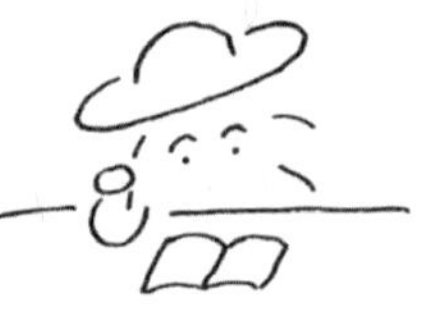

글들을 읽어 가다보면

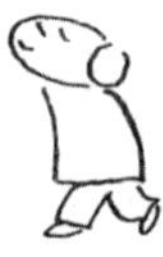

이런 이야기를
써 내려갈 수 있을까

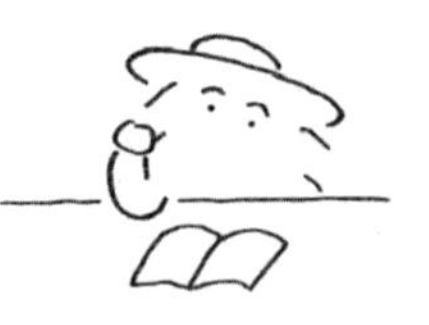

나는 문득 궁금해진다

나는 감히 상상할 수 없어

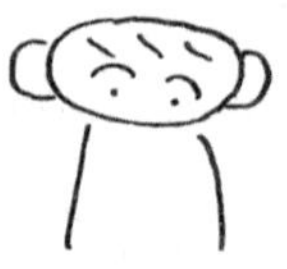

그 주변을 맴돌 뿐이다

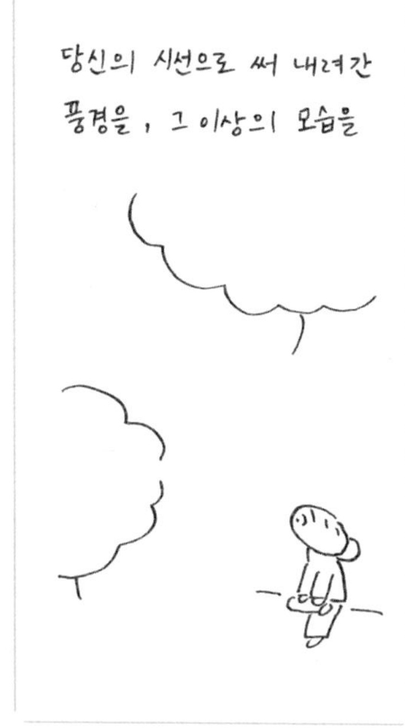
당신의 시선으로 써 내려간
풍경을, 그 이상의 모습을

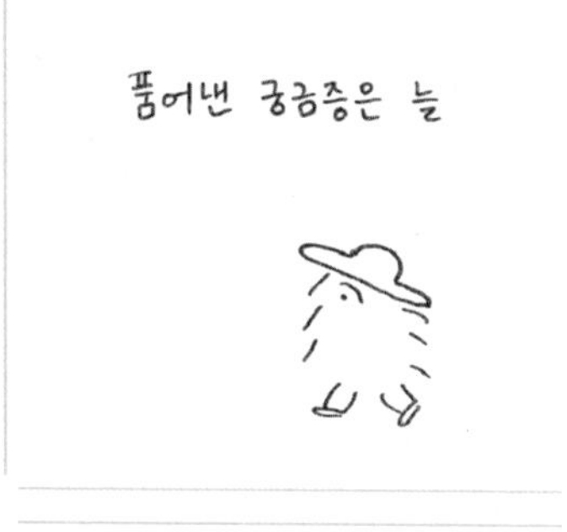
품어낸 궁금증은 늘

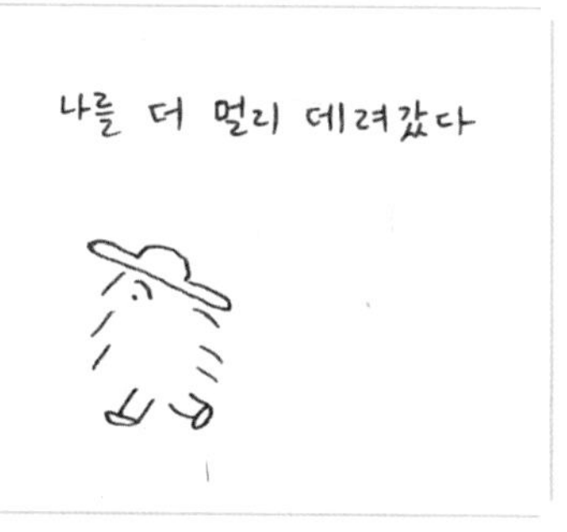
나를 더 멀리 데려갔다

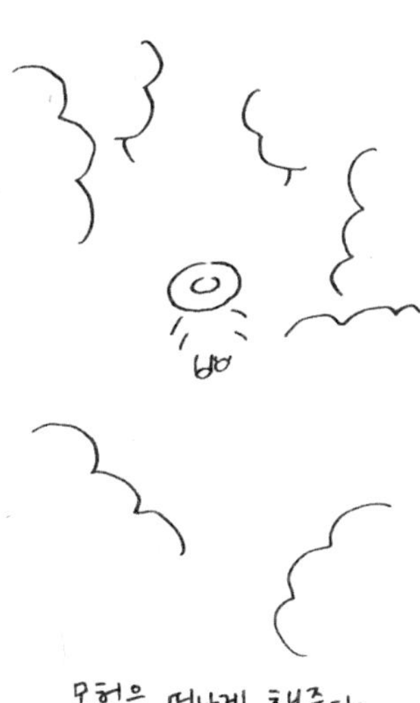
감히 상상도 하지 못한

모험을 떠나게 해준다

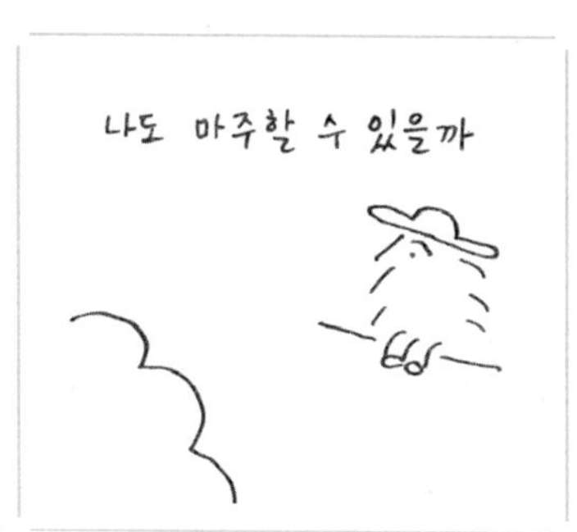
나도 마주할 수 있을까

시간이 흘러
  다시 펼쳐 읽은 문장에

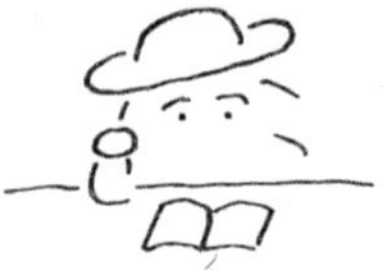

고개를 끄덕여 비로소
  그 의미를 알게 되었을 때

안도의 미소를 지었다

당신의 문장과 나 사이에
  창문이 활짝 열려 있다

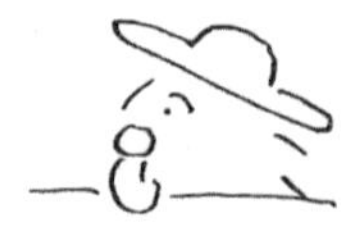

모험하다

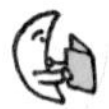 위험을 무릅쓰고 어떠한 일을 하다

 자신만의 지도를 들고 용기 내어 나아가는 일

작년 여름부터 집 근처에서 따릉이를 자주 타기 시작했다. 우체국 혹은 도서관에 가거나 장을 보느라 탔는데 생각보다 자전거의 장점이 많았다. 대여비가 한 시간에 천 원으로 저렴하고 더운 여름엔 걷는 것보다 자전거를 타며 바람을 맞는 쪽이 더 시원했다. 그렇게 잘 이용하다가 나의 자전거를 구입하기에 이르렀고, 그 계기로 자전거는 나의 취미 생활로 변화했다.

집 주변 천에는 잘 정비된 자전거 길이 있다. 그곳을 따라 자전거를 타는 건 어려운 일이 아니었지만 이 작은 모험은 곧 큰 위기를 맞이했다. 더 이상 자전거 길이 없는 곳부터는 도로로 나가야 했던 것이다. 도로 옆에도 자전거 길이 있었지만, 자동차 신호와 함께 도로를 횡단하는 건 위험해 보였다. 자전거 신호등이 따로 마련돼 있다면 좋으련만, 내가 지나다니는 길엔 오직 자동차 신호만 있어 좌회전하는 차량을 주의하며 건너야 했다. 자칫하면 자동차와 부딪힐 수도 있는 두려움에 나는 그곳을 피해 늘 다니던 길로만 자전거를 타고 다녔다. 그저 지도 앱으로 위성사진을 관찰하며 이곳을 과연 내가 건널 수 있을지 재고 있을 뿐이었다.

위성사진만 관찰한 지 며칠이 지났으려나. 점심을 먹고 작업을 하던 도중 갑

자기 그런 생각이 들었다.

'자전거를 끌고 도로를 건너볼까. 할 수 있지 않을까.'

생각이 끝나는 동시에 옷을 갈아입고 천의 끝자락까지 달려갔다. 곧이어 청계천으로 이어지는, 자동차 도로 옆 자전거 도로를 달렸다. 그러고 나니 늘 보던 풍경이 아닌 새로운 풍경이 펼쳐졌다.

천을 바로 옆에 두고 달릴 때는 지나가는 사람들이나 오리들과 눈높이가 맞았는데 다리 위로 올라오니 청계천이 한눈에 내려다보였다. 강물은 오후의 따스한 빛을 받아 반짝였고 사람들이 천천히 걷는 모습이 눈에 담겼다. 높은 나무에서 쉬고 있는 왜가리를 만나기도 했다. 용기 내어 내딛은 모험의 풍경은 아름다웠다.

얼마나 달렸을까. 이윽고 내가 두려워하던 신호등에 가까워졌다. 자동차 신호등에 맞춰 출발하면 된다는 것을 알면서도 괜히 불안했고 긴장 탓에 배가 살살 아팠다. 다행히도 신호를 기다리는 자전거가 한 대 더 있었다. 그와 함께 첫 신호등 건너기를 무사히 마쳤다. 오히려 내가 쭈뼛거리지 않고 과감하게 나아가야 자동차가 날 피해간다는 사실도 깨달으며 힘차게 페달을 밟아 나섰다. 그렇게 나의 첫 모험은 성공으로 끝났다. 페달을 신나게 밟으며 얼굴에 닿는 바람을 기쁘게 누렸다. 두려움은 이내 간지러운 산들바람이 되어 가볍게 내 어깨를 벗어났다. 다시 돌아오는 길에도 신호에 맞춰 안전하게 건너 집으로 귀가했다.

모험의 크기와 중요도는 상관없다. 새로운 것을 발견하면 용기 내어 시도해보자. 가지고 있는 지도의 영역을 확장시키는 순간은 마치 모험가가 된 듯한 기분을 느끼게 해준다. 목표를 이루기 위해 모험을 떠나거나 미지의 세계로 탐험을 떠나는 만화 영화 속 주인공처럼 우리도 울타리의 경계를 넓혀가며 조금씩 매일의 모험을 이어나가자.

앞으로 어떤 크고 작은 모험이 기다리고 있을까. 기다림과 동시에 그 앞에서 굳어버리는 나를 상상한다. 어떠한 결말을 맞이할지 모른 채 나아가는 일. 늘 기쁘지도 늘 슬프지도 않을 것이다. 다만 조금 위안이 되는 건 모든 모험 속 주인공이 그렇듯 우리는 늘 완벽하지 않다는 사실이다. 어쩌면 매번 다른 모험 앞에서 익숙해지지 않은 채 여러 차례 시행착오를 겪을 수도 있다. 누구나 겪을 수 있는 일일 뿐이다. 새로운 모험에서 저지르는 실수들을 부디 자책하지 않고 천천히 보듬어갔으면 좋겠다. 누군가 앞서 겪은 모험담을 들으며 눈을 반짝일 사람들이 부디 자신만의 지도를 들고서 계속 나아갔으면 좋겠다. 그 여정에서 당신도 몰랐던 새로운 모습을 찾아가기를.

반복하다

처음 겪는 마음과
감정을 찾아가면서

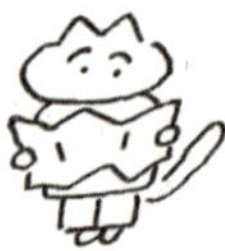

정확한 끝이
어디인지도 모르는 채

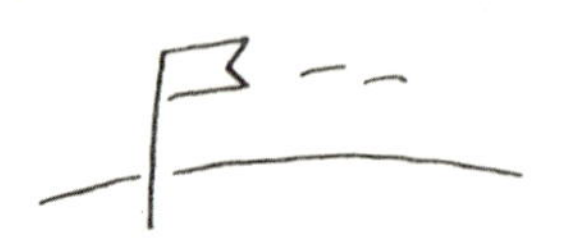

우리는 완성되지 않은
하루를 반복한다

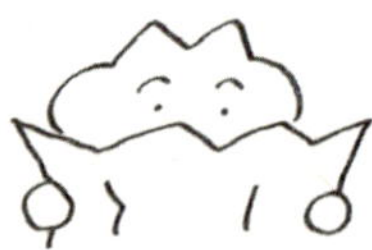

도달하려 노력하는 것이
무슨 의미가 있을까

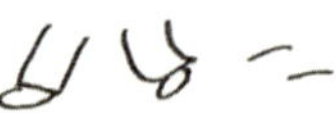

어느 날엔 반짝이는 빛을

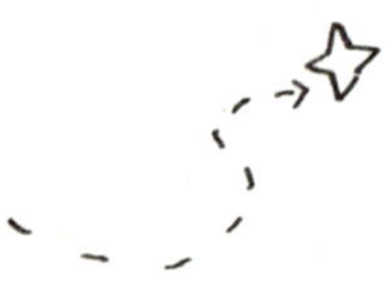

의문을 가지며 혼란스럽겠지만

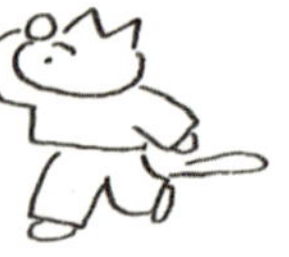

어느 날엔 막다른 길을

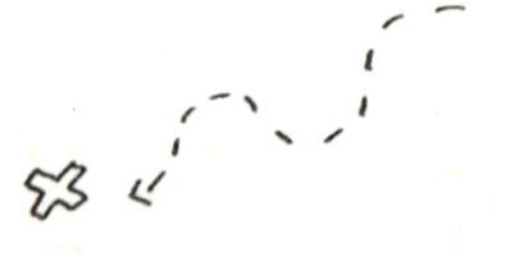

확답할 수 없는
불확실함들이 모여

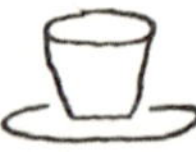

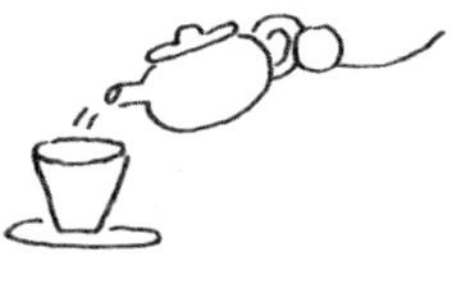

우리는 완성될 것이다

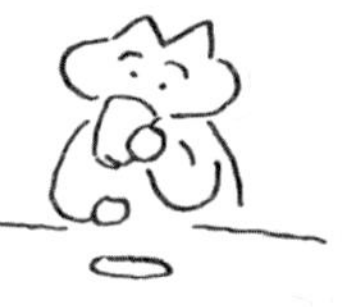

어느 방향으로든 길을 트고

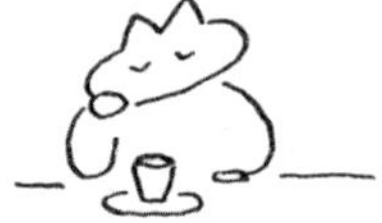

반복이 주는 감각을 맞이하자

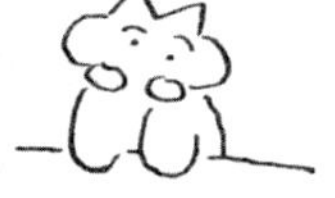

반복은 옅은 희망이 되고
다시 나아갈 용기가 될 것이다

반복하다

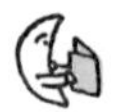 같은 일을 되풀이하다

 미완성이 완성으로 변하는 꾸준한 과정

미술 대학으로 진학한 뒤, 한동안 집 앞에 있는 같은 나무를 그린 적이 있다. 나무를 그린 이유는 참으로 단순했다. 나무를 잘 못 그려서. 똑같은 나무를 바라보며 매번 조금씩 다르게 그려갔다. 누군가는 왜 나무만 그리고 있는지 질문하기도 했고 누군가는 완성되지 않은 그림을 반복하면 무슨 의미가 있는지 물었다. 그 질문에 답을 하려 오랫동안 고심했지만 나무를 반복적으로 그리는 것엔 큰 의미가 없었기에 뾰족한 대답이 나오진 않았다.

그렇게 시간이 흐르는 동안 나무들은 조금씩 자랐고 나는 크게 다르지 않은 비슷한 그림들을 묵묵히 그려냈다. 나무를 그리고, 멈추고, 새로운 종이를 꺼내어 다시 그렸다. 이어지는 작업 과정은 어느새 쌓여 또 하나의 작품이 되었다. 그려간 그림들은 두툼한 두께로 쌓여 손에 잡히는 물성이 되었다.

1년간 나무를 그리는 일은 이어졌다. 반복적으로 그리는 행위는 수행자의 일 같았다. 의미를 찾아가는 일은 반복 안에서 묽게 희석되어 흐려졌고, 묵묵히 쌓아가던 반복은 미완성이 완성으로 변하는 순간이 되었다. 집 앞의 나무를 시작으로, 작품들은 점점 시선의 울타리를 넓혀 나의 일상을 녹여냈다. 순간을 기록하며 그린 미완성의 모습들이 모여 내가 되었다. 벽면을 가득 채운 작품 속 반복의 과정을 지켜본 교수님은 더 이상 의문을 품지 않은 채 수고했다는 말을 전했다. 처음엔 무의미해 보였던 것들이 점점 쌓여갔고, 그렇게 보낸 반복의 순간들은 사라지지 않았다. 나를 응원하는 힘이 되어 무언가를 꾸준히 해도 괜찮다는 용기를 심어주었다. 끝내 반복 자체가 행위의 의미가 되어버린다.

처음 마주하는 마음과 감정을 겪으며 우리는 완성되지 않은 하루를 반복한다. 어느 날엔 반짝이는 빛을 찾아 기쁠 수도 있고 또 어떤 날엔 막다른 길을 마주해 좌절하는 날도 있겠지. 정확한 끝이 무엇인지도 모르는 채 도달하려 노력하는 것이 무슨 의미가 있을까 하는 의문에 휩싸이는 혼란스러운 날도 틀림없이 있을 테지. 그럼에도 우리는 무언가를 향해 꾸준히 나아간다. 확답할 수 없는 불확실함에 두려워 잠시 멈춰 있는다 해도 괜찮다. 경험의 순간들이 모여 우리는 완성될 테니. 그런 순간들이 모여 인생의 작은 숙련가가 되어간다.

어느 방향으로든 길을 트고 반복이 주는 새로운 감각을 맞이하자. 그 감각의 힘은 또다시 나아갈 수 있는 옅은 희망이 되어 시도할 수 있는 용기를 안겨줄 것이다.

받아들이다

고독과 공허와 슬픔을
맞이했을 때

누군가 따스한 포옹을 전해도

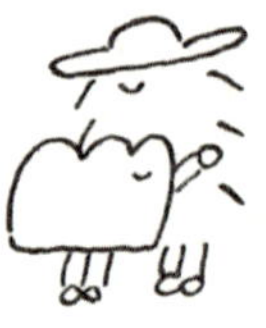

마지막까지 곁에 남아 있는 건

유령을 안은 듯 사라질 온기

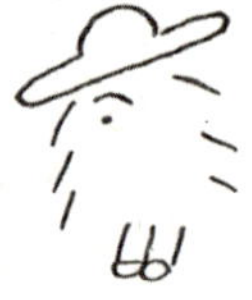

오로지 나 자신이라는 사실이

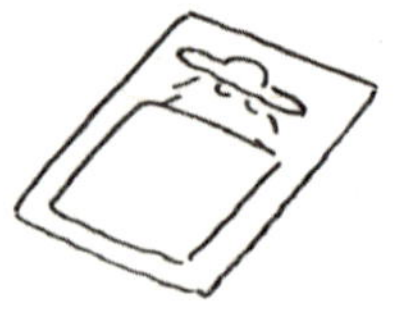

듣는 이가 나밖에 없는 세상은

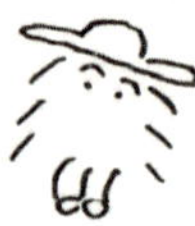

믿기지 않는 날

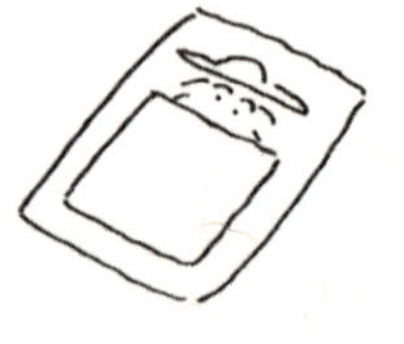

적막하기만 할 것 같아

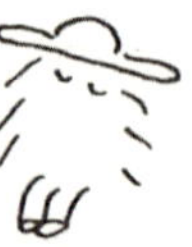

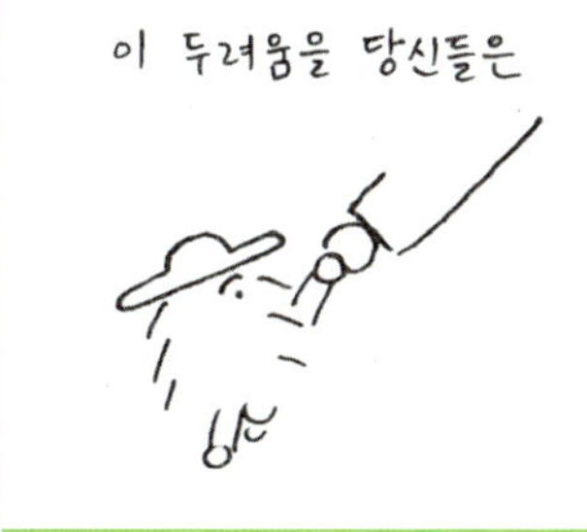

이 두려움을 당신들은

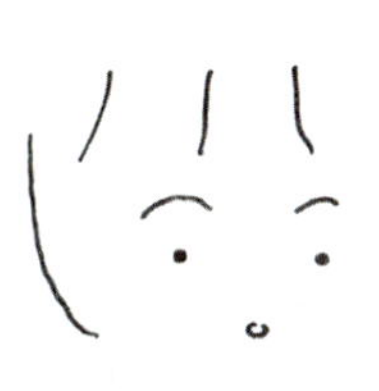

어떻게 버티고 있는 걸까

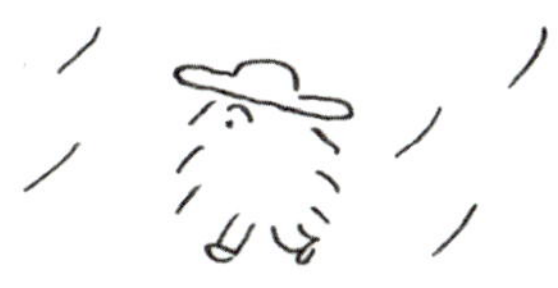

그저 불어온
순풍을 맞이하듯이

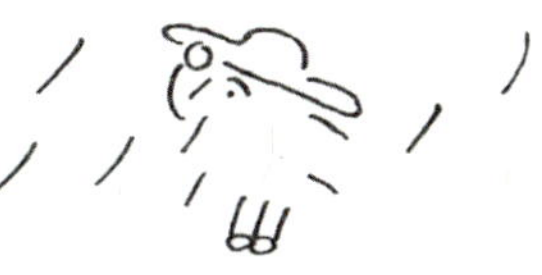

흘러가는 것들을
기다리고 있는 걸까

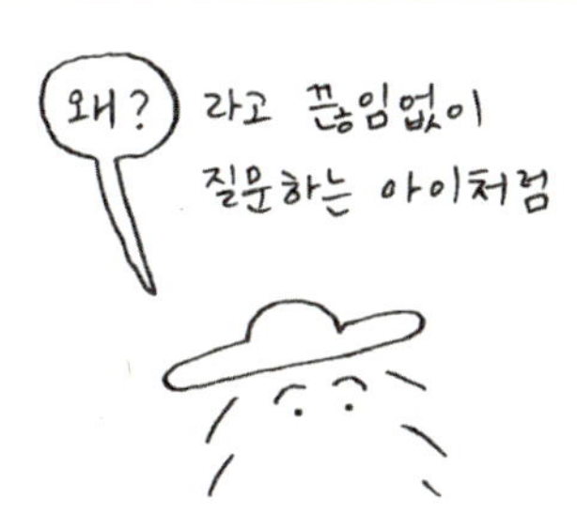

왜? 라고 끊임없이
질문하는 아이처럼

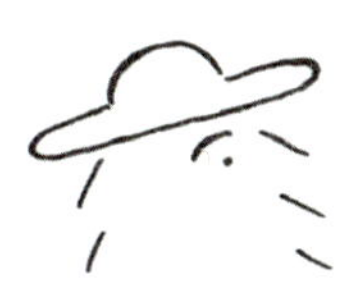

늘 해답을 강구했지만

누구도 답을 알려주지 않았다

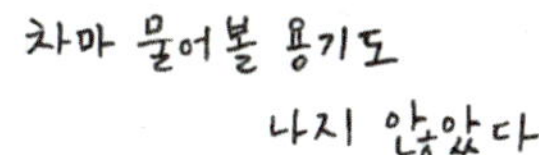

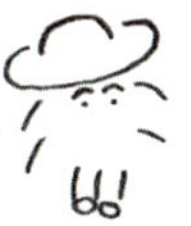

차마 물어볼 용기도
나지 않았다

받아들이다

 어떤 사실 따위를 인정하고 용납하거나 이해하고 수용하다

 피하고만 싶었던 일을 마음 한편에 옮겨두는 일

쥐도 새도 모르게 죽음이 두려워지는 날이 있다. 죽음이라는 건 다음 날을 맞이하지 못하는 것. 더 이상 사랑하는 이의 목소리를 들을 수 없고, 껴안을 수 있는 마디가 사라지는 일.

어느 날은 슬프게 느껴졌고 어떤 날엔 섬찟했다. 그런 기분이 들 때면 죽음에서 멀어지고 싶어졌다. 아무 상관없는 사람인 것처럼 눈을 가리고 죽음을 피해 다녔다. 아니 피할 수 있는 척 살아갔다.

어느 날, 집에서 키우던 닭이 시름시름 앓기 시작했다. 풍성하던 깃털은 점점 빠져 야위어갔고 원래도 작았던 몸이 더 작아졌다. 그녀는 닭장에서 나와 돌아다니다가도 자주 어딘가를 멍하니 바라봤다. 내가 곁으로 다가가도 인기척을 느끼지 못했다. 아빠는 흰 얼룩 닭이 치매에 걸린 것 같다고 말했다. 내가 바라보지 못하는 것을 그녀는 바라보고 있다는 생각이 들었다.

그녀는 며칠 동안 닭장 밖을 나오지 않았다. 건초가 쌓인 둥지에서 한참을 앉아 있는데 잠든 것인지 알 길이 없었다. 둥지 주위로 벌레들이 자꾸 기어올랐다. 괜히 나뭇가지로 툭툭 치며 그들의 행진을 방해했다. 그녀는 껌뻑껌뻑 눈을 깜빡일 뿐 아무런 소리를 내지 않았다. 나를 향해 귀찮다는 듯 부리로 쪼지도 않았다.

죽어가는 것들에게선 흙의 내음이 느껴져. 푸석하고 정적이고 아무런 일도 일어나지 않을 것 같은 기분. 오르락내리락하는 그녀의 등을 바라봤다. 아주 천천히 가늘고 긴 숨을 쉬는 듯했다. 그녀의 정적을 깨지 않기 위해 조용히 문을 닫았다.

아빠가 새벽에 구덩이를 파고 그녀를 묻어두었다고 말했다. 동그랗게 새 흙으로 덮힌 구덩이 앞으로 갔다. 작고 동그란 구덩이를 바라보다 시선을 그대로 들어 마음 한편에 옮겨두었다. 그녀의 주변을 맴돌던 벌레들의 잔상이 한동안 눈가를 떠나지 않았다.

두려움을 무릅쓰고 눈을 감은 채 죽음을 떠올렸다. 아주 부드럽고 따스했던 촉감이 점점 굳어 뻣뻣해지는 과정을 죽음을 따라 걸어가던 벌레들처럼 자세히 살펴봤다. 뜨거운 심장을 가졌던 것이 식어가며 만들어낸 고요가 맴도는 공허를 생각했다. 순간적으로 손전등을 내 눈에 비춘 듯 새하얀 빛이 눈을 찌르는 듯했다. 아무것도 보이지 않는 아주 흰 공허만이 두 눈 안에 존재했다. 그것은 난생처음 겪는 공허이자 두 번 다시 겪고 싶지 않은 두려움이었다. 숨죽여 눈물을 훔쳤다. 비로소 그것이 죽음의 모습이라는 것을 알아차리고 나서 한동안은 눈을 굳게 닫지 않았다.

눈 아래 깔린 마음 한편에 죽음을 위한 자리를 만들었다. 그것은 끝없이 열려 있는 문이자 통로였고, 그곳에서 터져나오는 눈부신 흰빛은 모든 슬픔을 빨아들이는 듯했다.

나는 비로소 죽음을 맞이할 수 있는 사람이 된 것 같았다.

부끄럽다

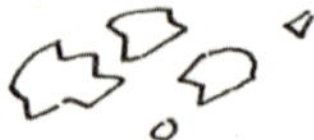

산산 조각 난 마음은 오로지

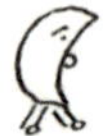
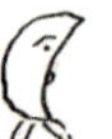
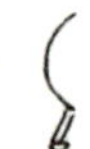

나에게 익숙한 곳에서 멀어지면

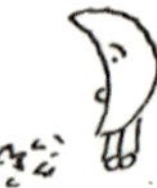

내가 감당해야 하는 일이
되어버린다
연습

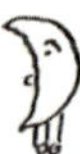

스스로 돌아볼 용기가 생긴다는 듯

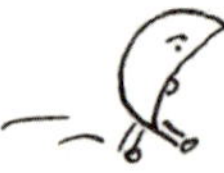

그 마음이 힘겨워질 때면
도망가기를 선택했다

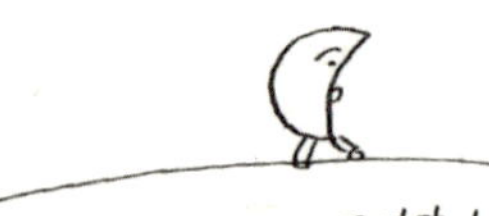

여행인지 도피인지
정확한 이름을 달지 않은 채
도망갔다

나에게 숨길 만큼
난 무엇이 부끄러웠을까

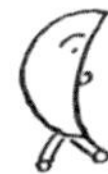

부딪힐 용기를 지면서까지
왜 도망을 선택했을까

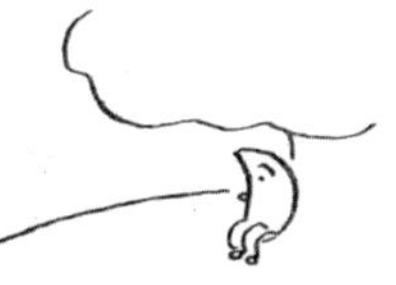

아주 오래전부터 기다려왔을
마음을 살펴보았다

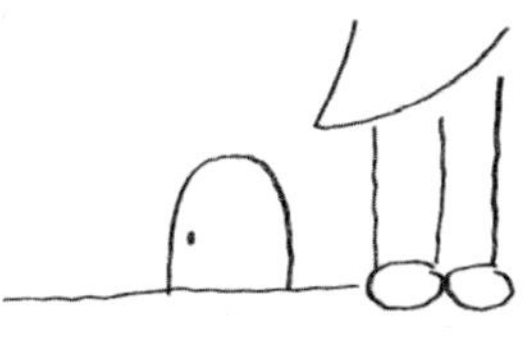

쥐구멍에 숨고 싶을 만큼
부끄럽지만

돌아온 나를 반겨주는
그 다정한 마음을

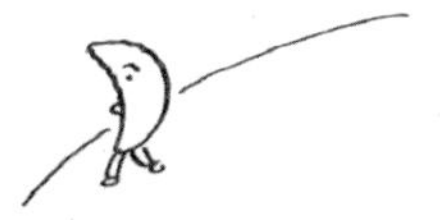

내가 나를 지켜준다는 것이
얼마나 큰 위로가 되는지

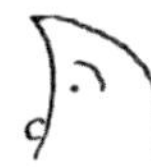

더 이상 속상하게
하고 싶지 않았다

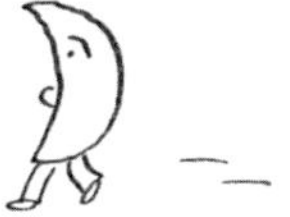

부끄럽다

 일을 잘 못하거나 양심에 거리끼어 볼 낯이 없거나 매우 떳떳하지 못하다

 직접 마주하지 않고 도망치는 마음

부끄럽다는 감정에 정말 취약하다. 얼굴이 발갛게 달아오를 때면 물에 사르르 녹아버리는 솜사탕마냥 그 자리에서 사라지고 싶다. 잠들기 전 오늘 있었던 일들이 갑자기 떠올라 새벽을 지새우게 만들고 길을 걷다가도 머리를 부여잡게 만드는 그런 마음.

다만 부끄러움을 더욱 부끄럽게 만드는 것은 직접 마주하지 않고 도망치는 마음이다. 그 이유는 다양할 테지만, 내 마음이 무엇을 숨기고 있는지, 왜 들키고 싶지 않은지 나도 잘 모른다는 사실이 어렵다(사실은 알고 있지만 모르는 척하고 있을 수도 있다). 진심을 마주하는 일이 너무 부끄러워 숨기기 급급하다가, 한정된 마음에 꾸역꾸역 미뤄둔 마음들은 이내 버티지 못하고 터져버린다. 산산조각 난 마음은 오로지 내가 감당해야 하는 일이 되어버리고 만다.

나는 마음이 힘겨워지는 날이면 도망치는 일을 선택했다. 혼란을 피해 어디로든 도망가고 싶었다. 배낭을 들쳐 메고 어디로든 떠났다. 자전거를 타거나 멀게는 비행기를 타고 아주 다른 곳으로 떠나기도 했다. 나에게 익숙한 곳에서 멀어지고 나면 스스로 돌아볼 용기가 생길 것만 같았다. 도망가는 마음으로 늘 용기에게 빚을 졌다.

여행인지 도피인지 정확한 이름조차 달지 않은 채 도망친 마음은 누구에게서 위안을 받을 수 있을까. 짧거나 긴 여행이 끝나고 다시 자리로 돌아오면 내가 남겨둔 흔적들을 나는 차근히 따라가야 했다.

흩어져 있는 마음들을 한데 모았다. 상대방에게 들키지 않으려 마음을 숨기는 것은 스스로에게도 본심을 숨기며 눈감는 것과 같다는 걸 알아차렸을 땐 마음이 한층 내려앉았다.

나에게 숨길 만큼 난 무엇이 부끄러웠을까.
부딪힐 용기를 지면서까지 왜 도망을 선택했을까.

내뱉지 못하고 남겨진 말들을 적으며 다시 천천히 바라보았다. 아주 오래전부터 기다리고 있었을 마음들을 용기 내어 살펴보았다. 부끄러움에 얼굴이 붉게 상기되어 쥐구멍에라도 숨고 싶었지만 내가 나를 지켜봐준다는 건 생각보다 큰 위로였다.

지난날 내가 적어둔 문장들이 내 심장 위에 손을 올리고 천천히 토닥인다. 여느 때처럼 잘 다녀왔냐며 돌아온 나를 반겨주는 그 다정한 마음을 더 이상 속상하게 하고 싶지 않았다.

불안하다

어느덧 아침저녁으로
날이 많이 쌀쌀하다

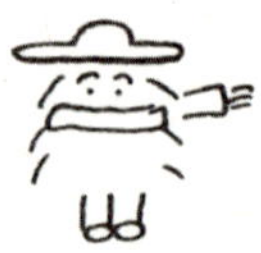

몸을 둥그렇게 만다

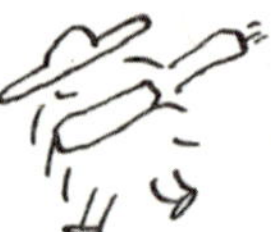

옷을 얇게 입었는지
팔목 사이로 바람이 들어와

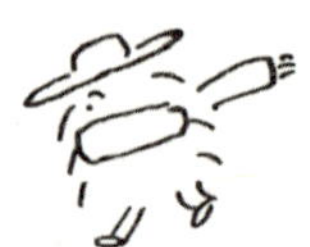

누군가 바라보길 눈사람이
걸어간다고 생각할지 몰라

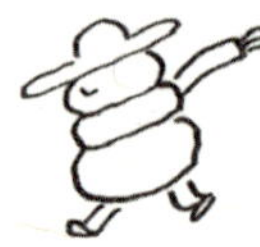

손이 점점 차가워진다

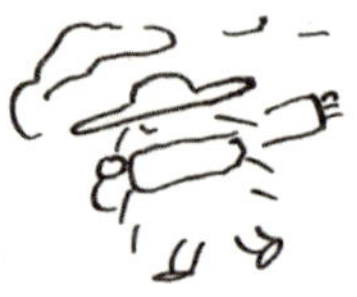

둥글게 둥글게 둥그렇게

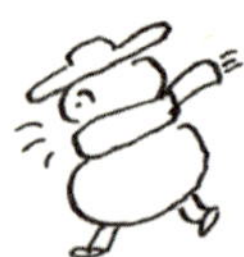

매섭게 부는 바람에
어깨를 한껏 움츠려

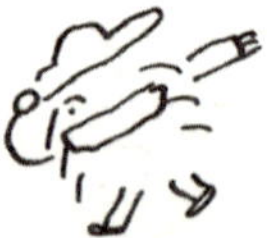

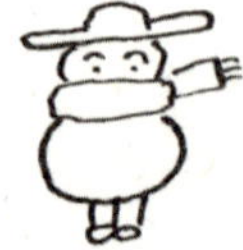

둥글게 말다 보니 마음도
둥그레진 것 같아

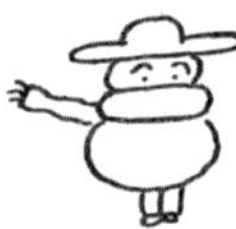

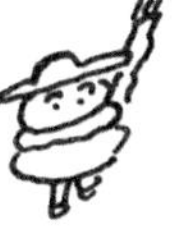

마음이 동그랗게
말려서 통통 뛰어가네

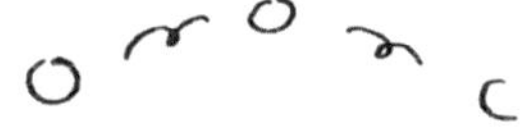

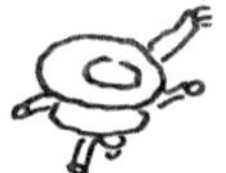

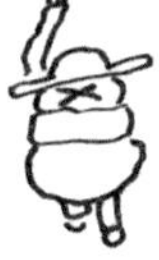

나는 앞으로 걸어가고 싶은데
마음은 계속 뒤로 뛰어가

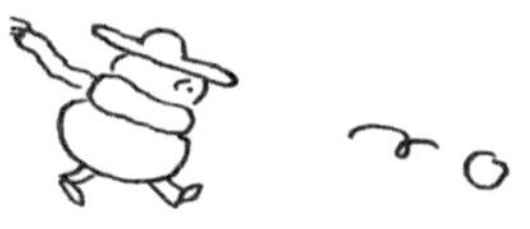

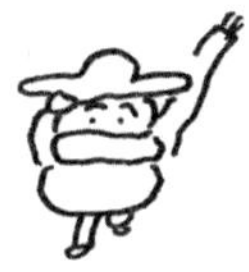

그 마음을 뒤따라간다

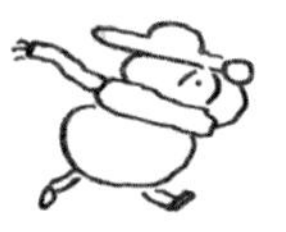

어느새 마음은
계속 굴러가

뒤따라가길
힘겨워하는 내가 있다

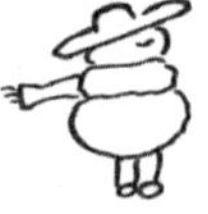

차가워진 손을 붙잡으며
여기까지만이라고 말해

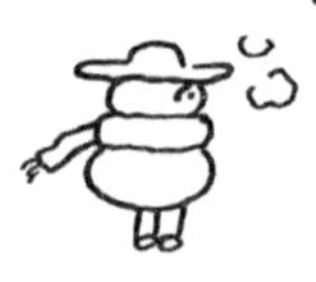

다시 천천히 천천히
돌아간다

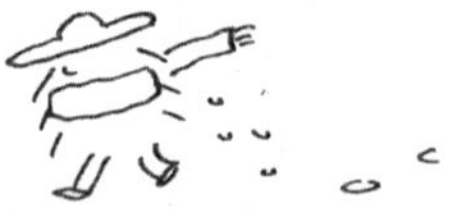

마음을 뒤따라가는 일을
잠시 멈추고

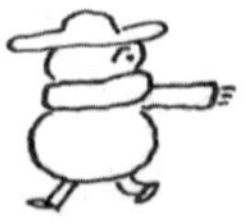

다시 마음을 다듬어간다

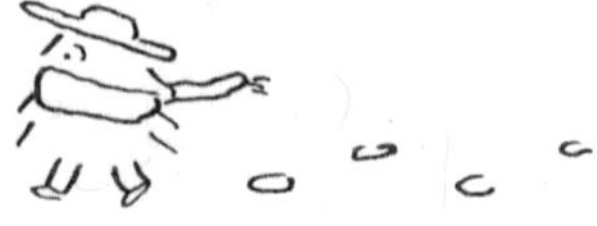

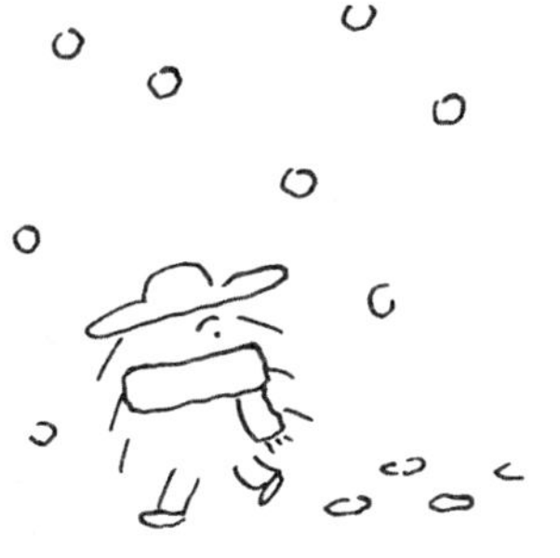

불안하다

 ① 마음이 편하지 아니하다. 몸이 편하지 아니하다   ② 마음에 미안하다

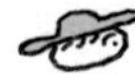 세상의 속도에 맞추지 못하고 저 혼자 앞으로 나아가고 있는 감각

1

동그랗게 구겨버린 쓰다 만 종이처럼 속을 알 수 없게 뭉뚱그려진 미래는 늘 불안하다. 다만 이 불안을 원동력으로 살아가던 날들이 있었어. 불안은 나를 움직이게 하는 힘 중에서도 가장 강력했다.

폭우처럼 몰려오는 하루들 속에서도 불안은 거칠게 등을 떠밀어 나는 몸을 가누지 못한 채 앞만 보고 달려갔다. 숨도 제대로 고르지 못한 채로 몇 날 며칠을 꼬박 오른 높은 곳에서 바라본 경치는 참 아름다웠다. 너무 아름다워서 힘들었던 날들은 까마득히 잊어버리고 다시 한번 바라보고 싶었어. 그렇게 불안은 늘 나를 더 높은 곳으로 데려갔다.

지쳐 힘들어도 불안을 방패처럼 앞세웠던 나는 점차 불안에 의존하게 되었다. 그렇게 보낸 하루들은 정말 눈코 뜰 새 없이 어떻게 지나는지 알 수가 없었다. 고장 난 시계 속 작은 부품이 되었던가. 나는 앞을 향해 나아가고 있었지만 동시에 어느 구석에 홀로 멈춰 있는 듯했다. 나는 좀 더 외로운 사람이 되었다. 내가 바라던 아름다운 장면은 좀처럼 나타나지 않았고 어느샌가 묵묵히 나아가는 것만이 일상이었다.

2

회색빛 도시에서 자동차들은 너무 빨리 달린다. 덜컹거리는 버스가 휘청거릴 때마다 돌덩이같이 무거운 머리를 누군가의 어깨에 기대고 싶었다. 그렇지만 이 무거움은 상대에게도 버거울 텐데 괜한 짐을 얹어줄 수 없어, 유리창에 기댄 채 잠시 숨을 골랐다.

차창 너머로 언뜻 보이는 풍경이 새롭다. 나는 얼마나 이 계절을 놓치고 살았을까. 창문 틈으로 맞는 바람이 새삼스러웠다. 괜히 눈에 힘을 주고 빠르게 바뀌는 풍경들을 따라잡는다. 이야기하며 웃고 있는 사람, 무표정으로 저 너머를 지켜보는 사람, 장을 본 듯 두 손이 무거운 사람. 모두 자신만의 시간 속에서 분주히 살아가는구나. 불안을 품은 사람들이 모여 마을을 이루어 살아간다. 은밀히 품은 각자의 불안들이 걸음마다 흔들리며 나풀거린다.

사람들 곁을 속도에 맞춰 천천히 걸었다. 그제야 시간이 제 몸에 맞게 흐르고 있다는 감각이 발끝에서부터 시작되어 머리끝에 도착한다. 조용히 분주한 거리를 걸으며 스웨터에 엉긴 보풀을 떼어내듯 불안을 털어내. 발에 채는 불안들을 떠나보내며 우리의 마음이 가벼워졌으면 했다.

더 이상 나 혼자 멈춰 있는 것 같지 않았다. 우리가 함께 흘러가고 있다는 사실이 위안이 되었다.

사랑하다

내 곁엔 하루를
더 살고 싶게 하는

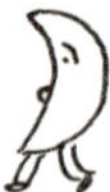

사랑하는 마음을 쉽게
저버리곤 했다

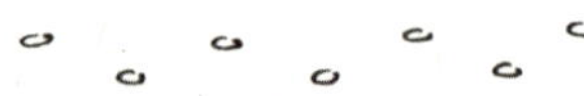

사랑하는 것들이
많이 늘어났는데

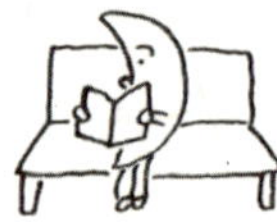

어떤 형태로든
사라져버릴 것만 같아서

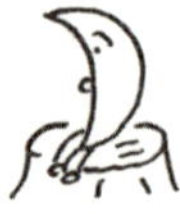

어린 나는 잃는 것이 두려웠다

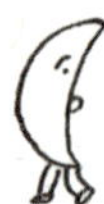

그것이 무척이나 두려웠다

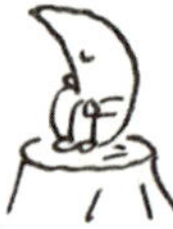

그래서 사랑을 품는 대신

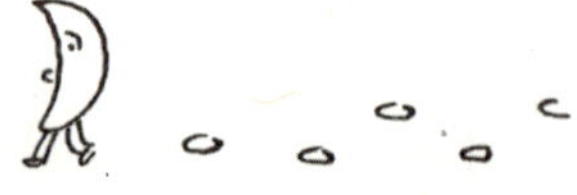

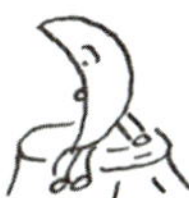

그러다 잃어버릴 것이란
두려움보다도

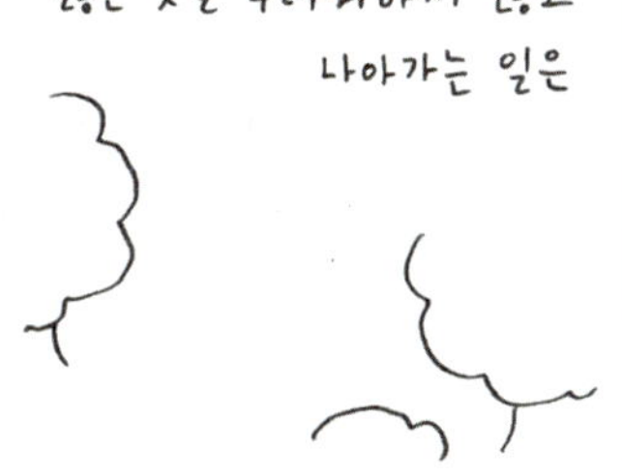

잃는 것을 두려워하지 않고
나아가는 일은

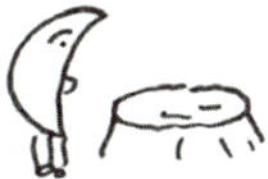

그 이유로 사랑을 멀리하는 내가
슬펐던 것 같아

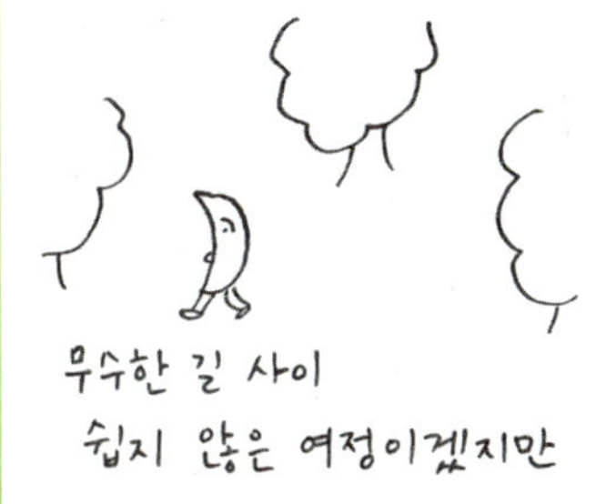

무수한 길 사이
쉽지 않은 여정이겠지만

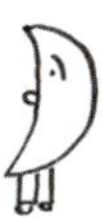

두려움을 쌓아 만든
벽 앞에서

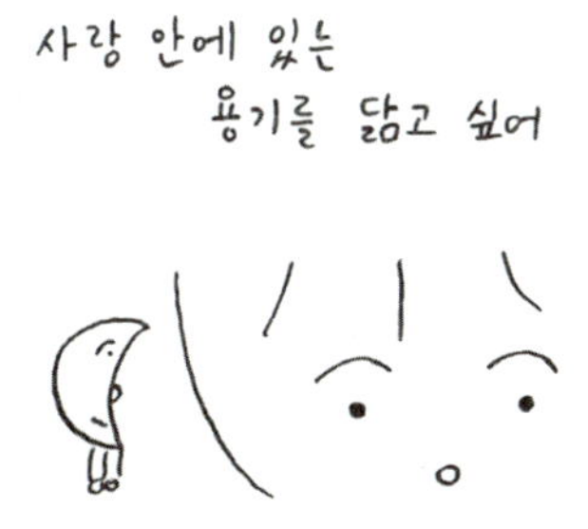

사랑 안에 있는
용기를 닮고 싶어

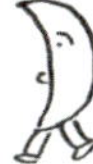

외로운 사람이 되었다

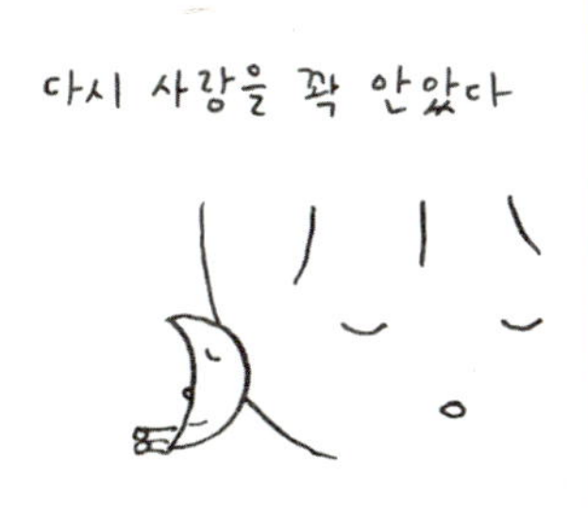

다시 사랑을 꽉 안았다

사랑하다

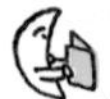 ① 어떤 사람이나 존재를 몹시 아끼고 귀중히 여기다

② 어떤 사물이나 대상을 아끼고 소중히 여기거나 즐기다

 두려운 마음을 감당하기로 한 만큼 좋아서 눈물짓다

side A

나는 사랑을 할 수 있는 사람일까 스스로 의심하던 날들이 있었어. 어릴 적 어른들이 보던 드라마 안에는 사랑을 하는 연인들이 등장했고 내가 보던 만화 영화 속 주인공들에게도 사랑은 항상 중요한 요소였다. 모든 이야기에는 사랑을 노래하는 사람들이 가득해 자연스레 사랑은 중요한 것이라 여겼다. 사랑이라는 감정에 대한 첫인상은 그들처럼 누군가를 혹은 무언가를 애타게 좋아하는 것이었기에 그런 진솔한 감정만이 사랑이라고 생각했다.

사랑은 갖고 싶으면서도 동시에 두려운 존재였다. 사랑 앞에서 자신을 전부 내보이는 모습이 내겐 두려웠을까. 나는 나조차도 버거운 못난 모습을 꼼꼼하게 감추고 숨기 바쁜 사람이었어. 사랑 뒤에 다가올 상처가 두려워 마음의 벽을 쌓아둔 채 넘을 생각을 결코 하지 않았지. 벽 너머로 서로가 건넨 사랑과 다정을 온전히 받지 못했기에, 나는 자주 외로운 사람이 되었던 것 같아. 애틋하게 얻어낸 사랑이 사라져버릴까, 나는 겁쟁이가 되어 어느 순간부터 스스로를 사랑을 할 수 없는 사람이라고 단정 지었다.

겨울이 끝나고 포근한 바람이 불어오기 시작하자 길고양이들은 우리 집 근처를 맴돌았다. 그중 사람을 좋아하는 고등어 무늬 고양이는 '나비'라 불렸다. 점점 배가 불러오던 나비는 따스한 햇살에 노곤하게 몸을 녹이는 봄이 한창인 어느 날 새끼들을 낳았고, 안전하다고 생각한 우리 집 마당에 두고 떠나버렸다.

우리 가족은 작은 고양이에게 '나나'라는 이름을 지어주었다. 나나는 어미 고양이가 없는 이곳이 낯선지 자주 울었고 나무 데크 아래에서 숨어 지냈다. 우리는 이빨이 아주 작은 나나에게 사료를 불려 밥을 먹이고 목소리를 자주 들려주었다. 몸집이 커지고 꼬리가 길어진 나나는 우리에게 천천히 다가왔다. 멀리서 지켜보다가도 슬쩍 다가와 냄새를 맡기도 하고 그러다 들키면 저 멀리 도망갔다. 무섭지 않은 사람이라고 판단했는지, 우리의 거리는 점점 짧아졌다. 어느새 쓰다듬을 수 있는 사이가 되었을 땐 처음으로 고양이와 친구가 된 듯해 마음이 설렜다.

하루는 여느 때와 같이 나나의 털을 빗기는데, 나나가 풀썩 나의 다리에 기대어 누웠다. 힘을 푼 채, 그 작은 등으로 나에게 기댄 무게가 온전하게 느껴졌다. 털을 만질 때마다 고롱고롱 하는 작은 소리가 손끝을 타고 올라왔고 살짝 뒤척이는 몸짓을 바라보는 내내 미소가 떠나지 않았다. 문득 올려다본 하늘엔 별이 무수히 반짝였고 한여름 밤의 시원한 바람은 우리를 스쳐 지나갔다. 함께 앉아 있는 동안 어느 정도의 시간이 흘렀는지 알 수 없었다. 시간이 우릴 두고 저 혼자 흘러가는 것 같았다.

나나를 바라볼 때마다 절로 미소가 지어지고 상냥하게 그녀의 이름을 부르게 된다. 금이야 옥이야 소중히 손짓하지. 조용히 나나와 눈을 마주하고 있으면 마음 한편이 돌에 눌린 것처럼 눈물을 짓게 돼. 어렵지 않게 나는 그 마음이 사랑이라는 것을 알게 되었다. 그들은 한 톨의 어려움 없이 나에게 사랑을 알려주었고 나는 그들의 사랑을 받으며 사랑을 알아가고 있었다.

나나의 작은 발이 마음속에 큰 획을 그으며 돌아다닌다. 여기저기 늘어나는 그녀의 발걸음만큼 나의 세계가 점점 넓어졌다. 이 사랑을 깨닫기 전으로 돌아가고 싶지 않다.

여전히 사랑은 어려워. 그렇지만 사랑한다고 힘주어 말해본다.

사랑 안에 있는

용기를 닮고 싶어

다시 사랑을 꽉 안았다

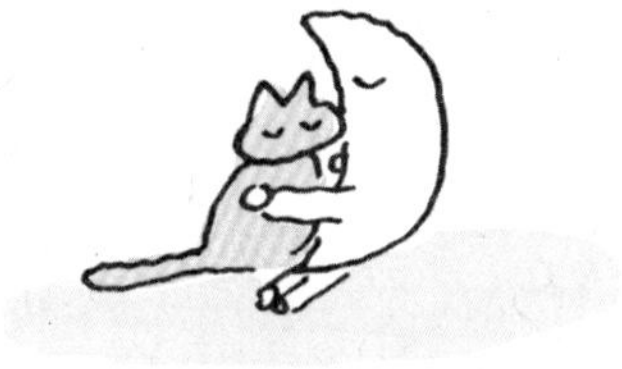

살아가다

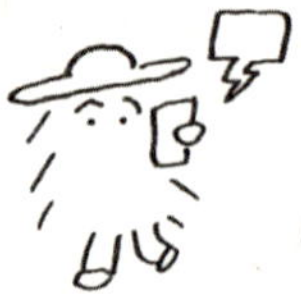

밥은 먹고 다니냐는 그 말이

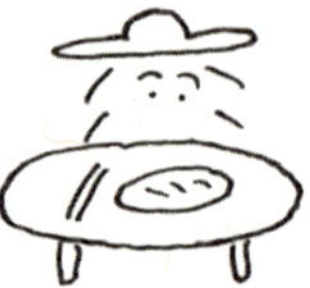

밥을 먹는 내가

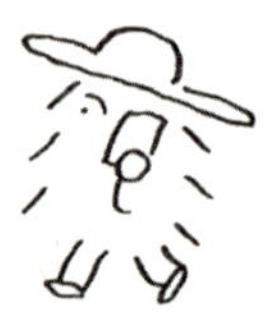

언젠간

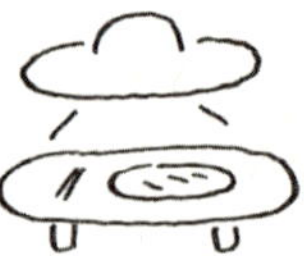

너무 초라하게 느껴졌습니다

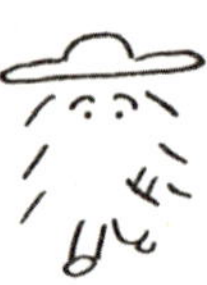

살아있으란 말처럼 들려서

이런 상황들 속에서도
참 애쓰고 있구나

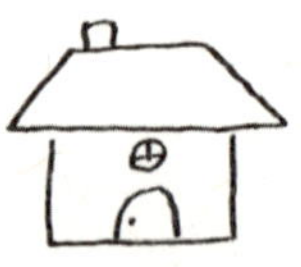

살아가려 애쓴다는
생각이 들 땐

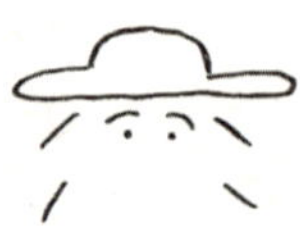

내 몸은 살아가려 하는데

나는 그렇지 않은 것 같아

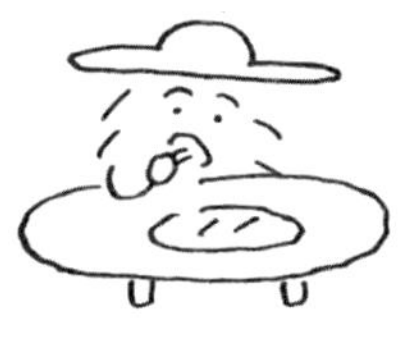

배를 채우고 힘을 내어

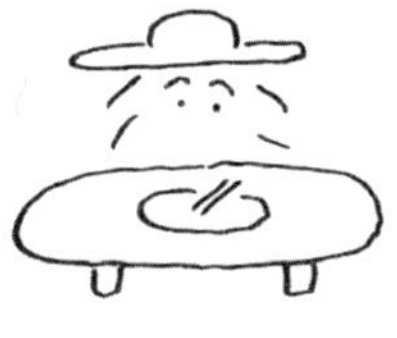

살아가자

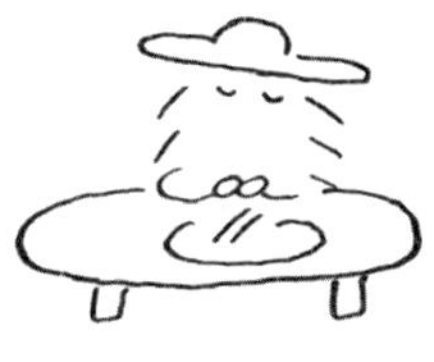

나를 위해서

살아가다

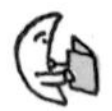 어떤 종류의 인생이나 생애, 시대 따위를 견디며 생활해나가다

 기특하고 어렵지만 아름다운 일

나에게 삶은 늘 어떤 목표를 향해 달려가는 것이었다. 그런 치열한 날들에 보상을 받듯 선망하던 사람들과 함께 일을 하고 꿈꿔온 곳에서 전시를 열게 되었다. 생각보다 일찍 목도하게 된 순간을 맞이했을 땐 어안이 벙벙했다. 그간 쌓아온 시간과 노력을 곱씹으며 꿈을 꾸는 듯한 하루들이 계속되고 더 이상 바랄 것이 없었다. 그러나 아무리 신나는 공연과 무대라도 막을 내리기 마련이었다.

벅차던 감정이 촛불 꺼지듯 사그라졌던 날, 다음 목표를 세워야 했지만 이상하게 삶을 살아가야 할 이유를 찾을 수 없었다. 정해진 틀 안에서 움직이고 계획하고 실행하는 것이 분명 기쁜 날들이었지만 바라던 큰 목표를 이룸과 동시에 나에게 번아웃이 찾아왔다.

더 이상 아무것도 하고 싶지 않았다. 마음을 쓰는 일이 어려워지자 자연스레 흘러나오던 만화와 글은 막혀버렸고 모든 일이 무의미했다. 왜 살아야 하는지 질문을 되풀이했고 나는 매번 그 이유를 찾지 못했다. 어딘가에 누워 있는 시간이 점점 길어졌다.

여느 때와 같이 누워 있는데 너에게서 연락이 왔다. 퇴근길에 같이 산책이나 하자는 가벼운 너의 말은 마루에 붙어 있던 나를 일으켜주었다. 얼마만의 외출인지, 시원하면서도 습기가 느껴지는 어수선한 바람이 초여름의 시작을 알렸다.

어느 정도 걸었을까. 산책하는 사람들을 보며 너는 살아가는 것들이 참 좋다고 했다. 그들이 만들어내는 애틋함이 참 좋다고도 했다. 갓난아기가 숨을 쉬고 손가락을 쥐었다 폈다 하는 모습도, 새벽 일찍 일어나 찬 공기를 마시며 집을 나서는 사람들도 모두 살아가려 한다는 사실이 좋다고 했다.

살아가려 노력하는 마음은 참 기특하구나, 아름다운 일이야.

그저 살아가는 것이 삶의 이유가 된다는 사실이 참 단순하면서도 얼마나 어려운 일인지. 너의 한마디가 나의 머리를 가볍게 톡 치고 지나갔다.

무기력한 하루들 속에서 무너진 나를 일으켜 세우려 한 가지 약속을 했다.

밥을 잘 챙겨 먹자는 약속.

참 단순하고 소박한 오로지 나를 위한 약속.

그러기 위해선 냉장고를 정리해야 했고 다시 채우기 위해 장을 봐야 했다. 최소한의 먹거리를 사 간단하게 요리를 했다. 얼마나 오랜만에 요리를 했는지 이런 내가 어색해서 웃음이 나왔다. 정성을 다해 만든 식사는 맛이 있는 것도 아니고 없는 것도 아닌 딱 그정도의 맛이었다. 다만 그제야 마음이 편안해졌다.

앞으로 살아갈 계절과 내일의 삶 속에 살아 있다는 기분을 벅차게 느끼는 날들이 간간이 나타나주면 좋겠다. 그런 날들을 내가 찾아갈 수 있기를 바라며 식사를 마쳤다.

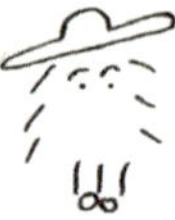

생경한 표정을 지을 때마다

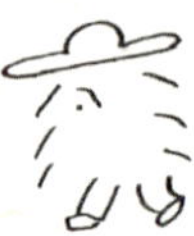

잘 받아들이고 있는지
의문이 든다

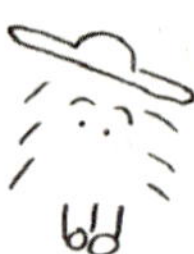

생경한 감각이 스며든다

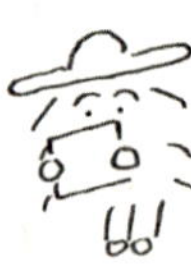

무어라 부르지 못한 감정들은

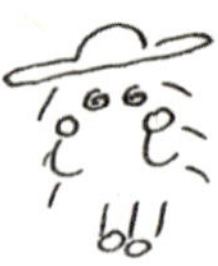

난생처음 겪어보는
감정을 느끼며

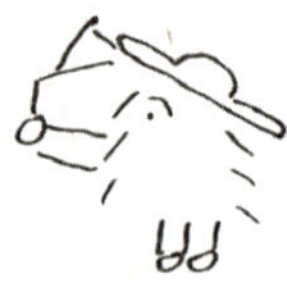

벽에 걸린 채
이름 지어지길 기다려

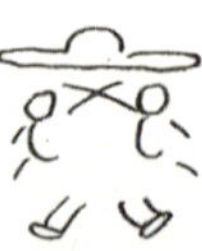

스스로 어색함을 이기지 못해

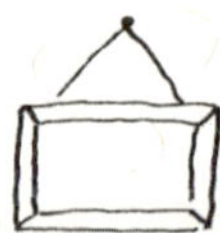

그렇게 시간이 흐르다 보면

어느새 순간이 이름이 되어

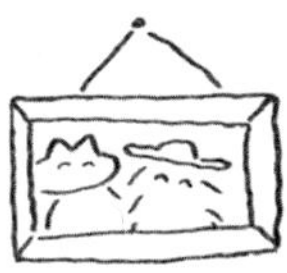

하나 밖에 없는
나만의 감정이 된다

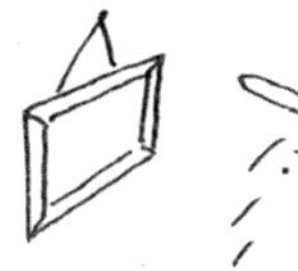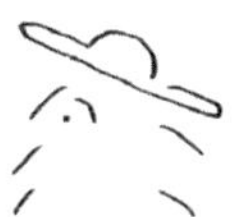

그렇게 생경했던 감정이
서서히 자리를 잡아가

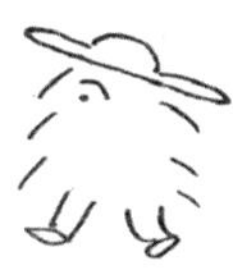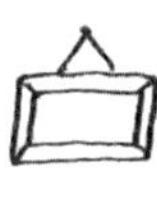

그 앞에서
익숙한 표정을 짓기도 했지만

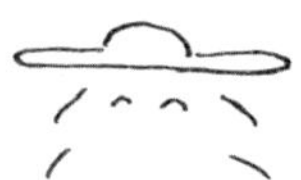

어떤 표정은 영원히
익숙해지지 않을 것만 같았다

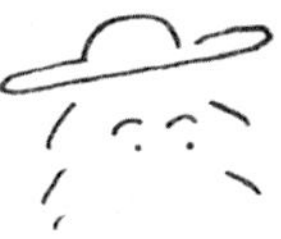

생경하다

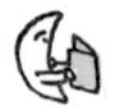 익숙하지 않아 어색하다

 영원히 익숙해지지 않을 표정을 짓다

이름 없는 표정을 처음 마주했을 때를 기억하라면 나는 대번 답할 수 있다. 할머니가 돌아가셨던 날, 그날 나의 첫 이름 없는 표정이 지어졌다.

늦은 밤 집 전화가 울렸고, 전화기를 든 엄마는 한껏 낮아진 목소리로 짐을 챙기라 말했다. 옷가지와 아끼는 것들을 주섬주섬 담은 가방과 함께 새벽 길을 달려 장례식장으로 향했다. 도착하고 보니 익숙한 얼굴의 어른들이 우릴 반겼다. 모두 눈물이 가득한 표정을 짓고 있으면서도 행동은 군더더기 없이 반듯했다. 슬픔을 살짝 밀어둔 채 찾아오는 사람들을 맞이하는 어른들은 모두 분주해 보였다. 처음 보는 광경에 긴장한 난 엄마 뒤를 따라다니고 싶었지만 엄마와 아빠는 이미 사람들 사이로 사라진 지 오래였다. 어린 아이들은 곁방에 들어가 있거나 벽에 붙어 조용히 사람들의 동태를 살폈다. 절을 하고 묵념하는 사람들 옆에 쭈구려 앉은 채 나는 할머니의 사진을 바라보곤 했다.

다음 날, 입관을 한다고 엄마가 말했다. 생전 처음 들어보는 단어에 의아한 표정을 지었더니 엄마는 할머니에게 마지막 인사를 전하는 것이라 했다. 얼마 지나지 않아 입관을 진행한다는 말에, 사람들을 따라 방으로 들어갔다. 방 안에는 큰 유리창이 있고 그 너머엔 관이 놓여 있었다. 어른들은 차례대로 관 주위에 둘러서서 조용히 눈물을 훔치며 입관을 기다렸다. 입관을 진행하는 동안 나와 동생은 창문 너머의 어른들과 닫혀 있는 관을 숨죽여 지켜봤다. 관이 열리자 어른들은 일제히 큰 소리로 울기 시작했다. 우리보다 더 어린 아이처럼 엉엉 소리를 내며 울었다. 나는 그날 엄마가 그렇게 울 수 있는 사람이라는 것을 처음 알았다. 엄마도 소리 내어 우는 사람이라는 것을 처음 알았다. 그것은 할머니가 돌아가신 사실보다도 더 슬픈 일이었다. 엄마가 우는 모습을 보면서 계속 눈물을 훔쳤다. 곁눈으로 느껴지기엔 동생도 울고 있었던 것 같다.

처음 마주한 죽음 앞에서 무너져 내린 사랑하는 이를 또렷이 바라봤던 날, 어떤 방법을 써도 채울 수 없는 구멍을 직접 마주했다. 우린 말없이 그 광경을 바라보며 죽음 앞에 있는 생경함을 받아들였다.

그후로 엄마가 자신의 엄마에 대해 이야기를 할 때마다 그날 본 구멍이 생각났다. 덤덤히, 때론 웃으며 이야기하는 엄마를 볼 때면 그때 그 구멍은 많이 작아진 것만 같았다.

사랑하는 사람을 잃은 사람들의 눈빛을 볼 때마다 그들의 몸과 마음에 남았을 구멍이 뇌리에서 떠나지 않았다. 자신이 낼 수 있는 제일 큰 소리를 작은 몸으로 내며 버티다 못해 쓰러지는 울음 앞에서 죽음을 영원히 두려워하고 슬퍼하기로 했다. 죽음은 늘 나에게 생경한 표정을 짓게 한다. 영원히 익숙해지지 않을 표정을 짓게 한다.

애쓰다

어떤 날은 증명하듯 살았다

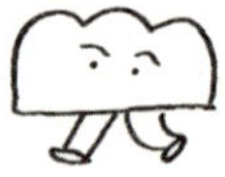

지나온 시간들을 돌아보면

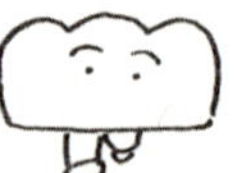

나는 괜찮다고 말하며

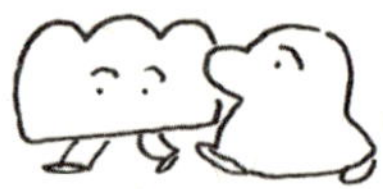

왜 이리 어깨에
힘이 잔뜩 들어갔는지

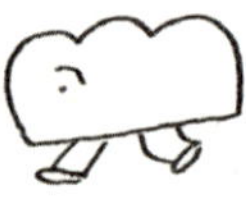

애써 웃었다

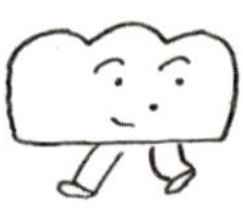

무리해서 웃음 짓고 있는지

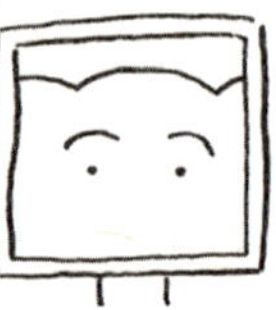

그런 생각을 자주 품게 돼

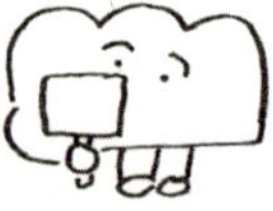

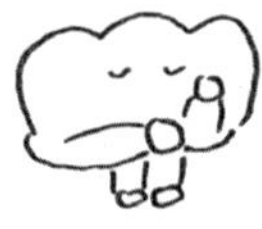

애쓴다는 마음은 결국

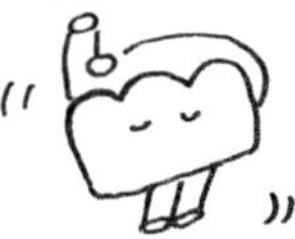

경직된 몸과 마음이 풀어지길

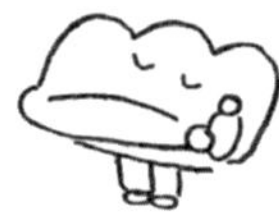

내가 편안하길 바라는 마음

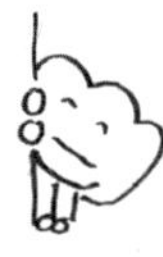

조용히 기다릴게

나를 위해 들인
힘의 크기를 알기에

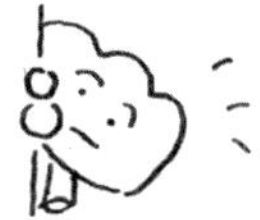

애쓰는 나를 조용히
응원하기로 했다

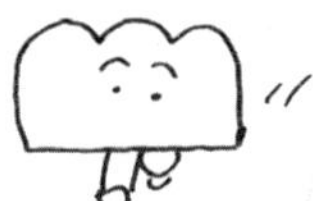

애쓰다

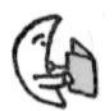 마음과 힘을 다하여 무엇을 이루려고 힘쓰다

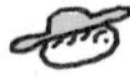 간혹 초라하게 작아져도 감출 수 없는 살고 싶은 마음

나는 자주 애를 쓴다. 애를 쓰는 모습은 마치 소리 없이 허우적거리는 몸부림 같다. 누군가 나를 바라볼 때 묻어난 애처로움이 몸 안으로 뚝뚝 흐르는 듯했다. 누군가는 왜 그렇게까지 애를 쓰고 사느냐며 피곤해 보인다 말했고 누군가는 아무 말도 하지 않은 채 바라보았다.

살아가려 하는 것들 앞에선 아무 말도 할 수 없다. 애쓰는 나를 말없이 바라보던 사람도 그랬을까. 살아가려 애쓰는 그 마음을 알아서 조용히 나를 바라봤던 걸까. 우리는 각자의 웅덩이에서 물에 빠지지 않기 위해 열심히 물장구를 치며 애를 쓴다. 고개를 높이 쳐들고 이를 악문다.

살아있는 것들이 살아가려 노력하는 것은 자연스러운 일이잖아. 그런데 간혹 그런 내가 초라해. 아무 맛도 느껴지지 않는 음식을 입에 넣으며 어떻게든 배를 채우고 살아가려 할 때, 아무도 나를 바라보고 있지 않아도 무척이나 창피했다. 나는 왜 창피했을까, 왜 살아가려 먹는 모습 앞에서 한없이 작아졌을까.

무얼 위해 살아가는지 헷갈릴 때가 있어. 어딜 바라봐야 하는지 까마득할 때가 있어.

고요한 밤, 눈이 내린다. 비가 내리는 줄 알고 창문을 열었는데 눈이 펑펑 내려. 가로등 빛 아래 흰 눈이 어둠에 삼켜지지 않은 채 모습을 보인다. 밤이 찾아온 산속 나무 등 위로 눈이 쌓이고 점점 허리가 굽어진다. 무거운 눈을 버티고 있는 나무를 본 적 있니, 눈 무게를 버티지 못해 두 동강 나버린 나무를 나는 본 적 있어. 무척이나 큰 총포 소리를 내며 부서진 나무를. 나도 그렇게 죽어버릴까 봐 걱정이 되었다. 만화 영화 캐릭터처럼 펑! 하는 큰 소리를 내며 바람 빠지는 소리와 함께 날아가는 상상을 한다. 그렇게 소리 소문 없이 사라지고 싶을 때가 있다.

허탈한 마음의 나침판이 어느 방향도 가리키지 않을 땐 책 앞으로 가 지난날의 내가 접어둔 페이지와 붙여둔 인덱스를 하나둘 살핀다. 내 시선이 고인 웅덩이를 펼쳐본다. 사람들이 애써 남긴 이야기들을 읽어간다. 마음의 바닥을 긁어 써 내려간 이야기를 함께 나누며 우리는 슬픔을 나눈 사람들이 된다. 당신의 마음속에서만 살고 죽어가던 이야기들이 거리로 나와 밝은 등불이 되어 눈을 비춘다.

어둠 속에서 내리는 눈이 밝게 빛나.

매서운 바람에도 거리낌 없이 창문을 활짝 열고 풍경 안으로 뛰어든다. 반짝거리는 눈을 온몸으로 맞는다. 당신을 위해 펼쳐진 거리를 유유히 유영한다. 그 길을 지표 삼아 걸어가, 나풀거리며 이를 악문다. 나눠준 마음이 너무 다정해서 희미하게 웃음이 났던 것 같다.

미안해, 나는 계속 살고 싶어.

영원하다

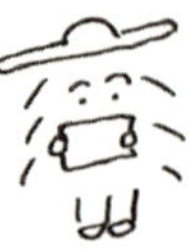

영원히 박제된
사진 속 순간을 들여다 보다

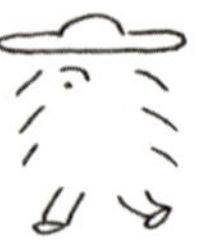

어렴풋이 떠올렸다

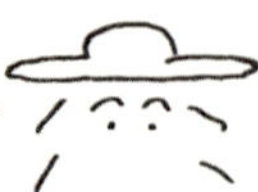

무언가 훵하게 심장을 지나갔다

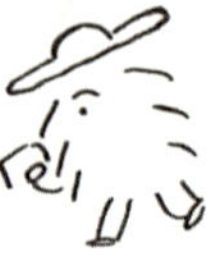

사진 속에 남겨진 시간이

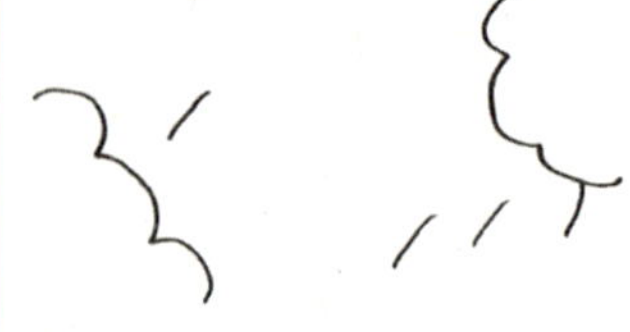

언젠가 그리워하게 될 시간과

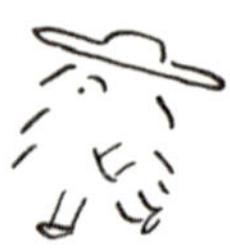

영원했으면 좋겠다고
계속해서 되뇌였다

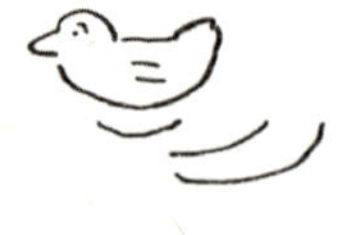

조용한 고동이 숨죽일 날을

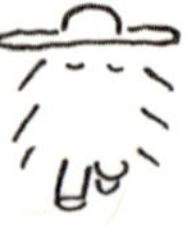

아름다운 순간이
잊히는 것이 두려워

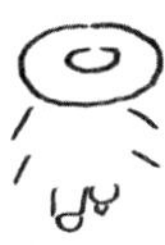

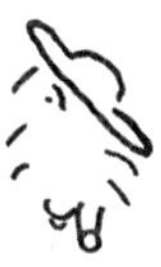

나는 감히 영원을 꿈꾸곤 해

영원하다

 어떤 현상, 형편, 모양 따위가 끝없이 이어지는 상태이다

또는 시간을 초월하여 변하지 아니하는 상태이다

 더 살아가고 싶게 만드는 소중한 것들이 늘어가다

'불로장생'처럼 어떤 사람들은 영원한 삶을 바라기도 하잖아, 나는 사실 영원한 삶을 왜 바라는지 이해할 수 없었다. 나에게 삶은 하루를 넘겼다는 것에 의의가 있었으니까. 하루살이가 하루를 겨우 넘겨 살아가는 것처럼 나도 그러했다. 오늘의 난관을 넘겼다는 것에 기뻐하고 다음 날 찾아올 두려움을 미리 걱정하며 잠에 들어. 큰일을 앞둔 날엔 도통 잠이 오질 않아 밤을 꼬박 새버리기도 했다. 마치 우물 안 개구리 이야기 속 깊은 우물처럼, 내가 바라본 작은 세상은 내가 상상할 수 있는 만큼의 불안과 두려움만이 존재했다.

하루를 힘들게 버티는 사람처럼 묘사하기엔, 분명하게 내가 누린 행복과 기쁨의 순간도 물론 있었다. 다만 그 감정들은 금방 휘발되어 날아가버렸고 내 손아귀에서 벗어났다. 온전히 내가 가졌다고 말할 수 없는 것이었다.

어두컴컴한 숲속에서 한 발 뻗을 만큼만 손전등으로 비춘 채 땅바닥을 바라보며 앞으로 나아갔다. 돌부리에 걸려 넘어질까 부딪힐까 걱정하며 살금살금. 이따금씩 눈을 꼭 감고 모든 것이 지나가기만을 바랐다. 늘 긴장한 채로 하루를 살아가다 보니 저 멀리 미래를 꿈꾸는 것은 숨이 가쁜 일이 되었다. 내가 바라볼 수 있는 미래는 딱 한 발 앞까지, 오로지 내일이 안온하기만을 바랐다.

그렇게 발끝만을 바라보던 내가 고개를 들어 조금 더 앞을 바라보게 된 건 자신만의 시선으로 세상을 바라보는 사람들의 이야기 덕분이었다. 저마다의 우물에서 빠져나온 사람들이 들려준 세상 이야기는 내가 마주하지 못했던 새로운 감정과 모험들로 가득했다. 하루를 간신히 버티며 살던 나에게 생생하고 아름다운 경험담은 얼마나 큰 해방감으로 다가왔는지.

내가 알지 못한 세계에 대한 동경은 점점 커져갔다. 그들처럼 마주한 시선에 이름을 새기고, 감정을 드러내며 깊은 관계를 맺고 싶었다. 자신만의 목소리를 담아 글과 그림, 노래, 무수한 예술로 표현한 세상을 나 또한 두 눈으로 바라보고 싶었고 고개를 끄덕이며 동감하고 싶었다. 내일을 바라보던 마음은 일주일을 살 수 있게 되고 나아가 한 달, 한 해를 버틸 수 있게 되겠지. 그들의 아름다운 이야기 덕에 내 삶의 울타리가 점점 더 넓어졌다.

나에겐 더 살아가고 싶게 만드는 소중한 것들이 늘어갔다. 깊이 사랑하고 힘껏 껴안을수록 더욱 영원을 바라게 되었다. 삶이 영원하지 않기에 주어진 시간 동안 더욱 소중히 마음을 쓰게 된다는 말에 동감을 하면서도, 어떤 마음은 사라지지 않고 영원히 존재했으면 좋겠다는 욕심이 생긴다.

처음으로 죽어가는 것이 두렵다고 생각했다. 계속해서 팽창할 세상의 끝을 알고 싶어졌다.

외롭다

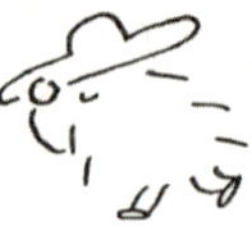

쓸쓸함이 깊게 사무치는 날엔

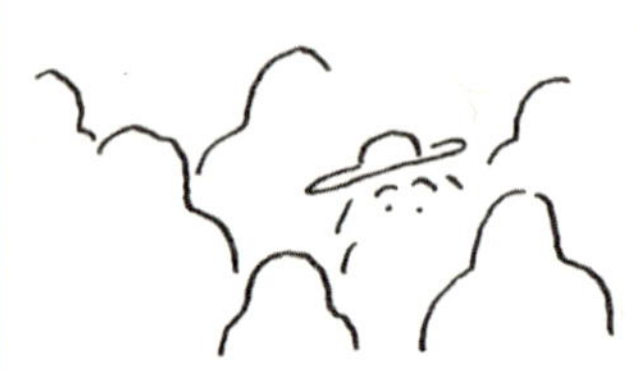

사람들 틈 속으로
숨어들어가

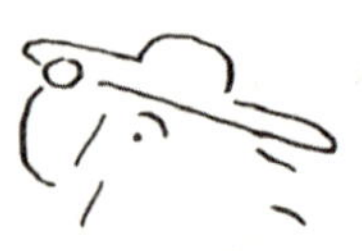

나를 바라보는 시선을
애써 피해

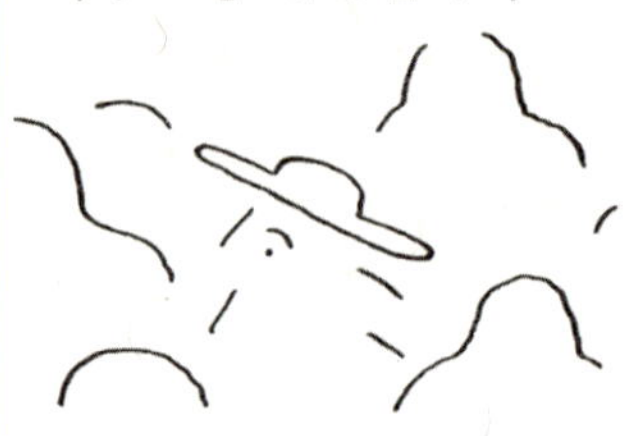

북적거리는 대화 소리 속으로

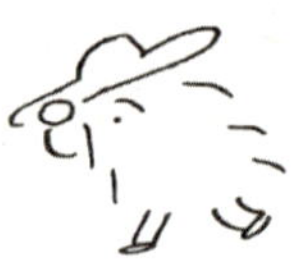

못 본 척 걸었다

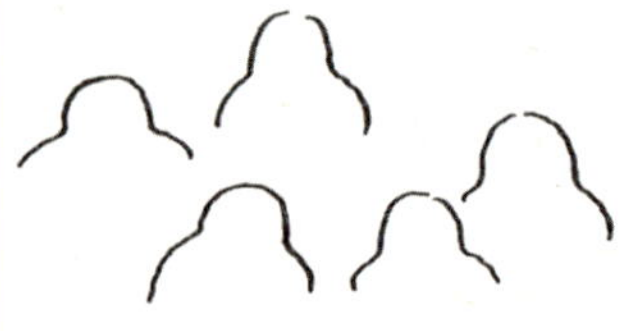

그림자가 겹치듯 사라졌다

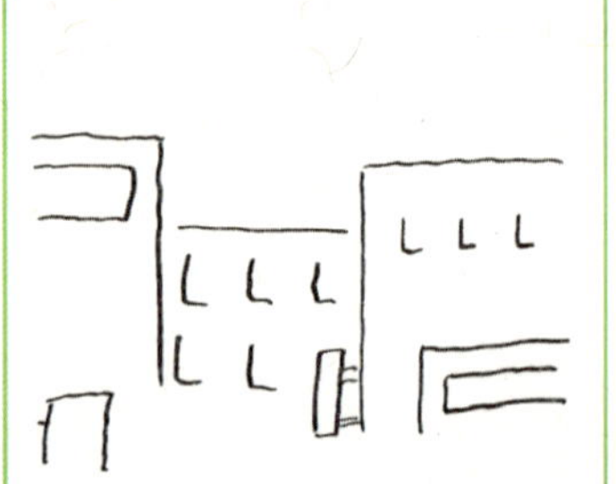

쓸쓸함이 깊게 사무치는 날엔

사람들 틈 속으로

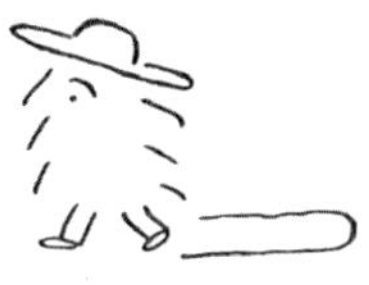

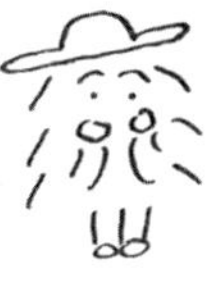

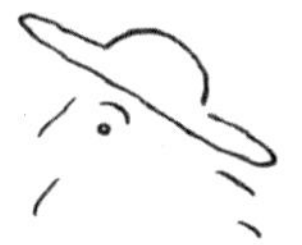

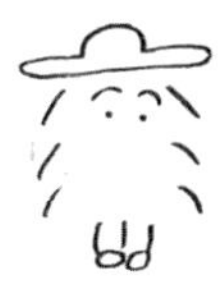

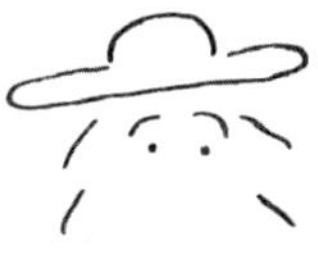

화들짝 놀라 뒤를 돌아봤지만

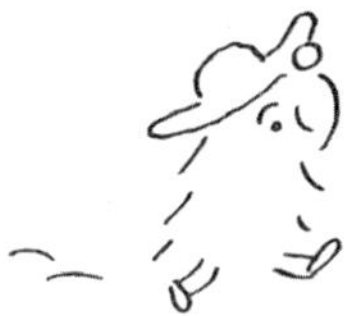

건조한 적막만이 맴돈다

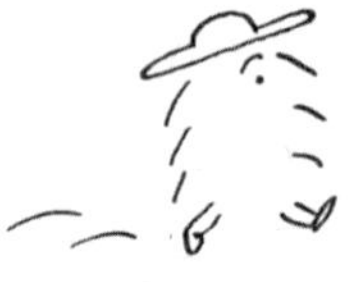

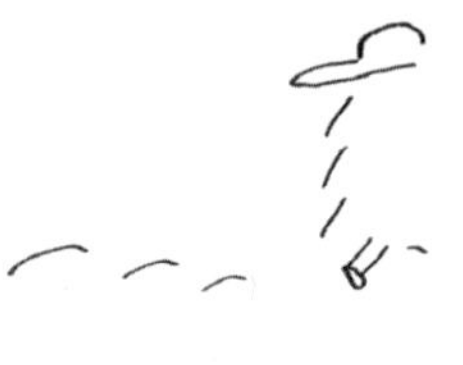

그래야만 될 것 같은
기분이 들었다

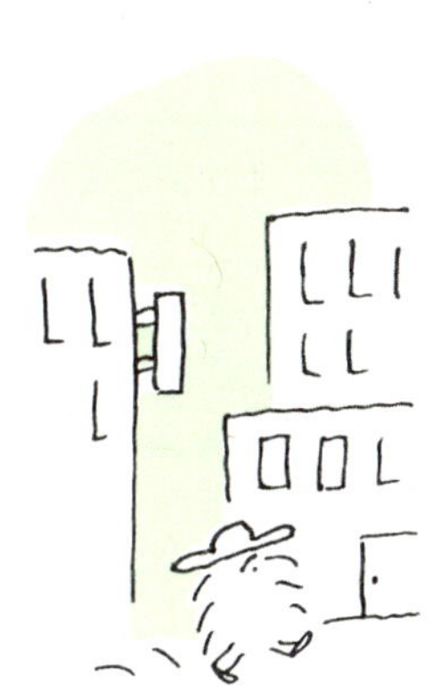

외롭다

 홀로 되거나 의지할 곳이 없어 쓸쓸하다

 계속해서 살아가길 바라는 다정한 마음이 보내는 신호

외롭다는 감정은 상대가 있어야 문맥이 이어지는 단어다. 상대방의 부재는 외롭다는 감정을 일렁이게 하고, 누군가와 함께 있을 때 한숨이나 하품 같이 외롭다고 내뱉는 건 옅은 긴장감을 일으킨다. 분주하게 움직일수록 외로움은 가벼운 먼지마냥 어디론가 날아갔다. 나는 자주 외롭다는 기분에서 벗어나기 위해 사람들 틈 사이로 도망치곤 했다.

사람은 참 복잡하다. 엉켜 있고 날 서 있으면서 동시에 부드럽고 따뜻하고 귀엽다. 한 사람 안에 얼마나 많은 생각과 행동이 담겨 있을까. 그 모든 것을 이해하고 싶어 나는 번번이 그가 가진 따스함과 날 선 모습까지도 모두 안아 버렸다. 계속해서 품고 안으면 뭐든 해결될 것이라 생각했던 어린 믿음은 서로에게 자잘한 상처들을 남겼다. 쌓인 상처는 점점 아무렇지 않아졌고, 이해받지 못한 마음은 혼자가 되면 더 쓰라렸다. 애써 만들어낸 다정은 결국 더 큰 생채기를 만들 뿐이었다. 그렇게 나는 남아 있는 마음을 자주 비질하는 사람이 되었다.

조각난 마음 틈 사이로 찬바람이 맴돌며 몇 날 며칠을 지냈을까. 도망친 나에게 외로움이 찾아와주었다. 의지할 곳 없어 쓸쓸한 내 곁으로. 온 힘을 다해 외로움에서 벗어나려 했는데… 가장 어둡고 깊은 심연으로 완연한 모습을 한 채 찾아와 마지막까지 내 곁에 남아 있었네.

마음 안에서 거세게 불던 바람 소리는 외로움을 마주하고서야 잠잠해졌고 마침내 우리는 대화를 시작할 수 있었다. 외로움과의 대화는 어떤 이야기보다 솔직하고 차분했다. 어쩌면 나는 자신을 돌아보는 것이 두려웠던 것일까. 상대방의 따스함과 날 선 면모를 모두 안아버리려 했던 것처럼, 내 감정 또한 직시하지 않고 그저 품에 안으려고만 했다. 그것을 들추며 감정들 하나하나에 이름을 지어주는 일은 너무도 무거우니까.

나조차 나를 바라보지 않아 두려웠던 마음은 외로움이 되어 나를 더 거세게 붙잡았다. 외롭다는 감정은 나에게 보내는 신호였다. 계속해서 살아가길 바라는 다정한 마음. 끝까지 외면하지 않을 마음속 다정한 내가 나를 부르는 목소리였다.

바지런히 누군가와 시간을 보내고 나면, 마음을 다시 정렬한 채 외로움을 만날 준비를 했다. 나를 이해하러 가는 길은 쓸쓸하고 외로움을 마주하는 일은 버겁다. 그럼에도 조금씩 인정하고 자연스럽게 바라보려 한다. 그런 내가 외롭지 않은 하루를 만든다.

용기를 내다

왜 나는
남들만큼 하지 못할까

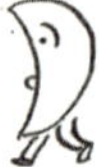

시도해보지 못한 것들이
너무 많아

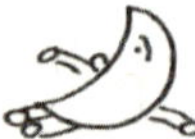

나는 왜 용기 내지 못할까

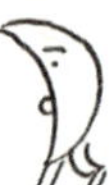

그 앞에서 쉽게 지치는 날
나약하다고 생각했다

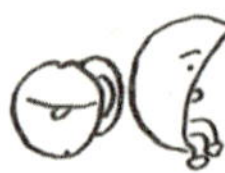

쉽게 자책했다

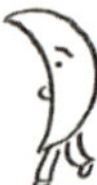
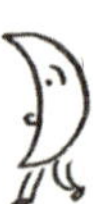

그 마음은 꽤 오랫동안
나를 괴롭혔고

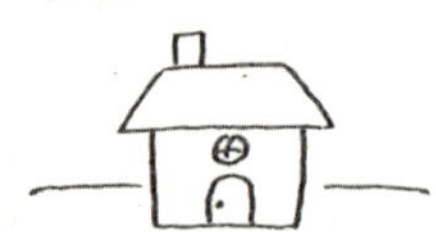

나이는 점점 먹어가고

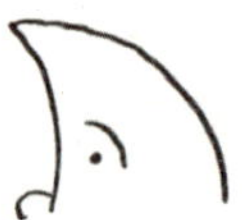

오랫동안 겁쟁이로 몰아갔다

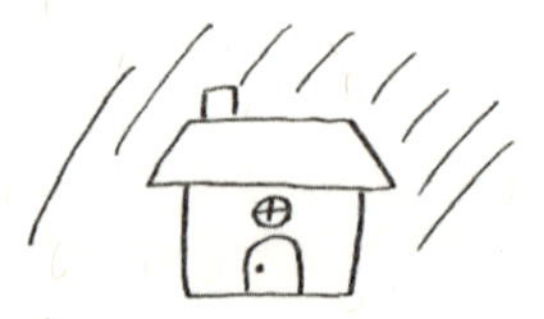

그런데 용기를 내는 것도
다 때가 있더라

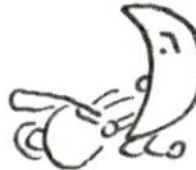

첫발을 내딛을 수 있게
진 것처럼

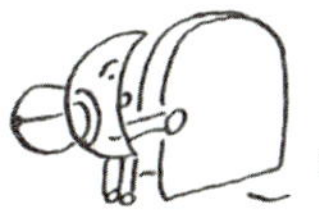

아무리 지금이라며
등을 떠밀어도

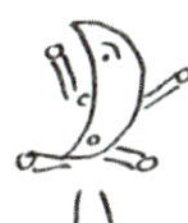

각자의 용기가 피어날 토대가
완성되는 시간은 모두 다르다

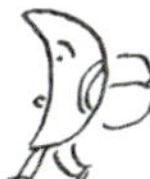

꿈쩍도 하지 않던 마음이

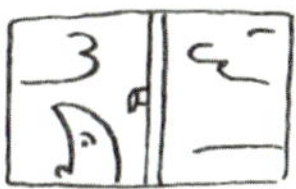

우리가 맞이할 모험을 기다리며

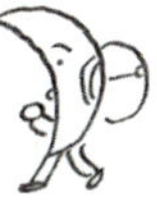

어느 날엔 갑자기 쥐어져

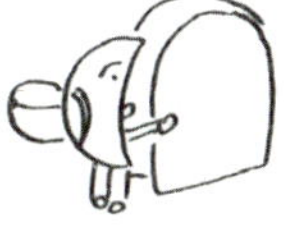

나아가는 용기를 응원한다

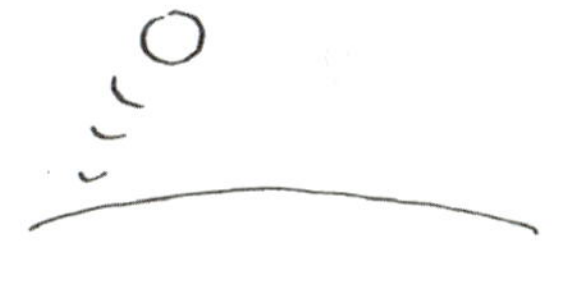

용기를 내다

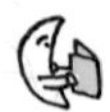 씩씩하고 굳센 기운 또는 사물을 겁내지 아니하는 기개

 아주 작은 불씨가 큰 불꽃이 될 날을 기대하는 마음

언제나 시작하기도 전에 무수한 실패를 상상했다. 실패가 안긴 허탈함에 무너지지 않도록 강하게 마음을 다스리고, 어르고 달래고 나서야 나는 한 걸음씩 내디디며 앞으로 나아갔다. 언제나 느리고 조심스러운 나였다.

아무리 그런 나여도 여행 앞에서는 어떻게 손을 쓸 방도가 없었다. 계획을 세우고 대비한들 여행에는 늘 예상할 수 없는 사건들이 가득하니까.

지난봄에 다녀온 독일 여행에서는 용기라는 감정을 크게 체감했다. 내가 살고 있는 한국의 반대편에 있는 유럽은 모든 것이 새로웠다. 익숙하지 않은 언어를 뱉어야 한다는 중압감에 실수라도 저지르면 무척 부끄러웠고 이해할 수 없는 언어 속에서 나와 다른 사람들 사이에서 자주 눈치를 보고 떳떳하지 못한 채 방황했다. 내 몸집은 점점 작아졌고 겁이 났다. 긴장감에 움츠러든 어깨와 쉴 새 없이 상황을 파악하려고 바쁜 내 눈동자가 그 사실을 뒷받침해주었다.

예상치 못한 상황에 쩔쩔매면서도 한편으론 씩씩하게 이겨내고 싶었다. 주어진 시간 동안 절망하며 허투루 보내고 싶지 않았다. 별일 아닌 일에 움츠러드는 스스로가 부끄러웠다. 그런 상황에서 내가 할 수 있는 것이라곤 작은 목소리라도 앵무새처럼 그들의 말투를 따라하는 일이었다. 그들의 언어로 용기 내어 인사를 전했다. 상대방에게 닿지 않은 인사는 도시 소음 속으로 사라졌지만 그럼에도 계속해서 서투른 인사를 전했다.

용기를 낼수록 목소리는 점점 커졌고, 끝내 상대방의 눈을 마주치며 겁을 내지 않은 순간 온전한 인사를 전할 수 있었다. 누구보다 무뚝뚝해 보였던 상대의 얼굴에 잠시나마 미소가 피어난 순간, 긴장된 어깨가 풀렸다. 그 미소는 그제야 내가 이곳에 있어도 괜찮다고 안도하게 했다. 작은 일에도 힘에 부치는 날들이 계속되었지만 마음의 불씨는 꺼지지 않았다. 한 번 더 두려움을 마주해보고 싶었다. 다음엔 분명 더 잘할 수 있을 거야. 아주 작은 불씨가 큰 불꽃이 될 날을 기대하게 되었다.

내가 갖지 못한 모습을 누군가 보여줄 때면, 나도 그렇게 되고 싶은 마음이 커졌다. 나와 다른 상대의 용기가 얼마나 멋지고 아름다운지 눈을 반짝이며 말했다. 그러나 알고 보면 새로움을 시도하는 것은 누구에게나 두려운 일이었다. 용기 내어 한 발 더 내밀었을 뿐, 우리는 두려움 앞에선 같은 사람이었다.

두려우니까 새로운 건 시도하지 않겠다고 버릇처럼 하던 말 대신 한 걸음 용기를 내 조금 덜 두려운 사람이 되어야겠다. 생각했던 것만큼 그 풍경이 나쁘지 않을 수도 있어. 한번 시도해보자.

우울하다

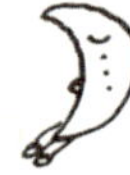

눈물을 흘려 비워낸 만큼

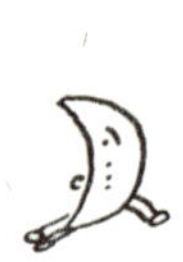

곁에서 눈물 흘리는
너의 어깨를

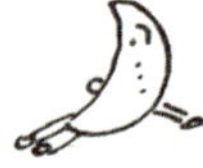

다시 안을 수 있는 용기를 얻는다

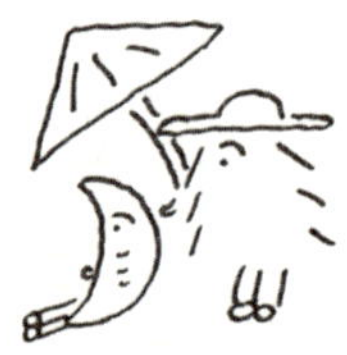

조용히 토닥이며

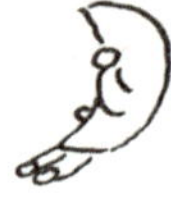

나약해서 우는 것이 아니다

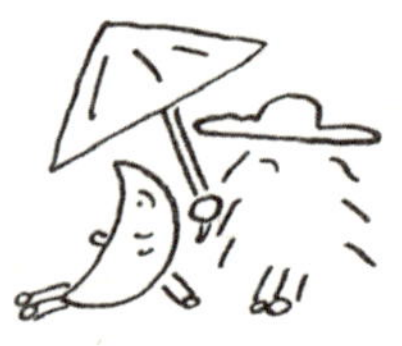

네가 짊어졌을 무게와

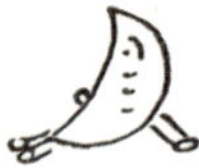

울 수 있어
강해지는 것이기에

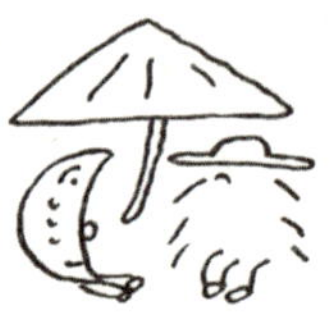

너의 용감함을 다독였다

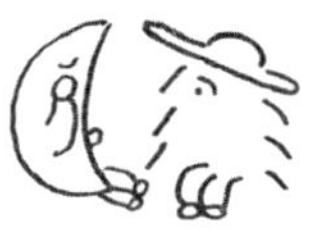
열꽃이 핀 눈두덩이는

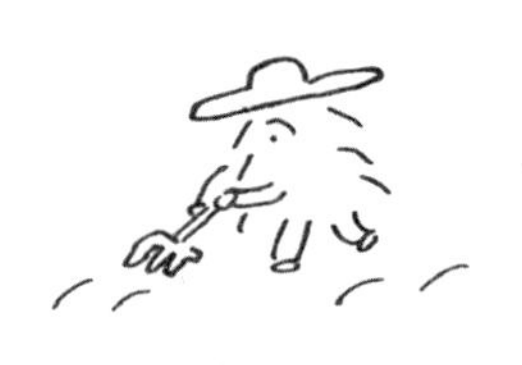
부드러운 땅을 일구자

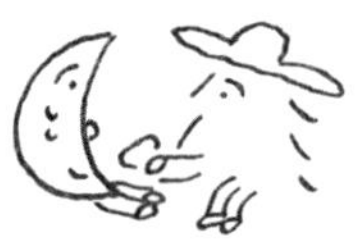
오랫동안 붉을 테지만

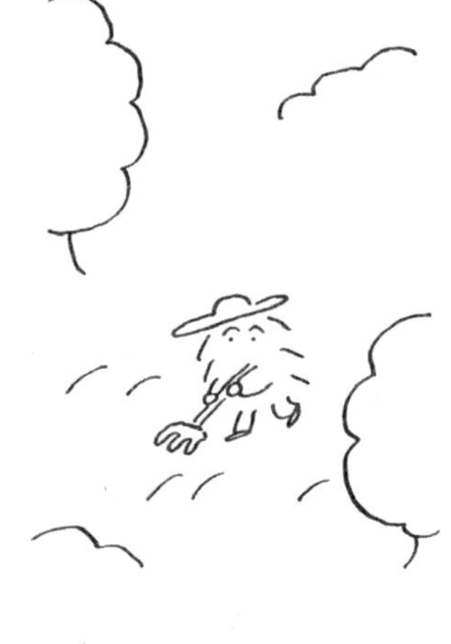
다시 자라나기 좋은 날들이다

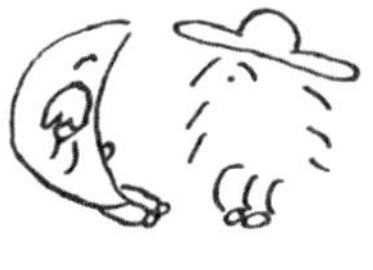
그날 네가 흘린 눈물은

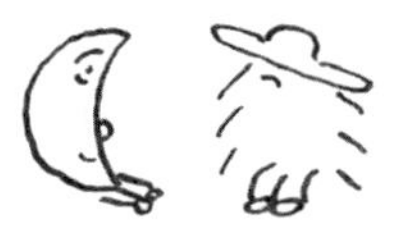
메마른 땅을
부드럽게 만들어줄 것이다

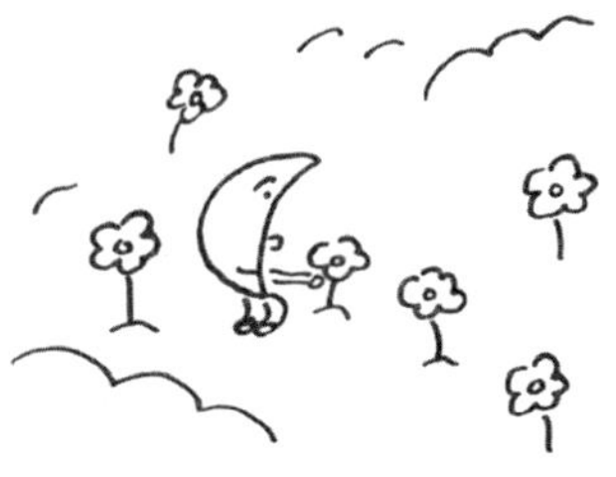

우울하다

 근심스럽거나 답답하여 활기가 없다

 조급함에 마주하고 싶지 않은 감정들이 엉키다

매번 마주하는 계절의 변화는 여느 때와 다를 것 없는 일상인데도 그 앞에서 자주 감을 잃곤 해. 늘 새롭게 느껴지는 계절에 나를 맞추다 보면 어느새 풍경은 훌쩍 바뀌어버린다.

벚꽃을 마주하면 새 학기, 새 출발처럼 무언가가 시작될 것만 같다. 봄이 정말 시작된 기분이라서 그럴까. 나도 그에 맞춰 새로운 마음이 되어야 할 것 같아 허둥지둥 서두르지만 결국 출발 지점에도 도착하지 못한 계주 선수가 된다.

날은 점점 더워져 여름이 되고 내리쬐는 햇빛과 거세게 내리는 폭우를 몇 번 지나다 보면, 어느새 차가워진 아침 공기를 마주하지. 폐로 한가득 들어오는 차가움. 가을이 온다는 생각에 자꾸 뒤를 돌아보다가 걸음걸이가 엉망이 되어 내 그림자를 자꾸 밟게 돼. 추운 날씨 사이 공기가 포근해지는 날이면 어김없이 첫눈이 내렸다. 나는 언제나 느린 사람이었다. 다른 사람들은 모두 잘 지내는 것 같다는 착각이 나도 모르는 사이 스스로를 더 납작하게 작게 만들었다.

몰아치는 바람 앞에서 어깨를 수그리고 몸을 둥글게 말아 더욱 작아져. 동그래진 마음이 도망치듯 통통 튀어가면 서둘러 붙잡으려 따라나선다. 조금만 손을 뻗으면 닿을 거라 생각했는데 마음은 점점 커져서 속도를 올리고 조급해진 마음은 엉키기 마련이다. 겨우 따라잡은 끝에 손에 쥔 마음은 실타래처럼 뒤엉켜버렸고 적막만이 가득한 어두운 곳에 도착했다.

엉킨 마음 안에는 마주하고 싶지 않은 감정들로 가득했다. 차마 두 눈으로 바라볼 수 없어 치워두었던 마음이 언제 이렇게 커져버렸을까. 떠나보내지 못한 이 마음들을 짊어진 무게가 나를 짓눌러 더 느린 사람이 되었구나. 실타래를 풀어가자 엉성하게 꼬아둔 마음들이 모습을 드러냈다. 마주하고 싶지 않은 일들이 닥쳐오고, 문제를 해결하고 다시 이어가야 한다는 사실이 괴로웠지만 나를 더욱 슬프게 만든 것은 오롯이 내가 해결해야 한다는 것이었다. 함께여도 나눌 수 없는 마음이 있다는 사실이, 누군가 곁에 있어도 함께라고 생각하지 않았을 순간이 처음으로 슬프게 다가왔다.

오롯이 혼자가 되어 나를 바라봤다. 오랜 시간 접어둔 마음들을 모두 펼치고 겨우내 풀어진 마음들은 잘 감아 매듭을 지어두었다. 풀지 못한 마음들은 구멍 제일 깊숙한 곳에 묻어두고, 지난한 실패를 다독이며 미뤄둔 마음들과 안녕했다.

어느덧 구멍 밖으로 나와 다시 출발선에 도착했다. 화려한 벚꽃이 지며 낙화가 흩날린다. 이것이 나에게 맞는 봄의 속도다.

의식하다

다른 이의 시선이 만든
그림자에 가려

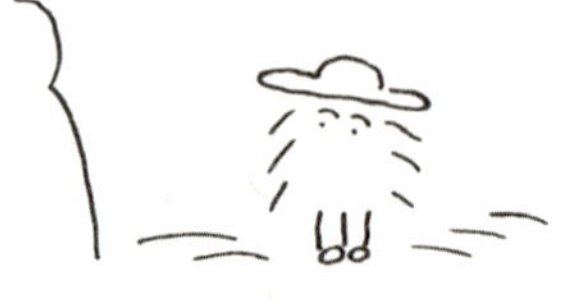

나보다도 남을 우선시하는

흐릿해진 감정들이

이 감정들에게

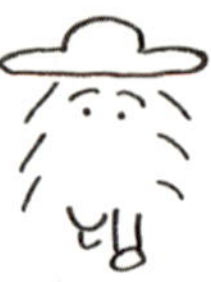

나의 것이 되지 못하고

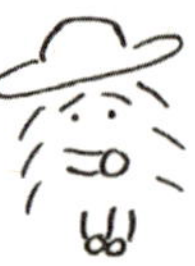

나를 위한 자리를

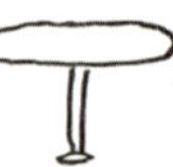

그대로 사라질까
두려워졌을 때

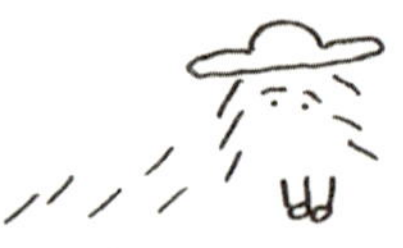

남겨주고 싶었다

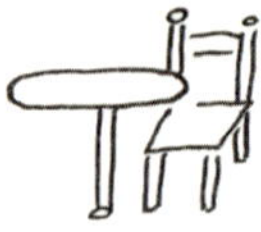

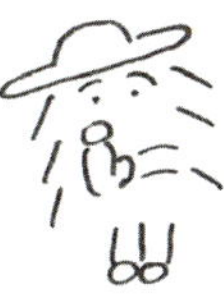

이름을 새길 수 없을 만큼

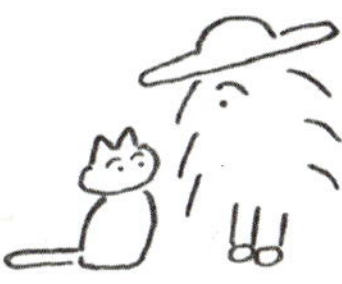

낯설고 두려운 감정들에

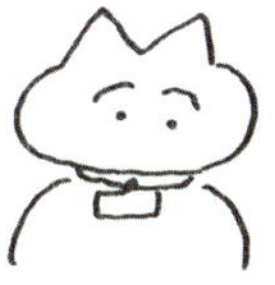

이름표를 새긴다는 것은

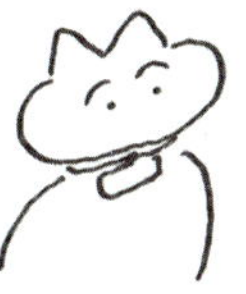

참으로 어려운 일이지만

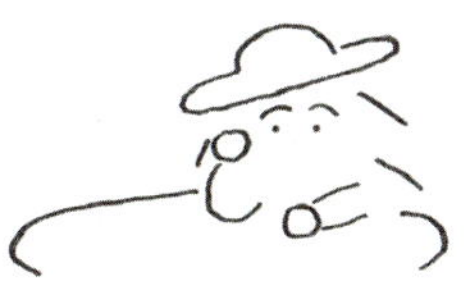

오직 나를 위한 질문을 하고

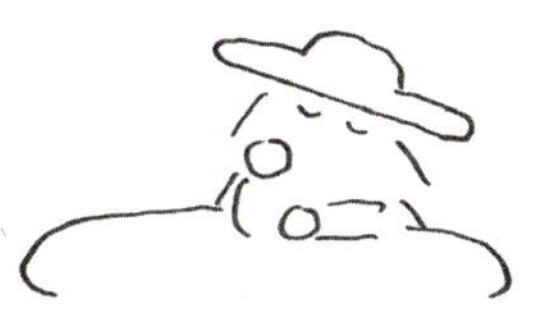

대답을 찾아가려 한다

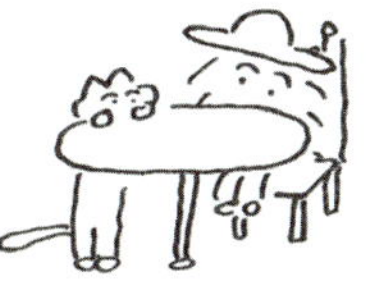

내가 나를 비추는 일이

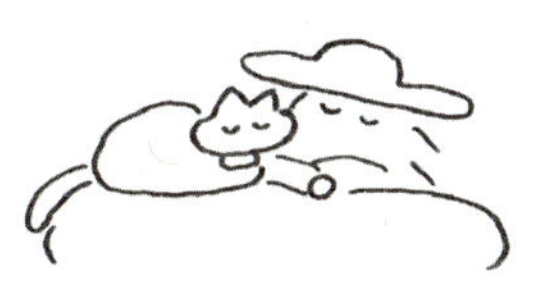

얼마나 다정한 일인지
느끼고 싶다

의식하다

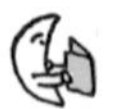 생각이 미치어 어떤 일이나 현상 따위를 깨닫거나 느끼다

 내 자리가 사라지고 내가 가짜가 된 것 같은 감각을 느끼다

기쁜 일에 급격하게 기분이 좋아졌다가도 기분 나쁜 일이 하나둘 늘면 참지 못했다. 기분이 오락가락하는 이유엔 SNS가 있었다. 다양한 작품들을 접하고 사람들과 긴밀히 소통할 수 있는 SNS이지만 과한 정보들은 비교의 대상이 되어 나를 깎아내렸다. 눈에 보이는 숫자가 줄어들면 스스로를 압박하며 그 이유를 찾으려고 했다.

나의 생각과 이야기를 나누는 것보다 다른 사람들의 시선이 신경 쓰이는 일이 점점 더 커져갈 때, 어느 순간 내 자리가 사라지고 있었다. 분명하게 내가 아닌 누군가를 위한 작업을 하고 있는 듯했다. 그런 작품들은 내가 만든 것이지만 나의 것이 아니었다.

작업이 재미없어지자 의욕도 함께 꺾였다. 그려낼 수 없었고 그리고 싶지 않은 기분이 맴돌았다. 어디서부터 시작해야 할지 막막한 기분, 슬럼프가 찾아왔다.

어떤 모습이 진짜 나일까. 작품뿐만 아니라 일상에서도 이 질문이 늘 뇌리에 맴돌았다. 다양하게 수집한 것들을 흡수하는 모습을 온전하게 나라고 부를 수 있을까. 이런 의심 앞에 당도하면 정녕 내가 무얼 원했는지 알 수 없었다. 그런 굴레에 빠진 순간엔 내가 가짜가 된 것만 같았다. 나로서 존재하고 있지 않다는 감각. 의심은 꼬리를 물고 틈틈이 나를 넘어뜨릴 준비를 마친다.

다만 여러 차례 의심과 싸우고 나서야 알게 된 것들이 있다. 바로 깊숙이 뻗은 나의 중심은 여전하다는 것. 그 변치 않을 중심을 따라 다시 쌓아 올리면 된다. 그러기 위해서는 내가 진정으로 좋아하는 것들을 찾아 다시 실행해야 했다.

며칠 동안 움직이지 않아 피폐해진 몸을 이끌고 자전거를 타러 나왔다. 얼굴을 스치는 바람을 맞으며 신선한 공기를 폐 속 가득 채웠다. 땀이 나고, 팔과 다리 근육이 움직이는 걸 느끼며 온몸으로 나아가는 기분은 언제나 좋았다. 한바탕 자전거를 타고 난 뒤, 콩닥콩닥 뛰는 심장을 가라앉히며 좋아하는 카페에 들러 차를 한 잔 마시면 절로 행복하다는 소리가 나왔다. 내가 나를 챙겨주고 있다는 기분이 가득 드는 날엔 이게 바로 나라고 말하고 싶어진다. 내가 좋아하는 것을 자신에게 선물하는 마음, 그 순간에는 의심할 것 없이 내가 되어가는 기분이다.

다른 이들이 만들어놓은 길을 따라가는 것은 쉽고 빠르다. 다만 그 흐름 안에서도 무수한 선택들 앞에서 길을 잃지 않았으면 한다. 단단한 마음은 자신이 제일 잘 알고 있다. 그러니 몸을 움직여 실패를 확인하고 다시 되돌아가는 것을 두려워하지 않았으면. 그 과정은 다름 아닌 내 자리를 만들기 위한 과정일 뿐이다. 자신만의 사랑을 잘 다듬어가자. 새로운 것을 마주하는 것을 꺼리지 않는 우리가 될 수 있길.

의심하다

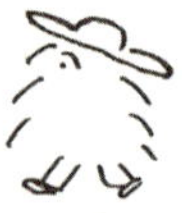

생을 살아가며
수많은 의심을 합니다

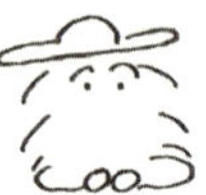

잠시 쉬어갑니다

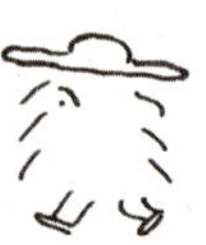

과연 내가
옳은 방향을 선택했는지

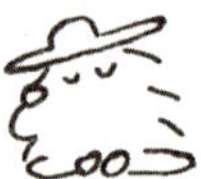

갈림길 앞에서 나눈 고민들

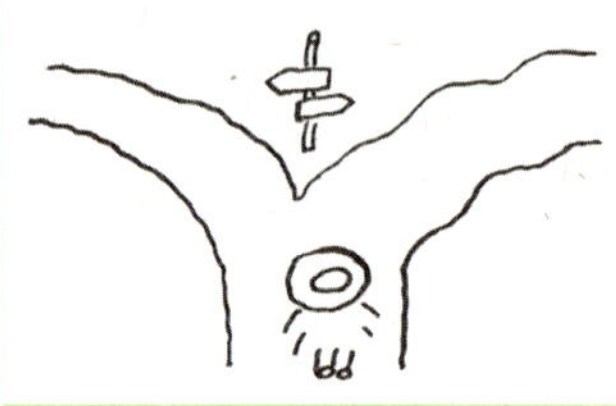

선택에 후회는 없는지

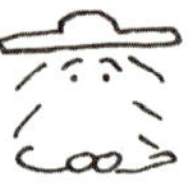

나를 더 안전한 곳으로
데려가려 합니다

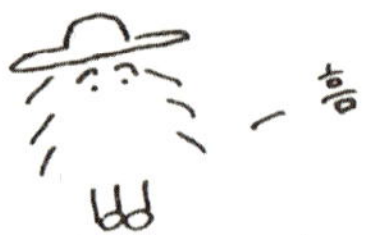

의심과 결정 사이
안전한 곳에서

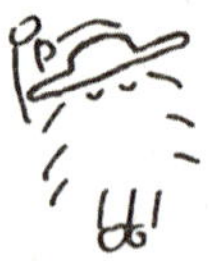

참 다정하지요

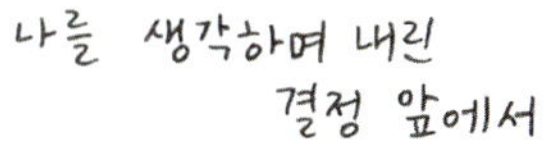

나를 생각하며 내린
결정 앞에서

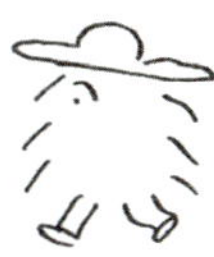

이 방향을
후회할 수도 있고

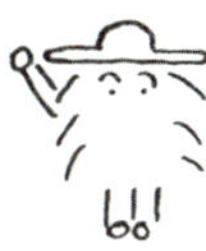

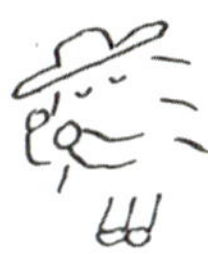

다정한 마음에 귀 기울인다

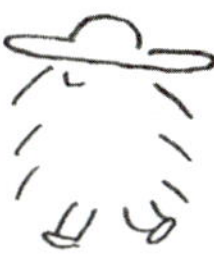

실패할 수도 있겠지만

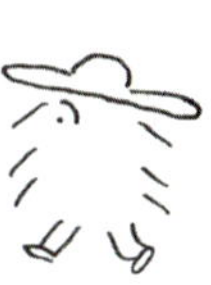

그리고 함께
바람에 맞서 걸어간다

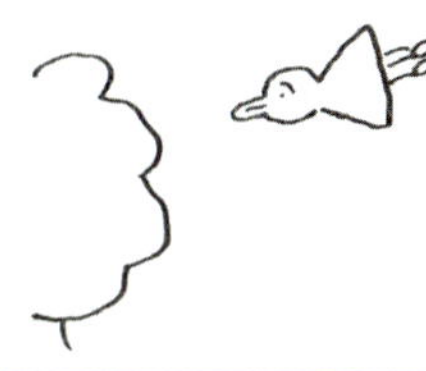

우리가 내린
최선의 선택이라 믿어

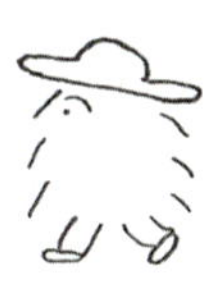

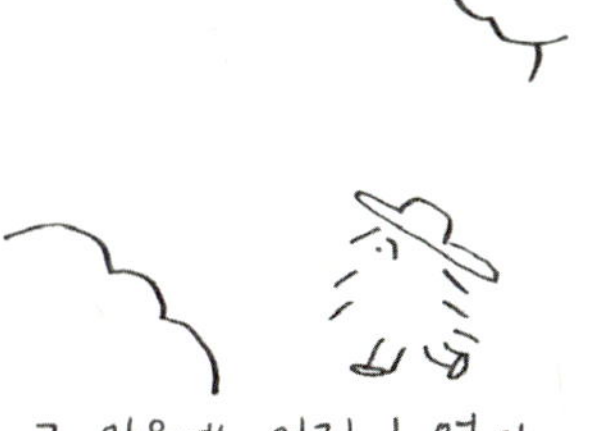

그 마음엔 거짓이 없다

 확실히 알 수 없어서 믿지 못하다

 멀어지려고 하는 마음에 서로여야 하는 이유을 찾다

1

어느 날 문득 네가 물었다. '왜 삶을 계속 살아가야 하지?'

나는 네가 딛고 있는 이 땅에서 조금도 멀어지지 않았으면 해서 네가 살아야 하는 이유를 아주 빠른 속도로 대답했다. 나는 네가 조금 더 오래 살았으면 좋겠어. 그 마음이 닿은 건지 너는 조금 웃어주었다. 그 순간만큼은 너의 미소를 볼 수 있어 다행이었다.

우리는 똑같이 글도 쓰고 그림도 그리며 그것을 다른 이들과 나누었지. 너는 이 사회 안에서 할 수 있는 예술의 역할에 대해 조금은 허무해했다.

그러게, 왜 우리는 의심하면서도 그리는 걸 멈출 수 없을까.

우리는 왜 무언가를 계속해서 남겨두려는 것일까.

일단 계속 해보자고 했다. 애써 내놓은 답이 너무 시시해서 도리어 의심을 한 적도 있었고 답을 내릴 수 없다고 결정 지은 날도 있었다. 고민을 계속하느라 삶이 이어지는 것만 같았다. 아이러니하게도 이것이 내 삶의 원동력이 되고 있었다.

2

지금껏 우리가 고민을 시작하고 생각을 이어가게 된 것도 서로 의견을 나누고 응했기 때문이잖아. 마음은 눈에 보이지 않으니까, 볼 수 있고 만질 수 있는 무언가로 흔적을 남긴다. 다른 이의 흔적을 보듬으면서 나와 닮은 얼굴을 찾고 그 마음을 위로하며 동질감을 느낀다. 어떤 이의 마음에 깊이가 생기고 사랑이 싹트면 창작으로 이어질 테고, 그 가치를 또 다른 이와 나누며 순환하는 덕분에 우리는 계속 무언가를 만드는 게 아닐까. 서로에게 조금씩 치유받는 우리가 계속 연결되어 서로의 이유가 되어주었으면 해.

이 대화 이후, '단춤'이라는 작가명을 쓰며 만화를 그리기 시작한 것은 나의 이야기뿐 아니라, 사람들과 나눈 대화를 남겨두고 싶어서이기도 했다. 우리의 대화와 생각을 곱씹던 공백의 시간을 그저 흘려보내기엔 아쉬워서 어딘가에 붙잡아두고 싶었어. 그렇게 만화로 적은 대화들은 작은 모닥불이 되었다.

어느새 곁으로 사람들이 찾아오기 시작했고 편안하게 잠시 마음을 뉘었다 떠나갔어. 다시 자신의 길을 걸어갈 사람들이 안온해진 마음을 안고서 하루를 이어가길 바랐지. 그래서 나는 늘 모닥불의 온기가 꺼지지 않도록 지켜보고 있어. 따스함을 지키는 사람이 되어 살아가는 이 역할이 나는 꽤나 마음에 든다.

이것이 우리가 가지던 의문에 대한 해답이 될 수 있을까. 너도 의문을 품었던 그림을 여전히 그리고 있지. 아이러니하게도 우리에게 예술은 계속 살아갈 이유가 된 듯하다. 내뱉지 않으면 안 되는 사람의 삶을 살고 있는 것 같아.

접다

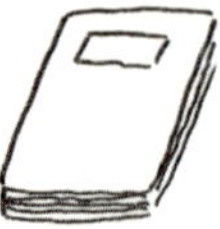

삶이라는 책 속에
여러 목차들이

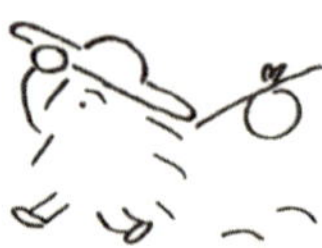

잘 끝맺은 채 다음 이야기로

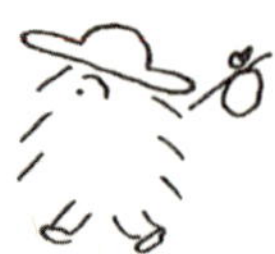

나열되어 있는 상상을 한다

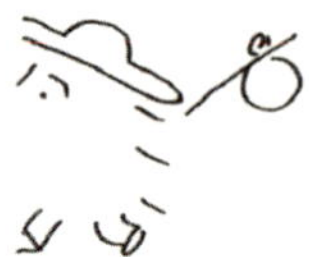

넘어가던 날들도 있지만

하나의 대목엔
여러 가지 이야기가 있지

어떤 날은 기필코

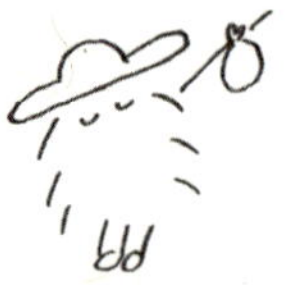

저마다의
상황과 여운과 후회

마음을 접을 수 없는
대목이 존재했다

끝내고 싶지 않은 마음은

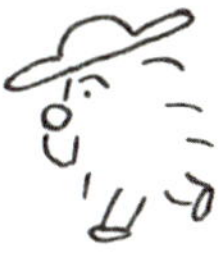

백지 안을 돌아다니다가 결국

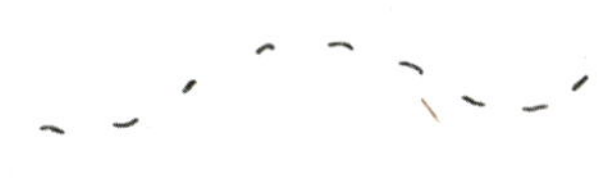

하루에도 몇 번씩
　책을 펼쳐 들게 했다

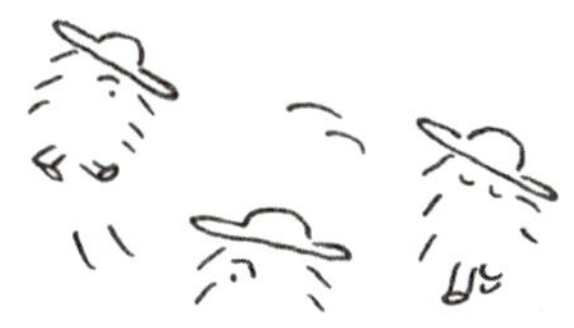

시간에게 이야기의
　　결말을 맡겨둔다

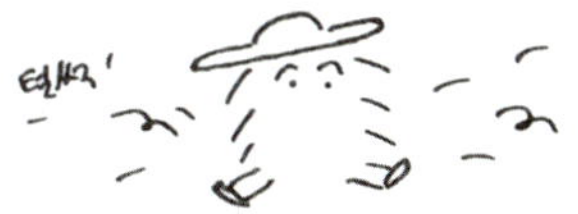

다만 그 앞에서도
　　별말 할 수 없어

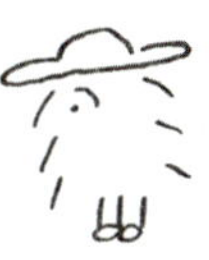

자연스레 접어지길
기다려야 하는 시간 앞에서

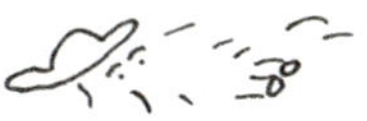

같은 페이지를 맴돌았다

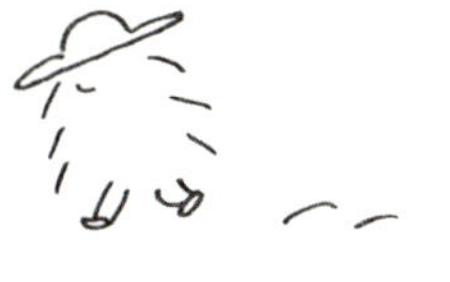

가만히 지켜봐야 한다는
　사실이 적잖이 괴로웠다

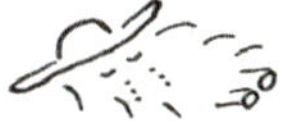

다만 어떤 이야기는
그래야만 했다

끝을 맺지 않고서도
넘어가야 하며

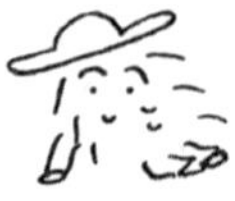

끌어안고 함께
살아가야 했다

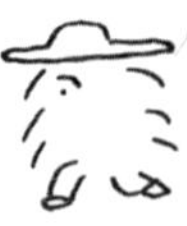

무엇이 정답인지 모르는 채로

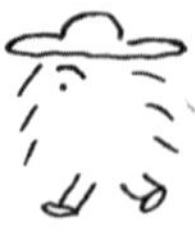

나는 계속 걸어야만 했다

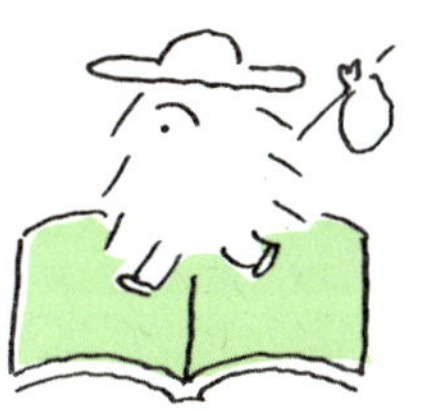

접다

 자기의 의견, 주장 따위를 더 이상 내세우지 않고 거두어들이다

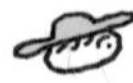 셀 수 없이 저버리고 잊다 보니 잃어버리다

내뱉은 말은 주워 담을 수 없기에 자주 뱉은 말을 돌아봤다. 그러다 더욱 조심히 말을 골라야 하는 상황이 올 때면 말하기보단 듣는 일을 선택했다. 상대방의 이야기를 집중해서 들으며 뱉을 말을 곱씹다 보면 나는 자연스레 듣는 사람이 되었다. 대화 앞에서 나는 자주 말을 삼키는 사람이 되었다.

듣는 사람의 몸 안에는 대화가 쌓인다. 한가득 이야기를 안고 집에 돌아온 날에는 글이 쓰고 싶어졌다. 품에 남은 하루의 대화를 풀어내며 주어가 없는 글을 써 내려갔다. 뭉뚱그려진 마음이 글자의 형상으로 모습을 보일 때 자연스레 내가 하고 싶었던 말이 무엇이었는지 가늠할 수 있었다. 나는 늘 한 박자 뒤늦게 되돌아가는 사람이었다.

듣는 사람으로 자리하던 대화들엔 분명 말을 삼키면 안 되는 순간들이 존재했지만 그런 순간마저도 말을 많이 걸러낸 채 대답했다. 거름망이 너무 촘촘해진 날에는 아무 말도 할 수 없었다. 걸러진 말들은 무거운 적막과 함께 가라앉아 혼잣말이 되어 사라졌다. 하고 싶은 말을 모두 전하지 못하고 집으로 돌아가는 길엔 마음이 한 겹씩 접힌 기분이었지만 스스로를 느린 사람이라고 여기며 뒷걸음질로 도망갔다.

시간이 흘러 적막이 사라진 자리를 빗질하다 보면 문득 하고 싶은 말이 떠올랐다. 그제야 입을 떼어 사라진 마음들을 살아있게 만들고 싶었다.

무언가를 잃어버린 듯한 기분으로 그렇게 얼마간의 계절이 흘렀을까. 오랜만에 꺼내 입은 외투 깊은 주머니에서 잃어버렸던 물건을 찾은 것처럼 언제적 마음이었는지 가늠도 할 수 없는 잊고 있던 마음이 불현듯 기억났다.

여러 번 접혀 주름이 셀 수 없이 많은 마음, 아무도 모르게 숨겨둔 지난날의 이야기와 빈틈 없이 빼곡히 적힌 외치지 못한 마음, 부딪힐 수 있는 용기와 불편함을 뒤로한 채 외면했던 마음. 이미 셀 수 없이 저버린 마음들이 당연해서 그대로 사라져도 아무 탈 없이 살아갈 수 있었다. 그저 무언가를 잃어버린 것 같다는 기분만 들었을 뿐 나는 그대로 살아갈 수 있었다.

위로조차 전해주지 못한 채 접어버린 마음 앞에서 나는 나의 이야기를 듣는 사람이 되어주지 못했다. 내가 저버린 마음 앞에서 내뱉은 말들이 변명 같아 아무런 대답을 해줄 수 없었다. 걸러진 채 가라앉은 대화들을 다시금 떠올리며 이미 지나간 마음들을 바라봤다.

대화에 유통기한이 있겠냐마는 그래도 이제는 그 기한을 앞당겨보자고 생각했다.

평범하다

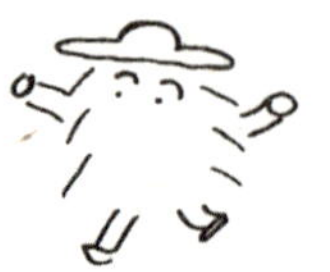

스스로를
박쥐같은 사람이라고

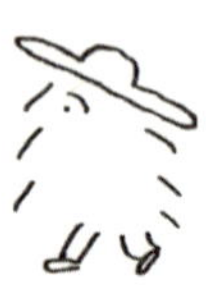

이도 저도 아닌
박쥐 같은 사람

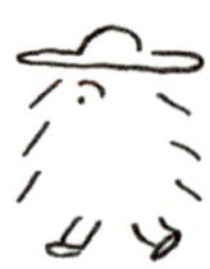

칭하곤 했습니다

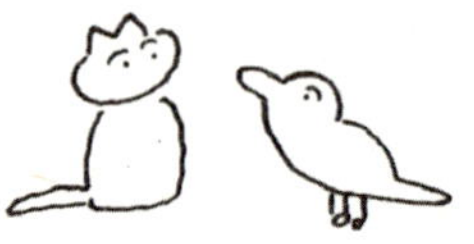

좋아하는 것도 싫어하는 것도
뚜렷하지 않은

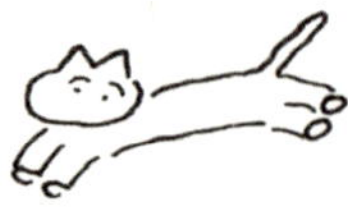

땅에 사는 동물이 될 수도

그 시절의 나는
특별할 것이 없어

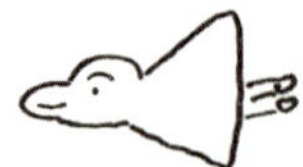

하늘을 나는 동물이
될 수도 있는

무엇이 될 수 있을까
생각했습니다

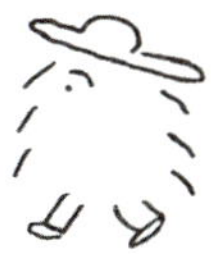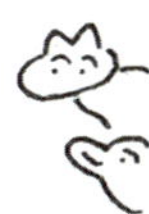

다만 지난한 평범함이 모여

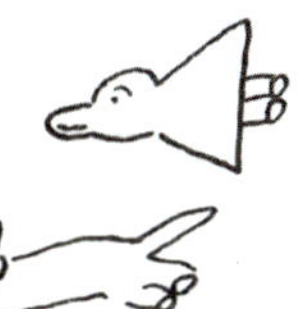

다듬어진 내가 좋습니다

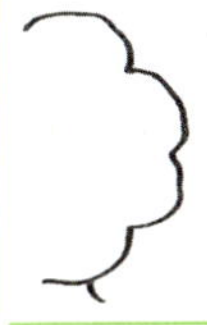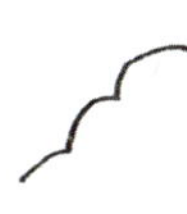

그 사이 영화 같은 일이
일어난 것도

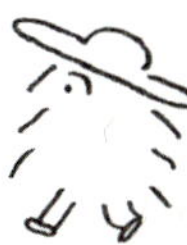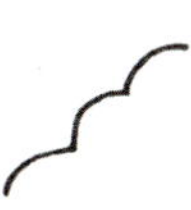

큰 행운이 나타난 것도
아니었지만

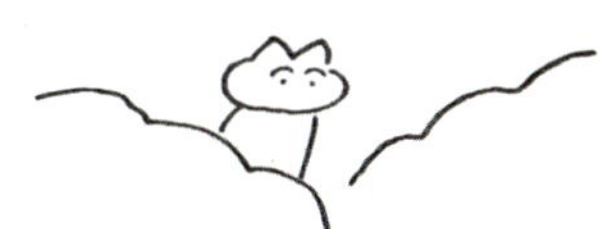

평범한 보통의 하루 속

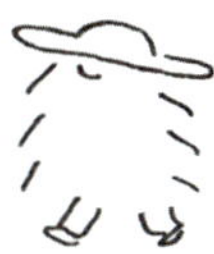

비범한 순간을 찾아내는 법을
알고 있다는 사실만으로

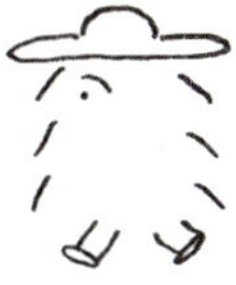

하루들이 모여
내가 되었단 사실이

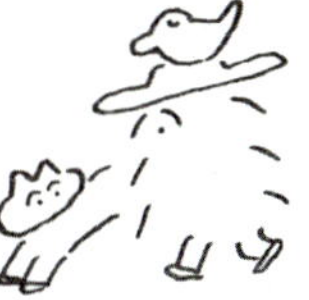

달갑게 느껴졌습니다

평범하다

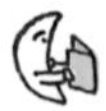 뛰어나거나 색다른 점이 없이 보통이다

 조용히 손짓하고 대화를 걸다

어릴 적 보던 만화 영화나 애니메이션 주인공들은 대부분 마법 같은 능력을 갖고 있다. 자의 혹은 타의로 얻게 된 신비한 힘. 현실에선 가질 수 없는 힘이란 것을 알면서도 나에게 분명 어떤 마법과도 같은 힘이 나타날 것이라고 믿었다. '재능'이라는 이름을 붙이고서.

한동안 어린 나의 관심사는 재능을 찾는 것이었다. 그림도 그리고 피아노도 쳐보고 수영도 춤도 배우러 학원 이곳저곳을 돌아다녔다. 그럭저럭 잘한다는 평을 들을 때면 '이 분야는 나의 재능이 아니다'라고 생각했다. 보통이라는 이야기를 듣고도 계속 배운 것은 그림뿐이었다.

상상으로만 그치던 것들을 그려낼 수 있어 즐거웠다. 계속할 정도로 재미있었는가 하면 확신이 없지만 오랫동안 손을 놓지 않았다는 이유만으로 나는 오로지 그림을 믿고 그림에게 의지했다.

그렇게 내 삶의 방향타를 그림에게 맡겨둔 채 입시 미술을 시작했다. 학년이 높아질수록 그림을 잘 그리는 친구들과 선배들이 눈에 띄기 시작했다. 그림의 기술과 센스가 뛰어난 이들을 보며 이것이 진짜 재능이구나 알아차렸고, 반면 아주 잘 그리지도 못 그리지도 않은 평범한 그림이 내 것이었다.

당시 학원에서는 그림을 모두 바닥에 펼쳐두고 전체 평가를 자주 진행했는데 선생님은 가장 좋은 그림을 그린 친구를 호명하며 박수를 쳐주곤 했다. 어린 마음에 그 박수를 꼭 받아보고 싶어서 무척이나 노력했지만 한 번도 박수를 받지 못한 채로 학원을 졸업했다. 그저 나는 적당히 잘 그리는 학생이었다.

대학교에서도 마찬가지였다. 내 세상이 얼마나 좁았는지 깨닫는 매일의 연속이었다. 그런 하루를 보내는 사이 재능이라는 힘을 잊은 지 오래였다. 마법 같은 힘에 대한 동경은 그저 꿈이었고, 오래도록 품었던 꿈은 깨어나면 사라지는 얄팍한 희망이 되었다. 애매한 능력을 가지고 무얼 할 수 있을까. 넘을 수 없는 벽 앞에서 자기 성찰의 모습으로 둔갑한 내밀한 우울이 서서히 나를 잠식해왔다. 몇 번의 계절이 바뀌었는지도 모르게 우울은 나의 발목을 오랫동안 잡은 채 놓아주지 않았다.

우울을 파던 보통의 어느 날, 전시장에 갔다. 당최 그림의 어느 부분이 멋있는지, 어딜 깊게 바라봐야 하는지 모르는 상태로 천천히 전시장을 돌아다녔다. 느긋한 걸음으로 그림 사이를 지나다니는데 문득 눈길을 사로잡는 그림이 하나 있었다. 붓 터치의 기술도 색감도 어느 하나 돋보이지 않는 평범한 그 그림은 말을 걸고 있었다. 여기 있는 나를 보라고 뽐내는 것이 아닌, 이리 와보라고 조용히 손짓하는 말이었다. 그림 앞에 한참을 서서 바라봤다. 아주 평범한 일상 이야기를 하듯 자신의 내밀한 이야기를 담고 있는 그림 한 점. 그 순간 내 마음에 도달한 것은 재능도 기술도 센스도 아니었다. 그저 그림에서 뻗어 나온 작은 대화에 '나도 이야기하고 싶다'는 평범한 바람이었다.

　순간 마법의 힘을 가지게 된 것처럼 심장이 쿵쾅거리기 시작했다. 당장 그림을 그리고 싶었다. 집으로 뛰어가 그리고 싶었던 풍경을 담았다. 상상 속에서만 살아 움직이던 것들을 그려냈다. 오래전에 내가 꾸었던 꿈, 깨버려 끝난 희망을 눈 감은 채 되새김질한다. 너무 평범해서 자주 잊어버렸던 순간을 떠올렸다.

　사소하고 평범한 것들은 아주 짧은 담백한 기쁨을 주며 우리를 단숨에 휘어잡는다. 용솟음치는 이 기쁨이, 오직 나의 눈에만 걸려 넘어진 평범함이, 스스로를 비범하게 만들어준다. 얄팍한 희망을 다시 불러일으켰다. 이번엔 내가 만들어갈 발자취 안에서 일어날 꿈들이었다.

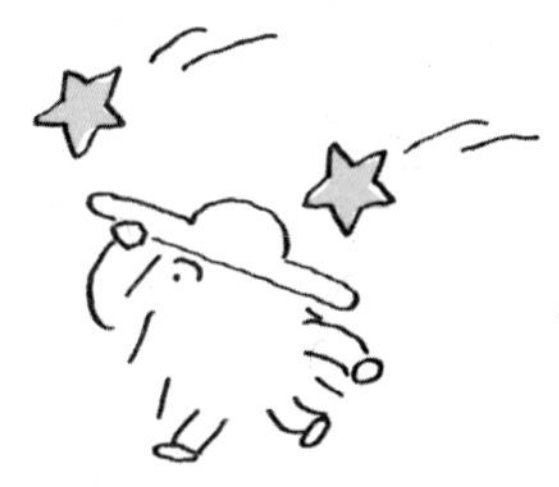

평범한 보통의 하루 속

비범한 순간을 찾아내는 법을

알고 있다는 사실만으로

평안하다

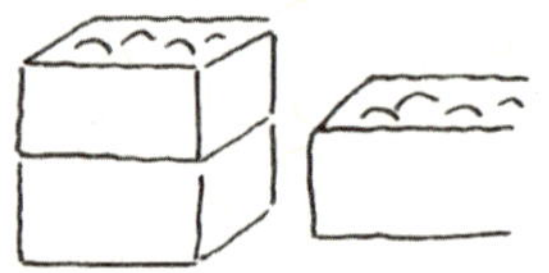

한창 매대에 귤이 보인다

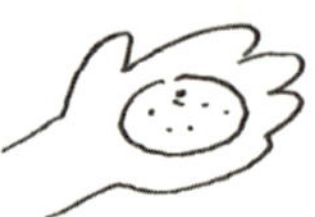

어느 날 식당에서 받은

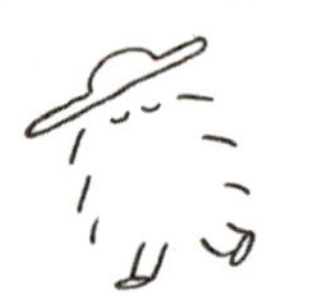

바람 타고 흐르는
싱그러운 향기

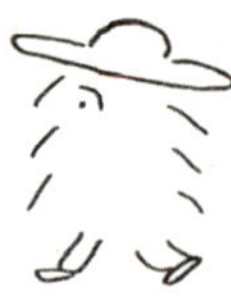

귤 이야기를 언뜻 했는데

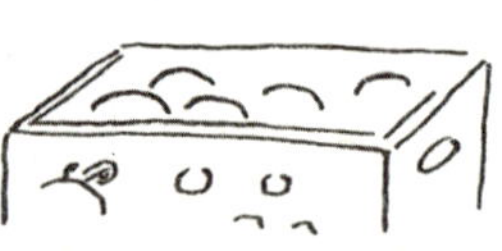

알알이 채워진 상자를 보고

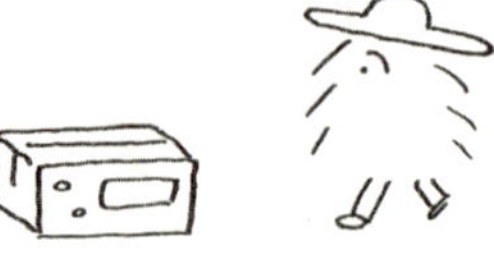

공주가 귤 한 박스를 보내줬다

군침을 삼키며 집으로 갔다

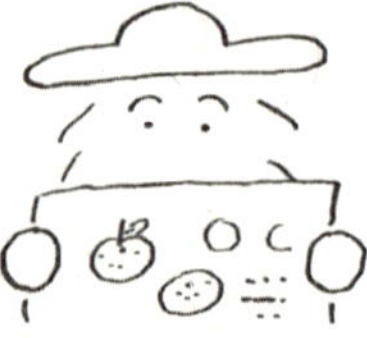

우 - 와 아 !

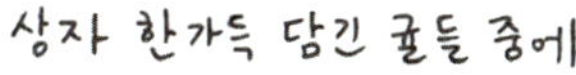
상자 한가득 담긴 귤들 중에

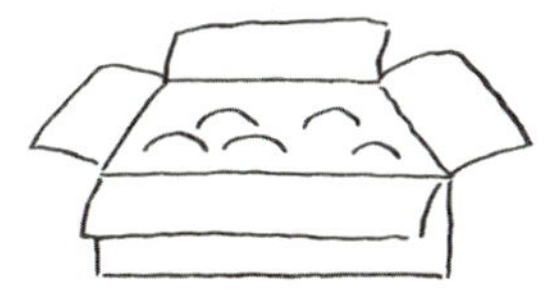

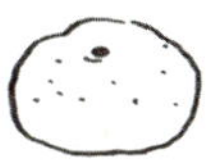
제철 과일을 보내주는 마음

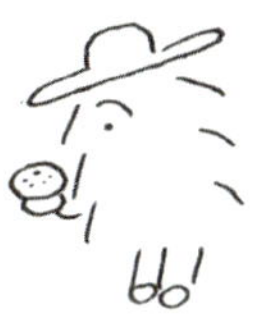
하나를 까먹었다

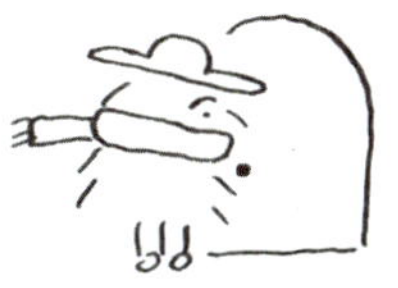
이 계절을
놓치지 않길 바라며

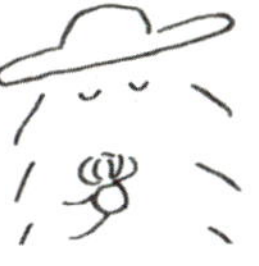
아주 달고 맛이 좋다

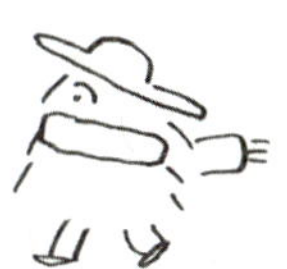
전해준 다정 같아서

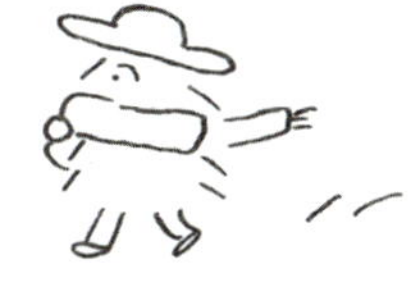
다시 한번 겨울을 새겼다

무사히 굴이 도착했다는
소식과 함께

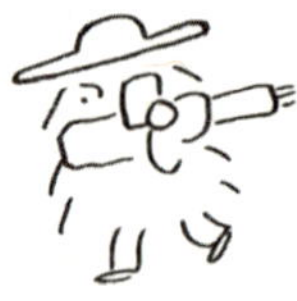

나의 계절을
챙겨준 당신에게

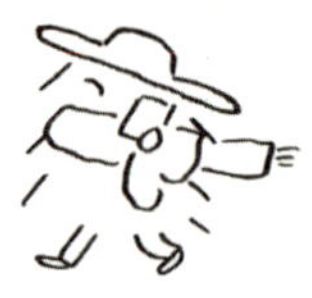

이 계절을 잘 보내고 있다고
말했다

제철 사랑을 새긴다

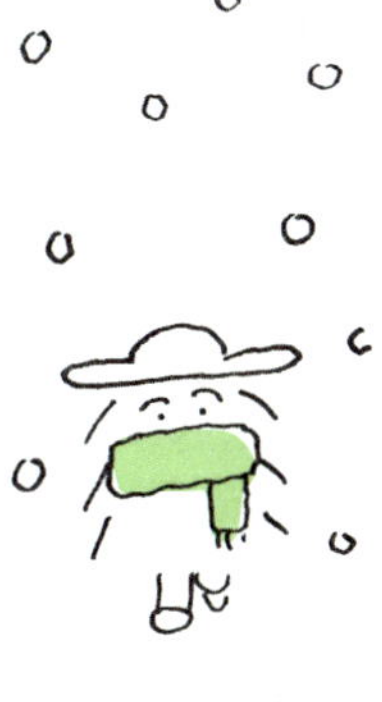

이 계절을
놓치지 않길 바라며

평안하다

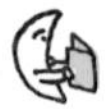 걱정이나 탈이 없다. 또는 무사히 잘 있다

 안부를 물을 때 궁금하고 또 바라는 마음

안녕 친구야, 그간 잘 지냈니?

너에게 인사를 전해. 너는 평안히 지내고 있는지, 서로의 마음을 꺼내어 보여줄 수 없으니 이렇게 안부를 물어.

밥은 매끼 잘 챙겨 먹는지 밤에 잠은 잘 자는지 궁금해. 너는 나의 질문들에 자주 의아하다는 듯 물어보잖아, 상대방의 하루가 왜 궁금한지 신기하게 여기곤 했지. 그러게, 난 내 곁의 다정한 사람들이 어떻게 지내고 있는지 궁금한가 봐. 기뻐할 일이 있는지, 묵묵하게 하루를 보내고 있는지, 사랑은 하고 있는지, 미움에 눈물을 흘리는 날들이 있는지… 그런 사소한 것들이 자주 궁금해진다.

안부를 묻는다는 건 상대방에 대한 나의 다정의 영역이라고 네가 말해주었지. 네가 소중하게 대해준 덕에 가벼이 습관적으로 안부를 묻는다고 생각하던 마음이 더 특별한 영역이 되었다. 그 다정의 영역이 나에게 닿지 않은 것 같다는 생각이 드는 날엔 자주 일기의 형식을 빌려 글을 써 내려가곤 했다.

일기 속 대답이 늘 명확하진 않았다. 끝을 흐리며 피하기도 하고 잘 모르겠다는 말만 반복하며 글을 쓰는 상황에서조차 벗어나려고 애를 쓰기도 한다.

어느 날엔 주체할 수 없는 감정들이 문장으로 쏟아져 무슨 이야기를 하고 싶어 하는지조차 알 수 없었다.

아직도 나에 대해 모르는 것들이 있다는 게 새롭다. 믿고 있던 사실들이 부정되는 날이면 내가 무얼 쌓아온 것인지 허무해지기도 해. 스스로를 잘 모른다는 사실은 늘 나 자신을 불편하게 만든다. 동시에 조금이라도 이게 나라고 자신하는 순간엔 오만하다는 듯 다시 미궁 속으로 빠져버리곤 해서 어쩌면 우리는 평생 자신을 알 수 없을 거란 생각을 해. 스스로에게 자신하는 건 섣부른 판단이기도 하구나. 난 여전히 내가 어렵게 느껴진다.

그렇게 발견과 실패를 반복하며 우리가 되어간다고 생각하면, 나는 어쩔 수 없이 네가 평안하길 바라는 것 같아. 조금 덜 상처받고 자주 미소 지었으면 좋겠다. 내가 잘 지냈으면 하고 바라는 마음만큼 너도 잘 지내기를 바란다.

네가 왜냐고 또 이유를 묻는다면 그것은 사랑 때문이라고 말할 수밖에 없어.

그러니 오늘도 평안한 하루 보내렴.

오로지 네가 되어가는 하루를 보내길 바랄게.

포기하다

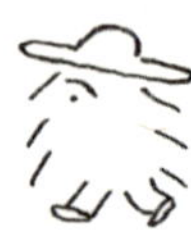

포기라는 마음과 함께
물밀듯이 밀려오는 죄책감은

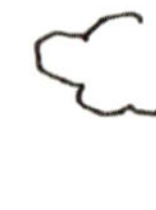

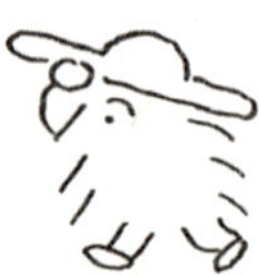

끝없이 몰려오는 선택지와

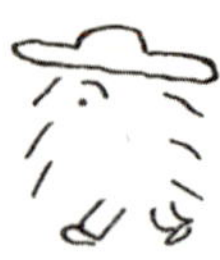

마음을 더욱 무겁게 만든다

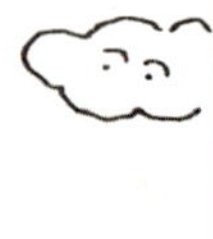

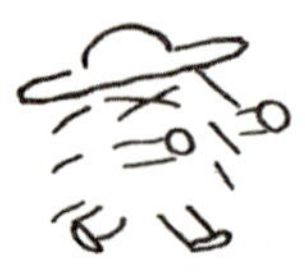

무한하지 않은
체력과 시간 사이에서

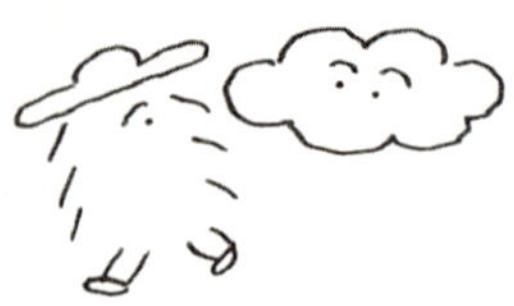

어느새 포기라는 단어는

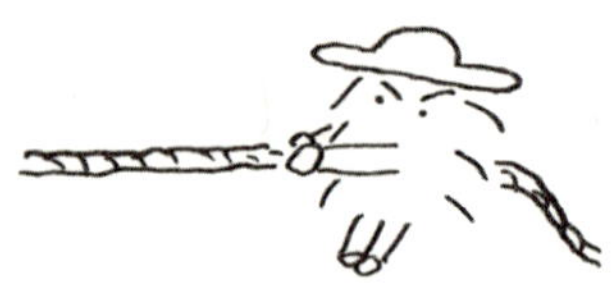

팽팽한 줄다리기를 한다

못난 모습을 한 채
주변을 어슬렁거린다
꺅!

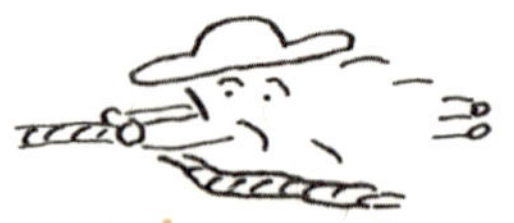

끝끝내 지쳐
포기를 목도한 순간
쿵

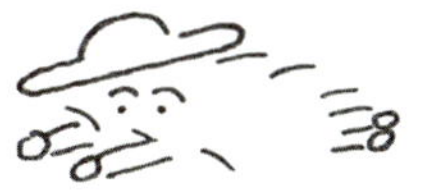
놓치지 않으려
양껏 껴안은 팔이

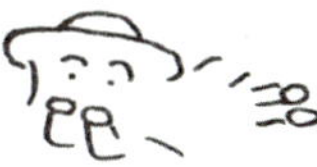
다만 분명한 것이 있다면

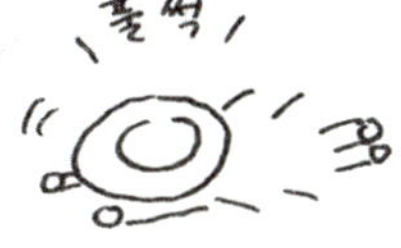
허탈하게 쓰러져
풀썩

수많은 생각들 사이에서

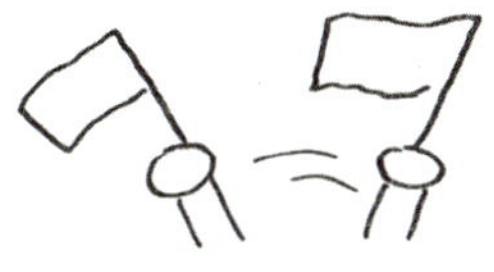
마음은 이내
백기를 들어 올린다

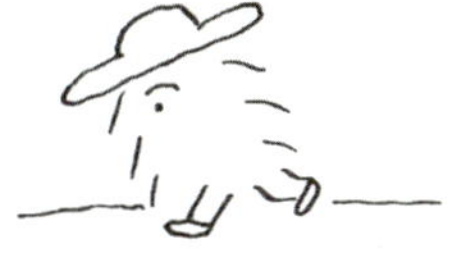
포기를 선택하기까지
거쳐왔을 갈림길에도

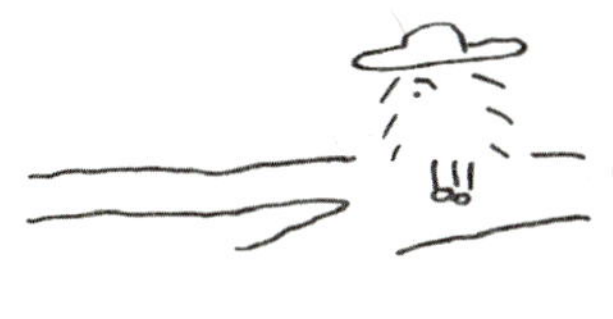
용기가 필요하다는 사실

다음을 위해 남겨둔
시도를 시작하기 앞서

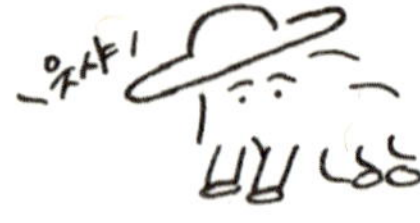

목표를 재정비하고

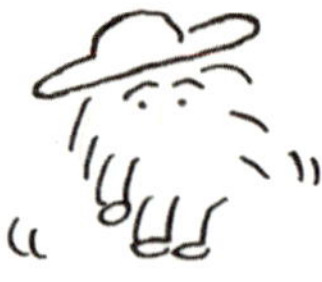

다시 찾아올 기회를
놓치지 않을 거라 다짐한다

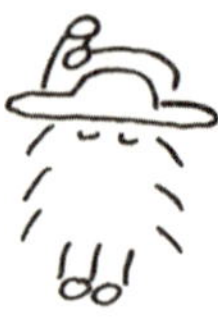

잘 걸어가고 있는 우리를
늘 응원해

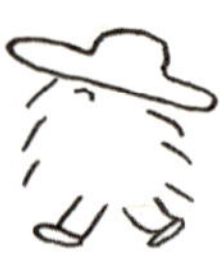

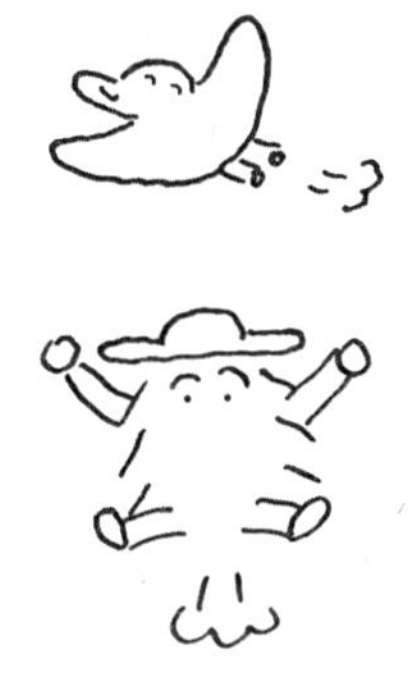

포기하다

 ① 하려던 일을 도중에 그만두어 버리다

② 절망에 빠져 자신을 스스로 포기하고 돌아보지 아니하다

 함께 나아갈 수 있는 희망을 잃어버리고 조금 외로워지다

포기를 해야 할 때 포기에 응하는 것도 용기다. 다만 나는 그 선택을 조금 유예할 수 있지 않을까 싶어 저 멀리 밀어둔다. 음식에 유통기한이 있듯이, 남은 포기의 기한이 다가올 법하면 직접 마주할 용기를 피해 다녔다.

누군가 커튼을 늘어뜨리듯 여기까지만 하자고 포기의 선을 그으며 앞으로 나아갈 길을 가린다. 다만 우리는 더 갈 수 있을 것 같다는 맹목적인 돌진으로, 눈앞에 쳐진 커튼을 열어젖히고 나아간다. 얼마 가지 않아 무거운 문이 앞을 막아선다. 무겁긴 하지만 견딜 수 있는 정도의 무게다. 힘을 들여 문을 열고 나아가자 두꺼운 벽으로 가로막힌 창문이 내 앞에 나타난다. 밖으로 넘을 수 없게 단단한 벽으로 가로막힌 창문.

우리는 함께 나아갈 수 있을 것이라 믿었던 희망 앞에서. 분명 조금만 뻗으면 창문 밖으로 달아난 너에게 닿을 수 있을 것 같았거든, 그런데 계속 포기하라고 말하는 내 마음이 너무 미웠다. 너무 미워서 더욱 포기하고 싶지 않았는데 오기를 부리며 나아갈수록 정말 아무것도 남지 않았고, 애쓴 마음 위로 먼지만 날렸다. 가벼워져 버린 것이 내 손 안에서 흘러내린다. 손쓸 새도 없이 흩어져 사라져버렸다. 아주 긴 악몽을 꾸고 있다고 믿고 싶었다.

엄마는 항상 '넌 마음을 너무 많이 주는데 그것이 널 속상하지 않게 했으면 좋겠다'고 말씀하셨다. 그 당부를 듣고 어떻게 마음이 아프지 않을 수 있을까. 더 이상 그렇지 않은 사람이 되었다고 말하고 싶은데 낙심하는 마음은 습관처럼 반복된다. 아파도 나의 희망을 스스로 꺾을 만큼 나쁜 사람을 자처하진 않는다. 어쩔 수 없이 희망이 부러지지 않을 정도로만 애쓰고 다독인다.

어쩔 수 없다는 말. 양날의 검 같은 문장. 무언가 굳게 잡고 있던 손을 놓치고 싶지 않은 마음과 다치지 않고 싶은 마음이 공존하는 문장. 사랑하는 이에게 내뱉고 싶지 않은 마음.

내가 하는 말이 모두 변명처럼 들리는 날엔 나는 괜찮은 사람이 아닌 것 같아 스스로를 의심했다. 다시 일상으로 돌아가는데 길을 잃어버린 듯 공허했다. 나를 이루던 일부가 사라져버린 듯했다. 어떤 방향으로든 하루를 살아갈 테지만 단지 오늘은 조금 더 외로운 사람이 되어 서투르게 포기를 다짐한다. 그렇지만 머지 않아 나는 또 같은 희망을 꿈꿀 것이다. 부러지지 않을 정도의 아픔과 희망을.

행복하다

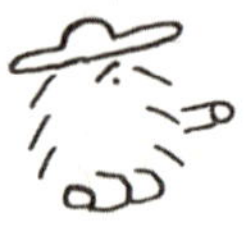

솜털같이 부드러운
네 손을 잡으며

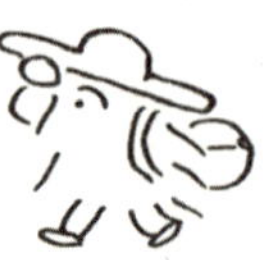

이 세상 부딪히며
살아갈 날들에)

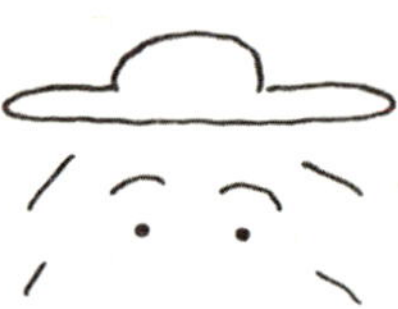

행복해야 해

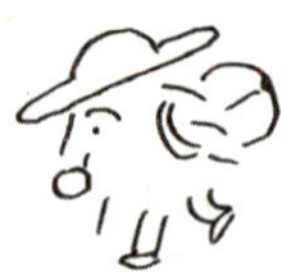

내겐 그 두 가지가 제일

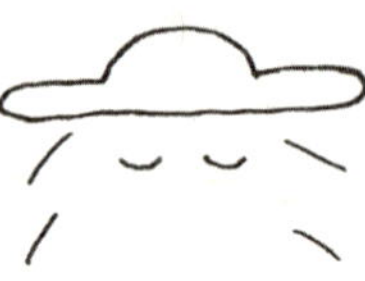

건강해야 해

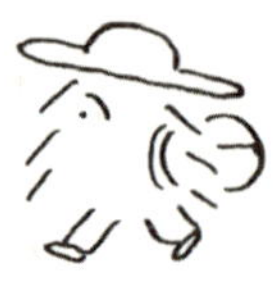

중요하게 여겨졌을까
그 말만을 되풀이했다

그 말만을 되풀이했다

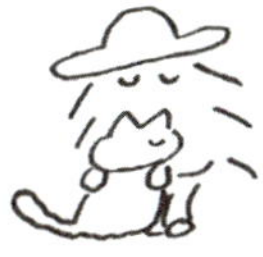

무수히 사랑하고 기뻐하길

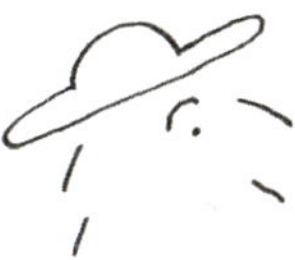

평생을 지켜줄 것처럼
말하던 나는

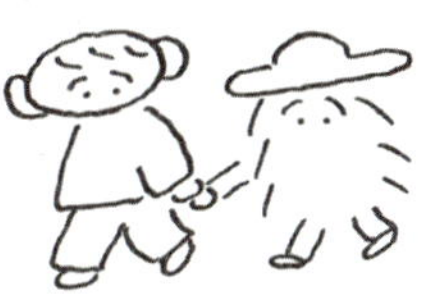

미움도 결국 사랑이 되고

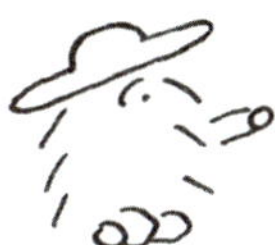

이내 꼭 잡은 손을 놓고

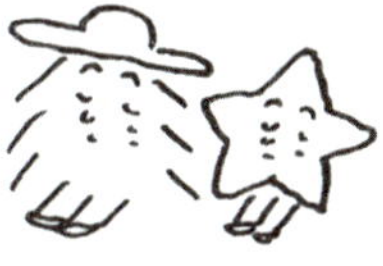

눈물도 결국 미소로 번지길

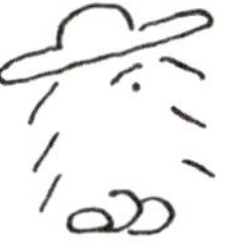

미소 지은 채 손을 저었다

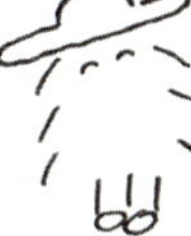

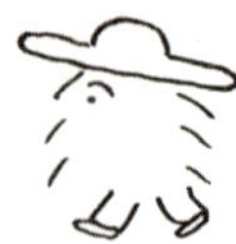

행복과 건강이
얼마나 소중한지

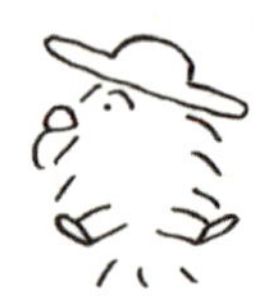

나도 자주 깜빡하면서

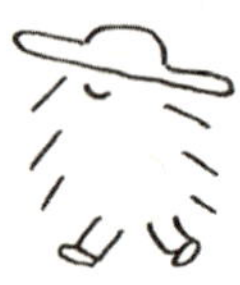

사랑하는 이들을 위한
작은 기도를 올려

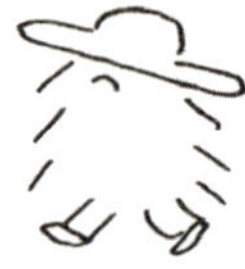

간결한 기도가 닿길 바란다

행복하다

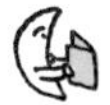 생활에서 충분한 만족과 기쁨을 느끼어 흐뭇하다

 목표가 될 수 없는 감정의 상태이자 과정에 있는 순간

1

얼마 전 조카 돌잔치가 있었다. 아주 멋진 옷을 입고 걸어 다니는 모양새가 제법 어린이다웠다. 벌써 1년이라는 시간이 흘렀다니 아기들은 정말 금세 커 간다. 돌잔치 중에 나는 자리에서 일어나 허리를 숙인 채 조카의 손을 꼭 잡고 "건강하고 행복해야 한다"는 덕담을 세 번 정도 한 것 같아. 세 번이나 읊조릴 정도로 나는 조카의 건강과 행복을 바랐던 걸까. 행복이 뭐길래 우리는 늘 행복하기를 바라는 걸까. 그것이 무얼 의미하는지 나조차도 잘 모르면서.

2

나에겐 행복이 목적이 되었던 순간이 있었다. 사람들이 그렇게도 원하는 행복을 나도 따라가야 할 것만 같아서 휩쓸리듯 그들과 같은 행복을 바라봤다. 다만 행복이 목적이 되던 순간, 이상하게 모든 것이 강박적으로 다가오기 시작하더라. 행복이라는 절대적인 가치와 그 단어가 내포하고 있는 무조건적인 긍정에 따라, 그 과정에서 겪는 부조리함과 피해를 별일 아니라는 듯 대수롭지 않게 여겼다. 이것은 너를 위한 행복이라며 포장한 마음을 수긍하며 오로지 행복을 위해 다른 요소들은 쉽게 묵살시켰다.

분명 행복하기 위해 살았는데, 행복은 가까이 다가갈수록 나에게서 점점 멀어졌다. 왜 이렇게 아득하게 느껴질까. 죽은 뒤 도착한 천국에서 악몽 같은 일이 연달아 벌어지며 천국을 의심하게 되는 미국 드라마 「굿 플레이스」의 도입부처럼, 나를 위해서라며 다가가던 행복을 의심하기 시작했다. 세세하게 뜯어볼수록 이것은 분명하게 나를 위한 행복이 아닌, 타인의 기대 어린 시선이 바라던 행복이었다. 그것을 알아차리지 못했던 난 행복하지 못한 스스로를 타박하며 감정을 무기처럼 휘둘렀다. 자신을 비난하다 못해 아프게 하는 지경에 이르러서야 나는 행복을 향한 강박을 멈출 수 있었다. 어쩌면 행복을 소유하겠다는 안일한 생각이 나를 절망으로 이끌었을까. 행복은 목표가 되지 못한다. 우리는 늘 행복을 바랄 수 없다.

행복은 삶의 과정에 있는 사소하고 아름다운 순간들이다. 움직이고 살아가는 순간에 원동력이 되어주는 부가적인 기쁨이다. 행복은 내가 살아가길 바란다. 이쪽으로 가자, 이 아름다운 장면을 마음속에 담아두고 더 나은 곳으로 가자고 이끌어주는 다정한 행복 앞에서 나는 어리광을 부리기도 하고 느슨하게 입 밖으로 행복하단 말을 전하기도 해. 힘을 주지 않은 채 보듬어주는 행복은 그제야 나를 다정하게 아껴준다.

행복은 무척이나 아름답다. 그 아름다움을 기억하기 위해 자주 애를 썼지만 행복은 내가 바라는 대로 손에 잡히지 않았다. 내 마음대로 할 수 없는 자기 멋대로인 행복을 자유롭게 풀어두고 그 곁을 이리저리 지나다닌다. 행복에 관하여 분명히 아는 것이 있다면, 행복은 나에게 늘 좋은 것만을 보여주려 한다는 것과 언제나 곁에 있다는 사실이다. 풀어둔 행복을 찾아가며 그가 발견한 아름다운 장면들을 마음속에 꽂아둔다.

　마음에 빛이 들어 싱그러운 사람이 된 것 같아. 한동안 이 행복을 짊어지고 나는 살아간다. 작은 행복들이 가리킨 길을 따라 내가 바라는 나로 나아간다.

회피하다

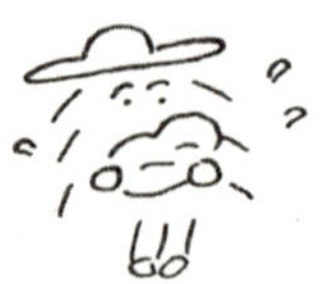
아기들이 칭얼거리는
이유 중 하나는

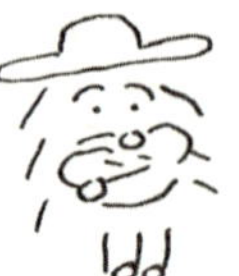
조심히 눈가를 쓸어내렸다

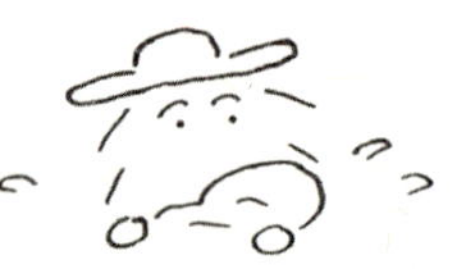
잠드는 법을 몰라서
그렇기도 하대

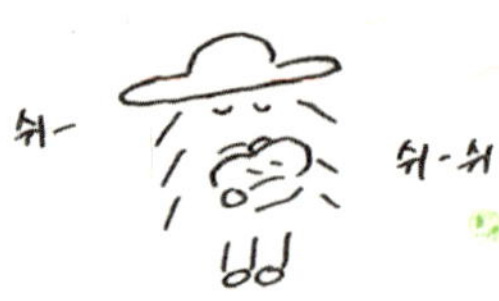
잠들지 못해
발버둥 치던 아기는
쉬-
쉬-쉬

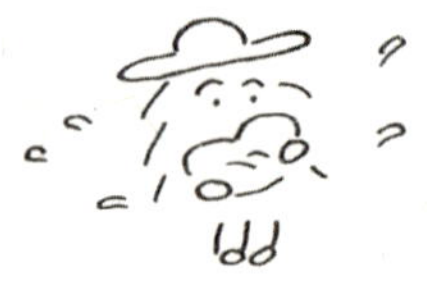
나도 방법을 모르는데

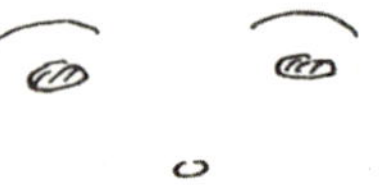
어느새 눈을 끔뻑거리며

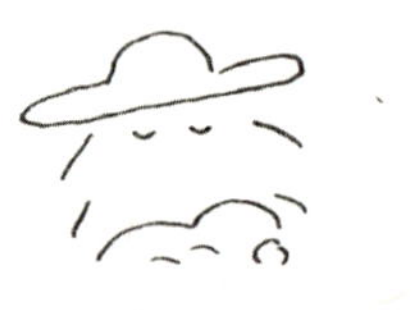
눈을 감고 있는 게 답일까?

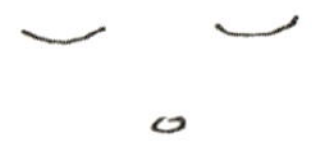
잠에 빠져들었다

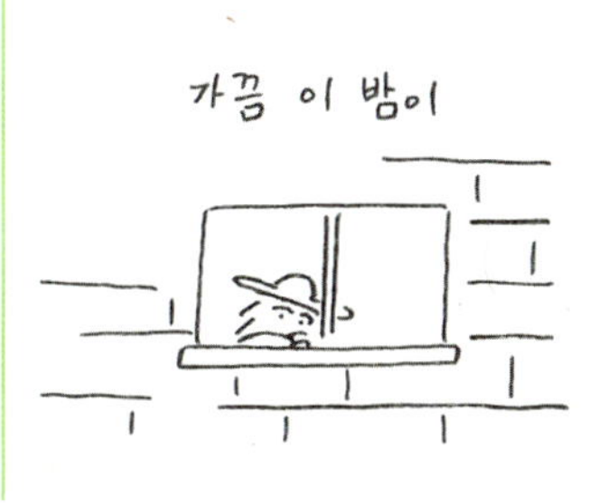
가끔 이 밤이

도망치지 못하게 누군가

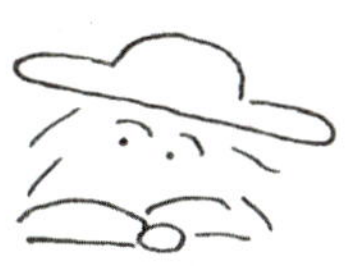
영원히 지나가지 않을까봐
두려워

앞을 막는 것 같아

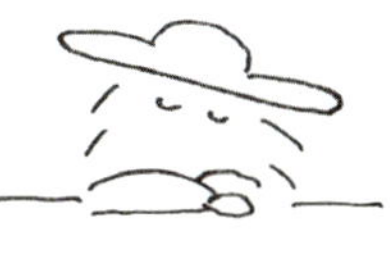
생각을 멈추고

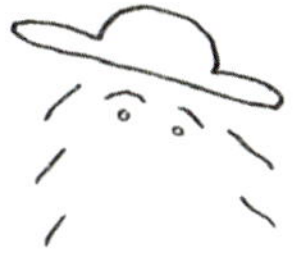
그것이 여전히 두렵다

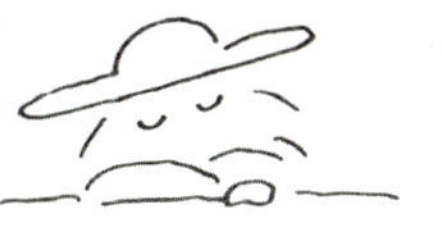
잠으로 도망치고 싶은데

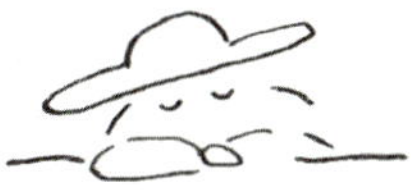
내일의 해가 뜰 것을
알면서도 두렵다

회피하다

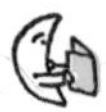 몸을 숨기고 만나지 아니하다

 나에게서 도망치다

견딜 수 없을 정도로 자신이 미워졌을 때 도마뱀처럼 꼬리를 자르고 도망갈 수 있다면. 소라게가 새로운 집을 찾아가듯 훌렁 껍질을 벗을 수 있다면. 우리는 좀 더 홀가분한 사람이 될 수 있었을까. 이미 오래전 등껍질처럼 붙어 내가 되어버린 짐을 버리고 도망가지 못했던 나를 생각하면 심장께가 묵직해진다.

떨쳐낼 수 없게 된 과거들이 모여 결국 내가 되었다. 이 사실을 믿고 싶지 않을 땐 등에 얹은 짐을 모르는 척하고 살아갔다. 나를 지나치는 사람들이 모두 나를 바라보며 왜 울고 있냐고 물어봤다. 그 말에 당황하며 나는 울고 있지 않다고 말했다. 나의 모습을 비출 수 있는 것들은 모조리 피해 다니며 멈추지 않는 눈물을 흘리며 길을 걸었다. 나는 울고 있었다. 다만 그것을 인정하고 싶지 않은 나의 세계가 있을 뿐이었다. 울고 있지 않다고 믿으며 나의 어떤 모습은 모르는 척하고 잊어주길 바란 상대에는 나도 포함되어 있었다. 그렇게라도 나는 나에게서 도망치고 싶었다. 나에게서 도망친 내가 어떤 표정을 지을지도 모르면서 겁쟁이처럼 달아났다.

나에게서 벗어나 정착할 곳 없이 걷던 난 타인을 오랫동안 사랑했다. 나를 위해 남겨둔 사랑까지 털어가며 상대를 사랑했고 온전하고 아늑한 공간 안에서 서로 보살핌을 나누었다. 사랑을 받고 있단 기분을 처음 느낀 사람처럼 사랑이 주는 다정함에 마음은 쉽게 취해갔다. 사랑을 주고받는 일이 이리도 기쁜 일이라니 매일매일이 여름방학 같은 날들이 주는 달큰한 사랑은 내가 무엇을 두려워하고 있었는지조차 깜빡하게 할 정도로 나를 무방비하게 만들었다.

사랑한다는 말이 늘 말끝마다 맺혔고 나는 늘 사랑에 충만했으나 정작 마음을 편히 두지 못했다. 그늘진 미소를 지나치지 못하는 사람들, 보고 싶어 하는 마음을 언제나 손에 쥐어주던 사람들, 손에 상처가 하나 생겨도 바로 알아보는 사람들이 내 곁에 있어 행복하면서도 나는 항상 두려웠다. 영원히 이 밤이 지나가지 않으면 어쩌지 하는 걱정처럼, 행복은 나를 불안하게 만들었다.

여름 끝물 매미들의 울음소리가 차츰 사라지고, 불어오는 스산한 바람이 땀흘린 몸을 차갑게 만들며 가을이 왔다. 등에 얹은 짐을 모른 체하고 살아온 날들이 생각났다. 아주 오랫동안 그날을 후회하고 있었나 봐, 외면하던 마음의 빈자리가 깊게 느껴졌다. 이제야 솔직한 사람이 되었다고 생각했는데 여전히 무얼 부끄러워하고 두려워하는지 정작 솔직하지 못했던 나는 자신을 오래 잃은 사람이었다. 도망쳐선 안 되는 이유를 찾은 것만 같아. 그리고 그것이 달갑지 않을 것이란 예감이 함께 들었다. 가감 없이 나를 들춰 바라봐야 해. 드디어 무언가가 시작될 것만 같은 기분이다.

후회하다

후회하지 않고
선택을 믿고 나아갈 것

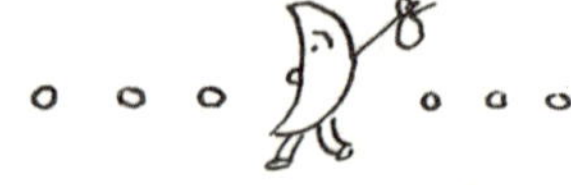

적어도 후회하기 싫은 일에는

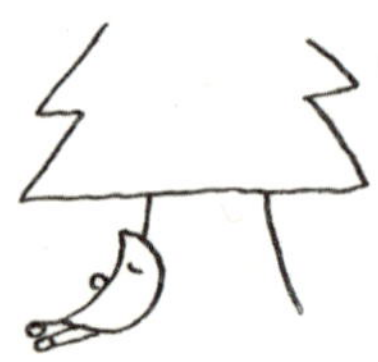

입버릇처럼 되새기곤 해

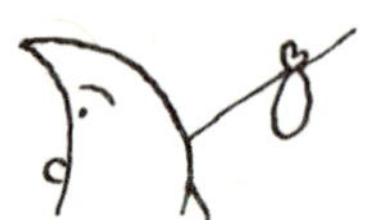

최선을 다해보자 말하고 싶다

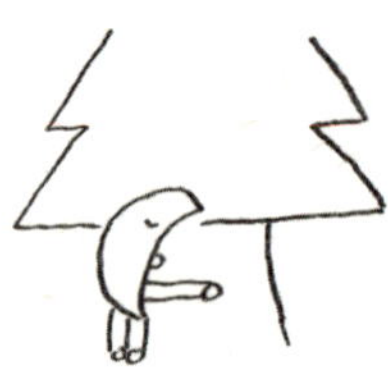

매번 최선을 다하라는 말은

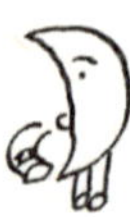

내가 내뱉은 말과 행동들이

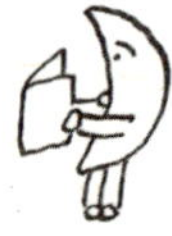

버거워 지키라 말할 순 없지만

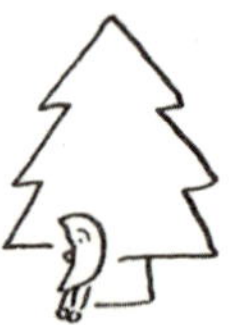

부디 부끄럽지 않길 바란다면

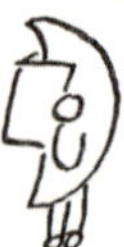

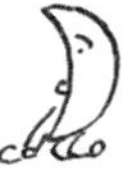

실패와 성공이 가득한
후회들을 쌓아가며

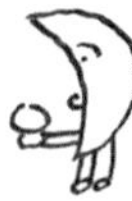

이것이 최선의 마음이라고

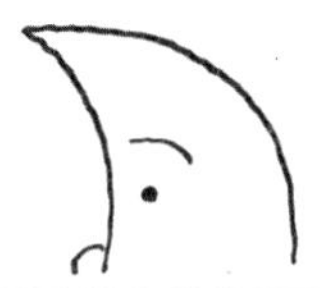

용기 내어 보여주고 싶다

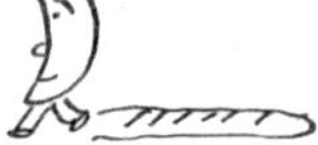

매일 조금씩 나은 사람이 되자

후회하다

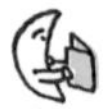 이전의 잘못을 깨치고 뉘우치다

 뒤를 돌아보며 남겨진 흔적을 지켜보다

side A

더 이상 후회하지 않기 위해 최선을 다해 살겠다고 다짐하던 넌 여전히 그 다짐을 품고 살아가고 있는지 궁금하다. 여러 갈래의 기로들 사이에서 더 나은 것을 선택하고 포기하지 않은 채 꿋꿋이 하루를 살아가는 너의 어깨는 경직되어 보였어. 어떤 짐을 짊어졌길래 한 번도 내려놓지 않는지 늘 궁금했지.

넌 누구보다도 단단해 보였지만 어느 쪽으로도 기대지 않아서 무척 걱정이 되기도 했어. 어깨가 무겁진 않은지 물어볼 때면 넌 태연하게 괜찮다고 끄떡없다고 했다. 옅은 미소를 띤 채 아무렇지 않은 듯 안심시키려 했지. 걱정이 한껏 담겨 있는 눈망울을 보면 나는 무슨 말이라도 덧붙이고 싶었지만, 나도 정답을 아는 것은 아니어서 이내 말줄임표가 늘어 공백이 된 대화 사이에서 숨을 고른다.

넌 여전히 후회하지 않고 살아가고 있을까, 후회로 범벅되었던 과거의 너를 이해하고 마주했을까, 그리고 용서했을까. 시간이 흘러 너의 마음이 정리되면 그에 대한 대답을 들려줄 거라 생각해, 기다릴게.

나의 어깨를 간혹 주물러보던 넌 "왜 이리 긴장 속에 살고 있어?" 하고 묻는다. 솟아오른 어깨를 꾹꾹 누르며 걱정스러운 눈으로 쳐다봐. 웃으며 널 안심시키려 하지만 통하지 않는다는 것을 이미 알고 있어.

최선을 다한다는 건 후회하지 않는 것이 아니라 스스로에게 부끄럽고 싶지 않은 마음이더라. 내가 뱉은 말과 행동들 그리고 작업물들이 부끄럽지 않았으면 해서 나를 위해 여느 때보다 참 많이 실패하고 후회하고 시도했다. 나를 갉아먹는 좋지 않은 후회도, 앞으로 더 나아가기 위한 후회도 해보고 참 많이 노력했어.

뒤를 돌아보면 내가 남겨놓은 흔적을 지켜봐야 한다는 사실에 지치기도 해. 그 어느 때보다 짙은 긴장 속에서 살아가. 아마 내가 무겁게 짊어진 마음의 짐은 책임감이겠지. 내가 한 선택들이 모여 내가 된다는 사실이 두렵기도 했고 기쁘기도 했다. 결국 그 모든 게 나였음을 인정하기까지 참 오래 걸렸어.

나에게서 멀어지려고 할수록 결국 더 선명한 내가 되어간다는 사실이 참 재밌지 않니. 여전히 최선을 다하려 하지만 그건 버거운 일이라 늘 지키라 말할 순 없어. 그러니 적어도 후회하고 싶지 않은 일엔 최선을 다해보자 다짐해. 실패와 성공이 가득한 후회를 쌓아가며 이것이 내 최선의 마음이란 것을 보여주고 싶다. 그렇게 한 발자국 나에게서 멀어지며 성장하고 싶어. 어쩌면 용기가 생겼을지도 모르겠다.

2부

손에 쥐어준 다정으로

계속하다

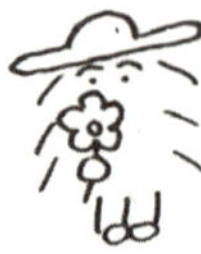

계속 봄이 기다려지는 이유는

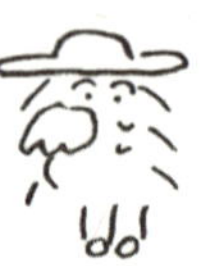

계속 여름이
기다려지는 이유는

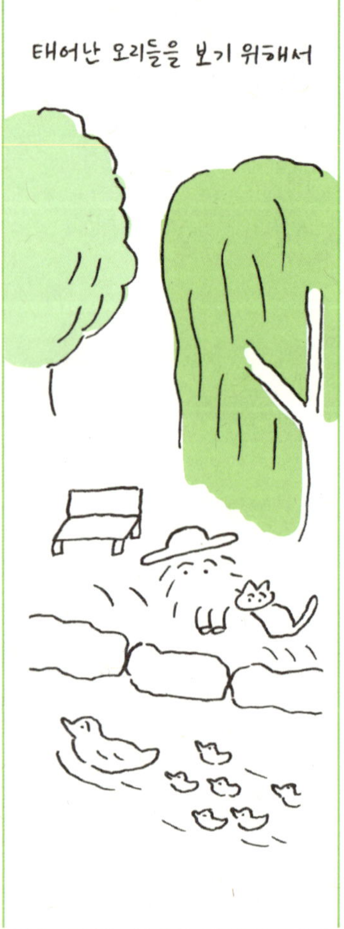

태어난 오리들을 보기 위해서
계속 봄이 기다려지는 이유는

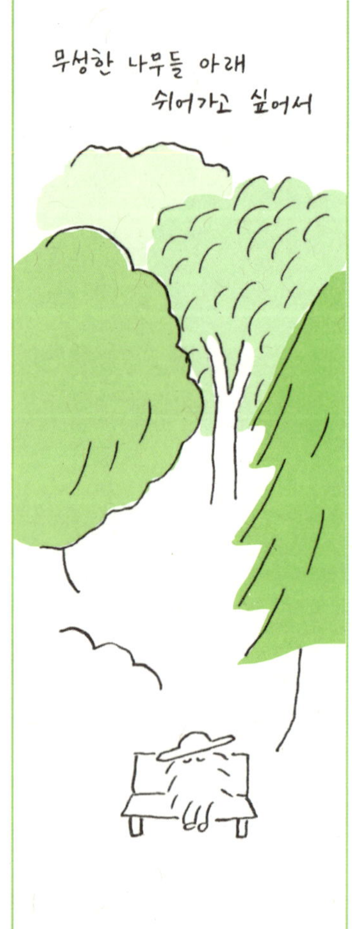

무성한 나무들 아래
쉬어가고 싶어서
계속 여름이 기다려지는 이유는

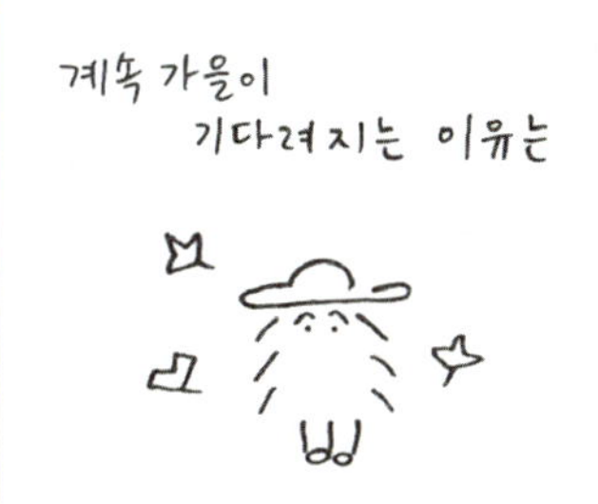

계속 가을이
기다려지는 이유는

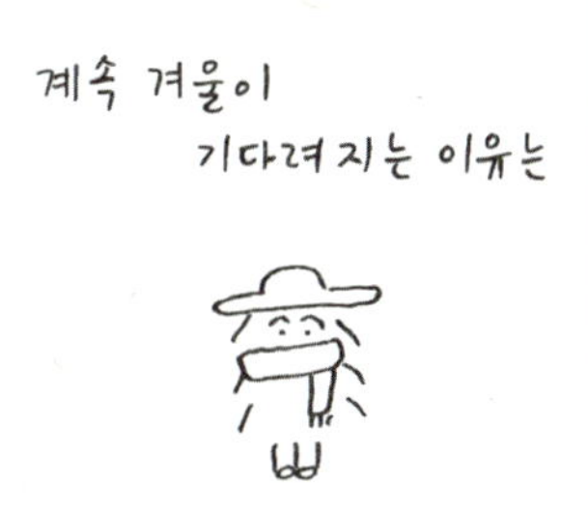

계속 겨울이
기다려지는 이유는

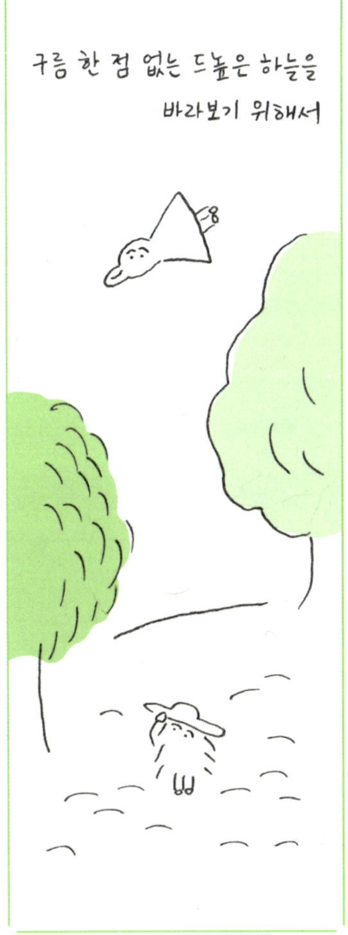

구름 한 점 없는 드높은 하늘을
바라보기 위해서
계속 가을이
기다려지는 이유는

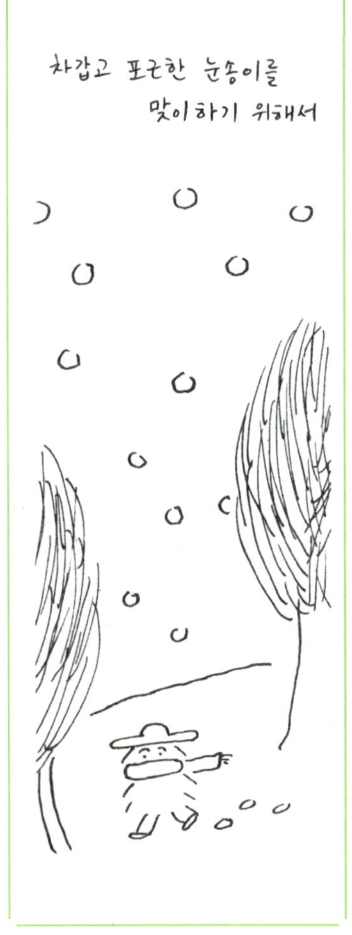

차갑고 포근한 눈송이를
맞이하기 위해서
계속 겨울이
기다려지는 이유는

계속하다

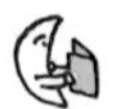 끊었던 행위나 상태를 다시 이어 나가다

 이야기가 끝난 뒤, 다음 이야기를 준비하다

"별일 없지?"

오랜만에 보는 가족, 친구들, 동료들에게 늘 인사말로 묻곤 한다. 어떤 대답을 해주길 원하는 것도 아니면서. 나 또한 별다른 대답을 내놓지 않는다.

"별일 없지."

반대로 상대방이 나에게 똑같이 물어도 시큰둥하게 느껴질 수 있는 대답을 건네며 우리의 인사말은 막을 내린다.

지난한 분노와 진득한 슬픔을 마음속에 간직한 채로, 별일이 있어도 나는 결코 그 마음을 내비치지 못할 것이다. 그러기에 나는 너무 조심스럽고 너무 단정하다.

뉴스 속 흘러 들어오는 소식들에 분노하다 스스로를 태워버릴 만큼 감정을 억제하지 못한 날도 있었고 무감각해진 나를 발견하고 무책임한 스스로에게 혀를 내두르기도 했다. 물밀듯이 닥쳐오는 슬픔들 속에 중심을 잡기 힘든 날이면 귀를 막고 입을 닫았다. 부끄럽지만 그렇게 하지 않으면 내가 사라질 것만 같아서. 나는 분노와 슬픔 앞에 곧잘 고개를 돌리곤 했다.

아무렇지 않게 담담히 말을 이어가다가도, 당신은 어떻게 살아가고 있는지 간혹 궁금해져. 목구멍이 타버릴 만큼 뜨거운 분노와 끓는 슬픔을 어찌 삼키고 살아가는지.

내가 가진 단정함이 누군가를 슬프게 할 때마다 나는 길을 잃은 사람이 된다. 나에게 사랑을 알려준 당신에게 상처 입히고 싶지 않은데 생각과는 다른 말들을 전하게 될 때면, 나는 자주 입만 껌뻑이는 사람이 된다. 그럼에도 그런 나를 한 번만 더 바라봐달라고 용기 내어 말해본다. 우리는 모두 더 나은 사람이 되려 노력하는 사람들이니까. 상처 입힌 마음을 미안해하고 받은 친절에 배의 친절을 돌려주고 싶어 하는 사람들이니까.

내 앞에 당도한 두려움을 뿌리치고 방해물이 된 허물을 벗을게. 내가 되어가는 일이 어색하지 않도록 나에게 사랑을 알게 해준 사람들. 그들과 함께 우리가 있는 곳으로 향한다.

나는 우리가 계속 살아갔으면 좋겠어. 만화 영화 주인공들이 막을 내린 뒤에도 어딘가에선 계속 살고 있을 거라 믿는 것처럼. 이야기가 끝났다고 생각된 순간에 막을 내린 하루는 그대로 접어두고 다음 날 계속 이어질 이야기를 준비했으면 좋겠다. 계속해서 살아가야 하는 삶에 대해 이야기하자.

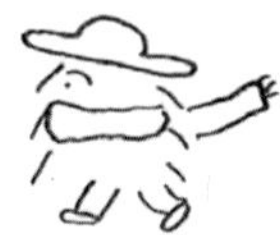

to be continued…

공허하다

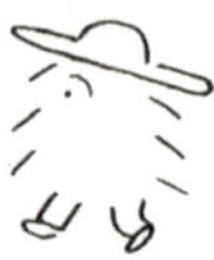
손아귀에 잡힌 시간이

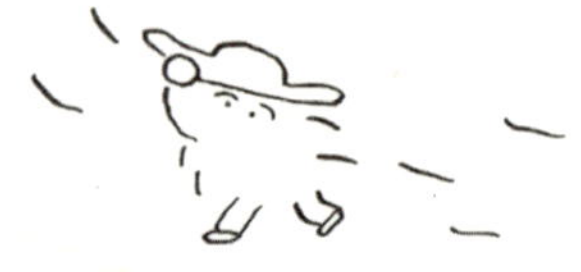
마음이 빈 듯해
금방 날아가버릴 것만 같아

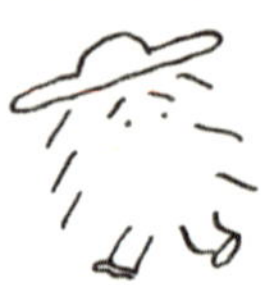
힘없이 빠져버리는 날

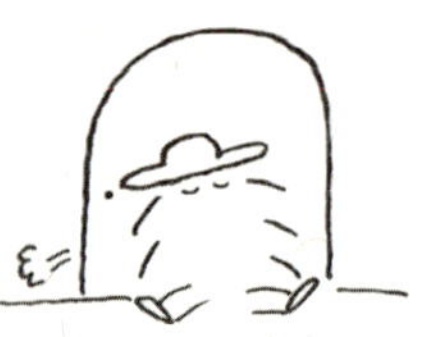
그런 날이 오면
오랜 시간 동안 쓰인

앉았다 일어났다를 반복하며

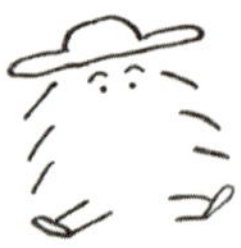
누군가의 글을 꺼내어 읽는다

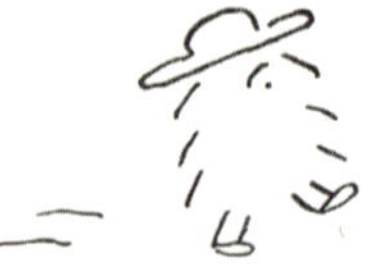
부산스러운 마음을 가진 날엔

뭉뚱그려 놓은
글자 속에 숨겨진

비밀을 파헤치며 쫓아가

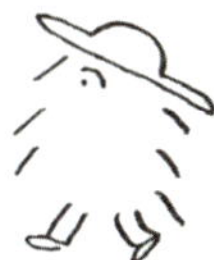

각자의 언어로 기록된

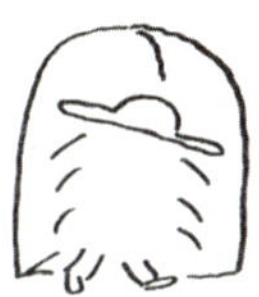

문을 열면
그 안에도 작은 문이 있는

슬픔의 모양을 들여다보며

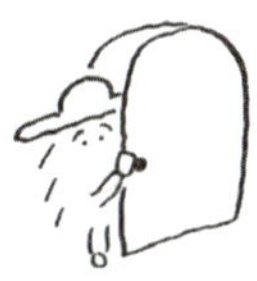

비밀의 방으로 걸어 들어가며

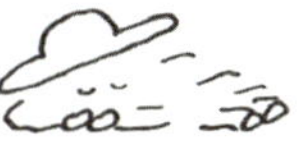

너의 공허를 매만져본다

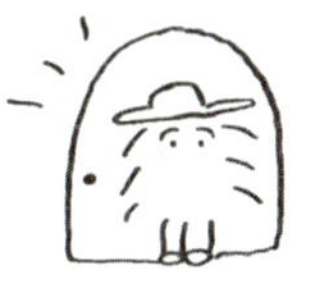

저마다의 슬픔을
꺼내어 입는다

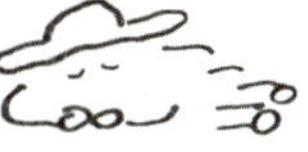

그 틈에 잠시 누워간다

공허하다

 ① 아무것도 없이 텅 비다   ② 실속이 없이 헛되다

 간절히 원할수록 커지는 마음의 구멍

한창 일에만 몰두하던 때, 잠에서 깨면 물 한 잔을 마시고 바로 일을 하러 작업 방으로 들어갔다. 일을 하다가 배가 고프면 간단히 끼니를 때우고 또 일을 했다. 그렇게 반복하다 보면 금세 밤이 찾아왔고 시계는 자정을 훌쩍 넘기기 일쑤였다. 그 긴 시간 동안 분명 많은 것을 했는데도 이상하게 하루를 잘 보내지 못한 기분에 허탈했다. 채워지지 않은 만족감에 쉽게 잠들기 어려웠고 그렇게 또 무미건조한 다음 날을 맞이하겠지 싶었다. 나는 매일 조금씩 시들어갔다.

언제부터 공허한 마음이 시작되었는지 분명하게 알 수 없었지만 공허는 내가 무언가를 간절히 원할수록 더욱 커져만 갔다. 공허할수록 무언가에 집중했고 집착하듯 더욱 매달렸다. 그 결과 작업과 일, 타인과의 관계를 원할수록 나는 늘 헛헛한 기분에 시달렸다. 바닥이 깨진 항아리에 물을 붓는 것처럼 마음은 계속해서 새어나갔다. 매일 해야 하는 일은 넘쳐났고 쳇바퀴 돌리듯 보내는 하루는 자연스레 몸과 마음을 무겁게 만들었다.

무기력한 날들을 보내면서 이런 상황이 이상하다고 생각했지만 벗어나는 방법을 알지 못했다. 커져만 가는 공허 앞에서 그저 버텼다. 버텨내는 것만이 공허를 이기는 일이라 생각했다.

　그러한 상황 속에서도 상대에게 폐를 끼치고 싶지 않았다. 나는 나에게 조금 남아 있는 다정마저도 상대방에게 쏟아냈다. 나는 나에게조차 뒷전이 되어 옅어져갔고 어느새 남아 있던 다정함마저도 바닥을 보였다. 결국 우겨 넣은 감정들이 터져 나와 불똥이 튀는 날엔 열병을 앓듯 심란한 밤이 지나갔다.

　누군가를 만나 맛있는 음식을 먹으며 기쁜 시간을 보내도 공허한 마음은 쉽게 채워지지 않았다. 공허가 남기고 간 구멍은 완벽히 채울 수 없다는 사실을 자주 잊었다. 몰두하고 있는 것들에게서 잠시 시선을 돌려, 움푹 팬 구멍을 조용히 바라봤다.

　다음 날, 해가 뜨고 물 한 잔을 마셨다. 곧장 작업 방으로 들어가지 않았다. 거실 바닥에 누워 가만히 숨을 골랐다. 들이마시고 내쉬는 숨소리를 들으며 급해지려는 마음을 다독였다. 깨진 항아리에 물 붓기를 멈추고, 항아리 조각들을 하나씩 줍기 시작했다. 내 맘 조각들을 구석구석 살펴보기로 했다.

기록하다

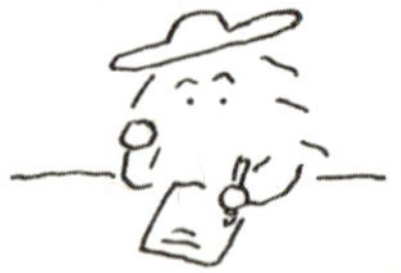

편지라는 기록은 참 소중하다

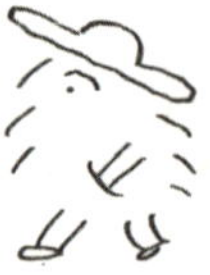

편지는 너를 위해 쓰는 글이니까

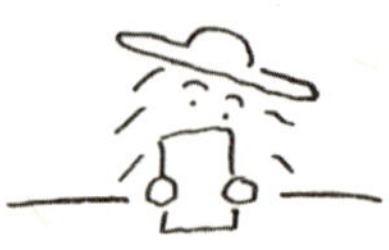

그 안에는 우리가
각자의 시간을 보내며

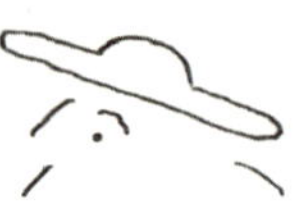

너에 대한 이야기를
쓰고 싶은데

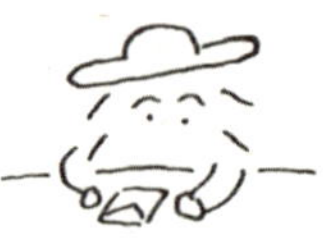

고군분투하는 모습이
남아 있어 그런 걸까

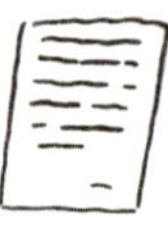

글의 끝으로 가다 보면

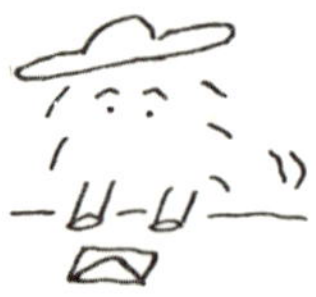

더 소중히 대하고 싶어져

어느새 나의 이야기만
줄줄 읊고 있네

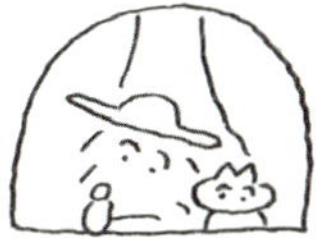
얼굴을 마주하지 못한 동안

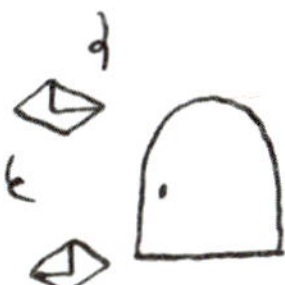
언제든 돌아올 수 있는
대답 같은 것이라

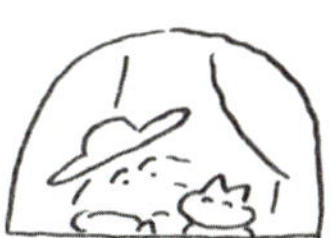
너에게 하고 싶은 말이
참 많았나 봐

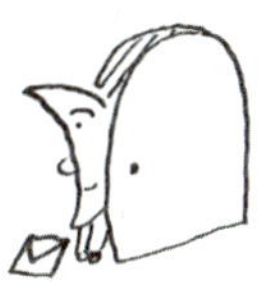
우리는 편지에
순간을 묻어두는 거지

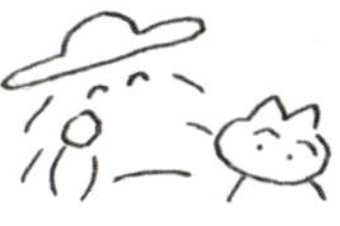
이런 이야기들도
재밌게 들어줄 너를 상상해

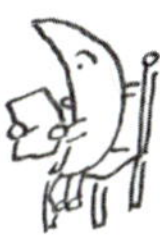
봉투를 열면 지난날의 네가
적어둔 이야기가 있어

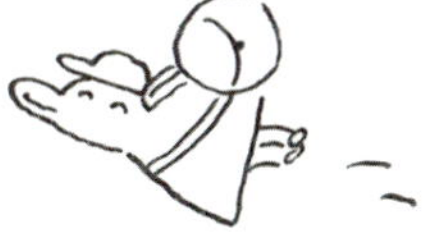
편지는 혼잣말이 되기도 하지만

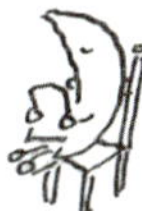
언제든 그 마음에
응할 수 있다는 게

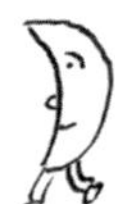
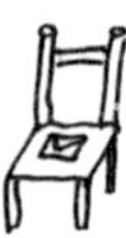
언제든 그 순간으로
갈 수 있다는 사실이

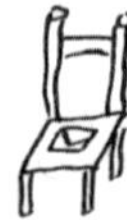
무척 다정하지 않니

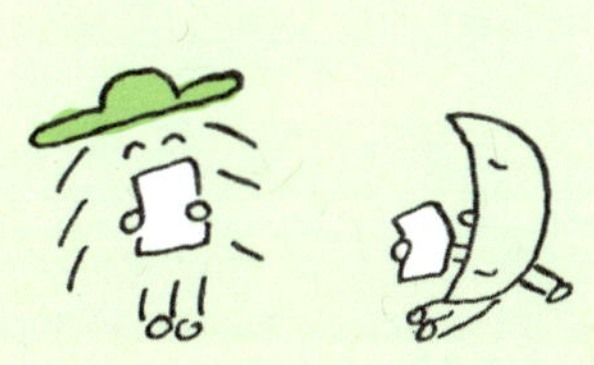

우리는 편지에
순간을 묻어두는 거지

기록하다

 주로 후일에 남길 목적으로 어떤 사실을 적다

 나를, 우리를 기억할 수 있는 가장 단순한 재료를 모으다

1.

생각보다 자주 네가 써준 편지를 들여다본다. 창틀 위에 좋아하는 편지 몇 개를 올려두고 돌아가면서 읽어보곤 해. 해답이 필요하거나 용기가 부족한 날, 사랑이 보고픈 날에 어김없이 내 손은 창틀로 향한다. 네가 편안한 순간에만 편지를 쓴다는 사실을 알고 있어서일까. 편지를 읽을 때면 네가 차분한 마음으로 이 말을 전했겠지 싶어.

언제나 늘 같은 온도로 남아 있는 이야기들, 매번 같은 글을 읽는 것이지만 지겹지 않아. 시간이 흘러도 너에겐 나의 순간이, 나에겐 너의 순간이 남겨져 있다는 사실 덕에 편지라는 기록물을 더욱 아끼게 돼. 지난날의 나는 쉽게 잊히잖아. 나조차도 내가 어떤 사람이었는지 잊어버리기 마련인데. 동시에 오래 쌓아온 추억은 자주 겹치기도 해서 나는 너를 막연하게 기억하곤 해. 그렇지만 편지로 남겨진 너의 모습은 참 생생하다. 시간이 흘러도 여전한 너의 말투와 습관들을 마주할 때면 내가 알고 있는 너라서 웃음이 나온다. 시시각각 모든 게 바뀌는 세상 속에서 변하지 않을 사실이 있다는 것이 마음에 안도가 된다.

우리도 계속해서 바뀌어가겠지, 어느 순간엔 너무나도 다른 사람이 된 것처럼 느껴질 정도로 말이야. 과거의 너와 내가 같은 사람으로 남아 있을 수 없다는 것을 알면서도 지금의 우리와 다르게 느껴질 때면 조금은 불안해져. 다만 우리의 순간을 기록한 편지들이 모여 이전의 우리와 지금의 우리 사이에 빈 공백을 징검다리처럼 이어준다고 생각하면 나는 고개를 끄덕이며 마음을 다독이게 돼. 그 안에는 여전한 우리가 남아 있으니까, 언제든 다시 찾아갈 수 있어. 그렇게 마음 둘 곳 하나 더 늘려간다.

2.

나는 2020년에 <기록자>가 되기로 했다. 캘린더 12장 빼면 모두 흰 종이뿐인 다이어리에 온갖 정보와 책에서 본 글, 영감 덩어리, 아름다운 것, 편지, 레시피 모두 인덱스 스티커를 붙여서 너덜너덜해지고 풍성해진 <기록자 사전>을 만드는 것이 목표다.

-2020년 1월의 일기-

5년 전에 쓴 일기를 다시 읽어보다가 눈에 띄는 단어를 발견했다. '기록자'. 기록은 나를 기억할 수 있는 가장 단순한 재료다. 지난날 적어둔 위안 섞인 말들은 지금도 어김없이 위로가 되어 애쓰는 나를 다독여준다.

해마다 내 이야기들을 남겨둔 기록은 나만을 위한 지도가 된다. 어느 날 방황하는 내가 다시 돌아볼 수 있는 다정한 오답 노트가 된다.

다정하다

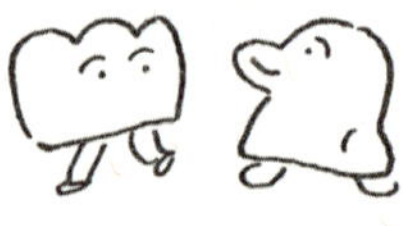

각기 다른 삶을
살아가던 서로가

구태여 사랑이라
명명하지 않은

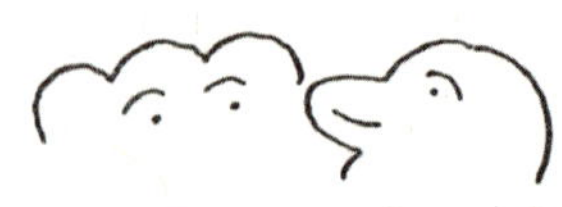

우리로 변하는 데엔

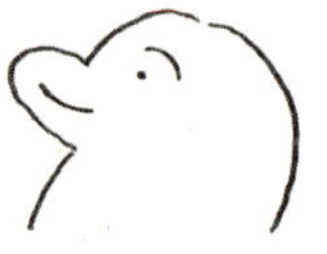

무언의 눈빛과 손짓들이

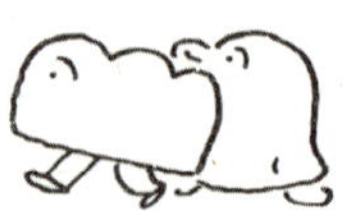

사랑이라는 단어와 마음이

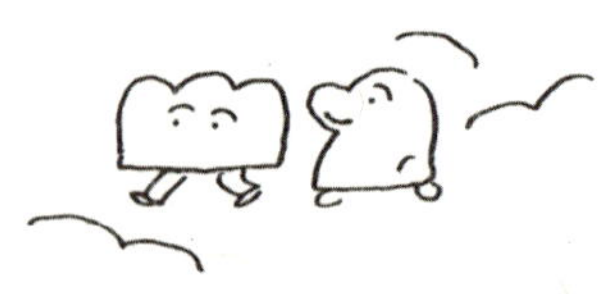

늘 우리 곁에 붙어

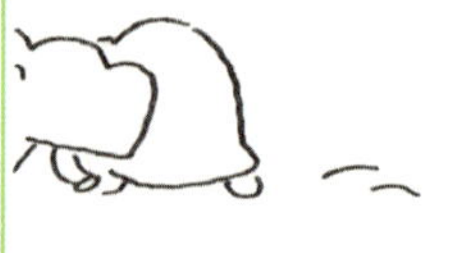

빠지지 않고 존재한다

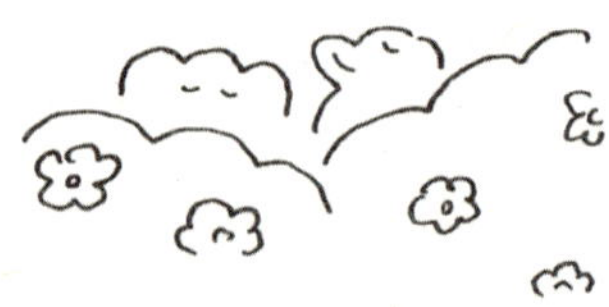

사랑이라는 몸짓은
다정의 구실이 된다

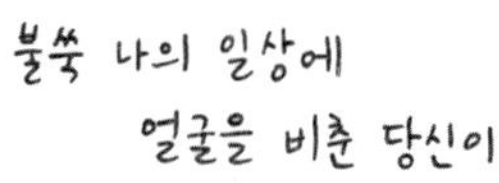

불쑥 나의 일상에
얼굴을 비춘 당신이

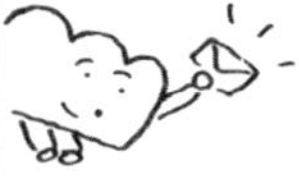
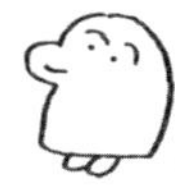

손에 쥐어준 다정을
면밀히 살펴봐

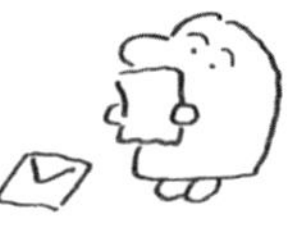

당신을 닮은 다정 앞에서

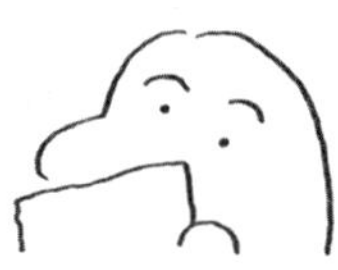

미소 지을 수밖에 없어

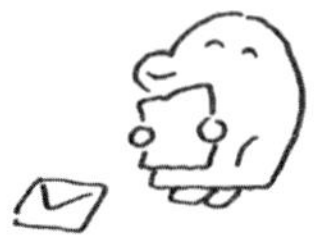

다정하다

 정이 많다. 또는 정분이 두텁다

 가볍게 마음을 건네주다

하루를 바삐 흘려보내다 보면 이 계절을 충분히 누리지 못한 것 같아 조급해지는 날들이 있지. 정말 바쁜 날엔 창문 너머로 해가 움직이며 만들어내는 그림자만 바라보기도 해. 해가 점점 늦게 저무는 것을 보고서야 비로소 봄이 오고 있다는 실감을 하고. 후회를 하기 전에 자리를 박차고 일어났다. 지금 이 계절을 조금이라도 붙잡기 위해 길을 나선다.

오늘의 목적지는 이태원의 보광동. 전시를 보러 간 김에 겸사겸사 근처 좋아하는 카레 집에 들러 식사를 하는 코스로 다녀오기로 했다. 매서운 겨울바람을 가로지르며 외투에 달린 모자를 푹 눌러 쓴 채 식당으로 향했다. 점심시간이 지나고 도착해서 그런가 내부는 한산했고 한정 메뉴 카레도 운 좋게 주문할 수 있었다. 속으로 쾌재를 외치며 고요히 식사를 기다렸다. 음식을 기다리는 동안 괜히 음식을 만드는 주방을 들여다보며 붕 뜬 시간을 흘려보내는 사이, 분주한 움직임 속에서 한 접시의 식사가 드디어 완성되었다.

카레를 눈에 가득 담고 바로 식사에 돌입했다. 배가 고팠는지 식사는 전보다 더 맛있었고 기분 좋게 그릇을 싹싹 비웠다. 아주 흡족한 미소를 머금은 채 계산을 기다리는 동안 사장님 앞에 있는 귤 그릇이 눈에 들어왔다. 크고 맛있어 보이는 귤이 한가득 있어 참 탐스럽구나 했는데, 사장님께서 내 눈길을 눈치채셨는지 맛있어 보이는 귤을 하나 손에 얹어주셨다. 두툼하게 손으로 전해져오는 귤의 무게. 감사 인사를 전하곤 다시 길을 걸었다.

주머니에 귤을 넣고선 손으로 굴리며 만지작거렸다. 만질수록 기분이 좋아지는 이 귤은 겨울에만 받을 수 있는 기쁨이었다. 계절을 이유로 들며 가볍게 마음을 건넬 수 있는, 손에 잡히는 다정이었다.

한결 가벼워진 발걸음으로 전시를 보고 집에 오는 길, 말랑해진 귤을 먹었다. 예상대로 귤은 아주 달고 맛있었다. 지하철 역사를 걷다가 차가운 무언가가 얼굴에 닿아 고개를 들어 천장을 올려다봤다. 작은 눈송이가 지상 스크린도어 틈으로 흘러 들어와 눈가를 간지럽히듯 날아다닌다. 가볍게 날아다니는 눈송이들이 빠르게 걷던 발걸음을 서서히 느리게 만든다. 시선을 맞추며 천천히 가자고 나를 이끌었다.

나의 여유가 충만해지고서야 다정이 고개를 들어, 그제야 너의 안부가 궁금해졌다. 계절을 앞세워 인사를 전하며, 이 시간을 흘려보내지 않았으면 하는 마음을 담아 오늘 내린 눈을 보았는지 물었다.

아직 겨울이 지나가고 있다.

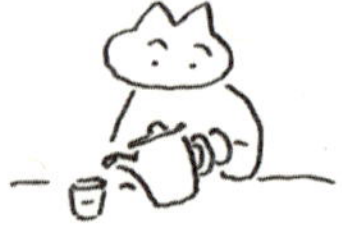

자기소개를 하지 않아도

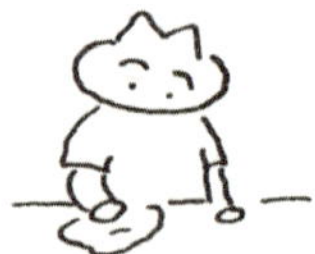

오랜 시간 거쳐 완성되었을
그들의 고집이

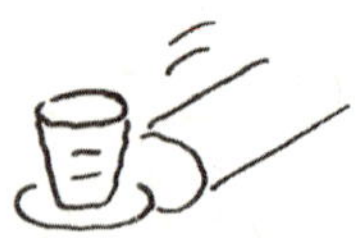

눈과 손끝으로
자신을 설명하는 사람들

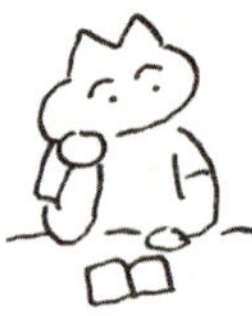

자신을 더 빛나게 만드는구나

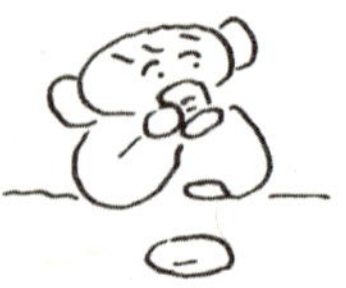

그들이 만들어낸 것들엔
하나같이

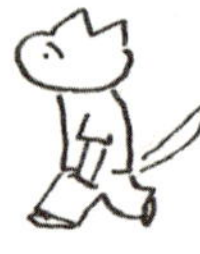

단단한 사람이 되기까지

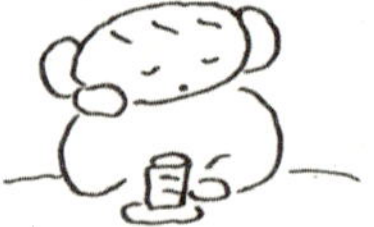

수수한 고집이 담겨 있다

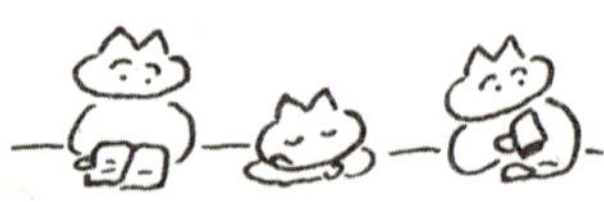

쌓아온 겹들이 만든 그림자를
감히 가늠해 보았다

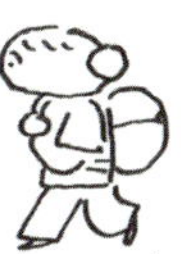

그가 만든 길을 따라간다

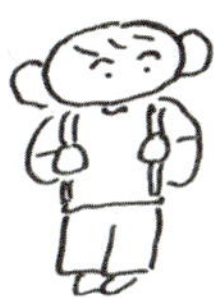

그가 수수하게 남겨둔 혼잣말에

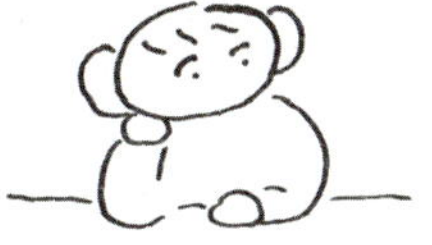

가벼운 마음으론

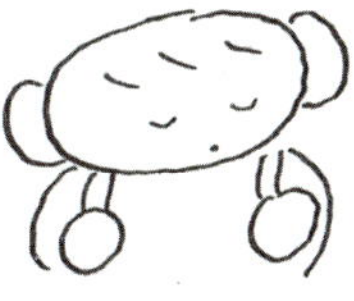

귀를 기울이며

들출 수 없는 그 무게를

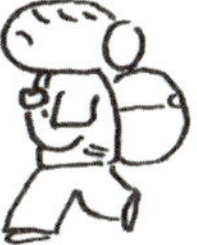

얕은 대답을 하며 걸어간다

한 손에 가득 쥔 채

단단하다

 어떤 힘을 받아도 쉽게 그 모양이 변하거나 부서지지 아니하는 상태에 있다

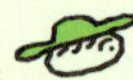 흔들리면서도 앞으로 계속 나아가다

세상엔 참 말도 안 되는 일들이 일어나잖아. 겪고 싶지 않은, 겪을 것이라 생각지 못한 일. 언젠가 일어날 필연적인 일들을 눈 가리며 애써 사라지길 바랐던 날들이 있어. 발을 동동 구르며 걱정을 해도 내가 어찌할 수 없는 일들 앞에서 나는 한없이 작아졌다. 다만 어른이 되면 맞설 수 있는 힘이 생길 것만 같아서, 나는 빨리 어른이 되고 싶었다. 맞이하는 일련의 사건들 앞에서 단단한 사람이 되고 싶었다.

일을 시작하고 혼자 살게 되면서 어른이 된 기분이었다. 누군가 대신 해주던 일들은 오롯이 나의 일이 되었고 혼자서 해결해야 하는 일들이 가득했다. 내가 나를 책임져야 한다는 막중한 무게 속에서 은연중에 불안정한 마음은 숨겼고 표정을 덮어둔 채 잘 지낸다는 말을 자연스럽게 했다(가족에게 혹은 아끼는 사람들에게 걱정을 끼치고 싶지 않았던 걸까).

단단한 사람으로 보이는 '척'을 하면 정말 그렇게 되지 않을까. 흔들리는 나를 애써 달래며 일으켜 세웠고 누구도 나를 돌봐주지 않는 환경에서 무너지지 않으려 마음을 다잡았다. 쇠를 달구고 식히며 성형하는 과정을 거치듯이 나를 단련시키고 제련했다. 그런 과정들을 거치며 꽤 단단한 사람이 되어가는 듯한 내가 싫지 않았다. 오히려 그 과정에서 나온 결과물들은 큰 성취감을 안겨주었다. 성취감은 내가 더 높은 곳을 바라볼 수 있도록 고양시켰고, 나는 점점 더 많은 것을 갈망하며 나아갔다.

다만 단단한 '척'은 그리 오래가지 못했다. 애써 감춘 불안정한 마음들에 엉성한 구멍이 생겼고 무게를 버티지 못하고 흔들리기 시작했다. 그 앞에서 속절없이 무너지는 나를 보며 한편으론 혼란스러웠다. 이렇게 열심히 살고 있는 모습만이 진정한 나의 면모라고 믿고 있었는데. 나를 단단히 받치고 있다고 믿었던 벽들이 모두 무너지고 마음속 불이 꺼져버렸다. 비상등의 초록빛만이 무언갈 경고하듯 반짝반짝 내 얼굴을 비추었다.

이 마음이 얼마나 간절했는지는 내가 제일 잘 알고 있어. 노력하느라 참 애썼다. 그렇지만 이제는 다른 방법을 찾을 때가 된 것 같아. 끝을 맺고 다음으로 넘어갈 때가 된 것 같아.

단단한 마음은 어른이 되어가는 마음이다. 실수를 저지르고 사과하고 용서하고 용기 내어 시도하는 일련의 과정을 지나 평안한 나를 마주하는 것. 애쓰고 버텨냈다가도 흔들리고 무너졌다가 다시 해보는 날들이 모여 차근차근 내가 되어간다. 바람에 흩날리지 않을 단단한 고집을 안은 채 어른이 되어간다.

독립하다

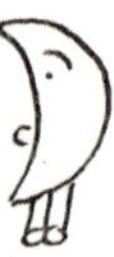

독립한다는 것은

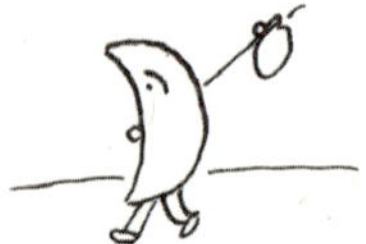

당차게 길을 떠났을 땐

당신에게서 떠나와

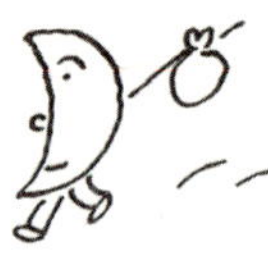

자유와 비슷한 기분이 들었고

홀로 일어서는 것

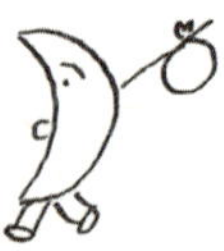

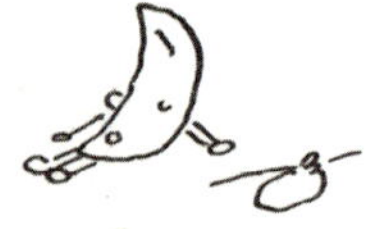

비로소 그것이
얼마의 무게감을 가졌는지

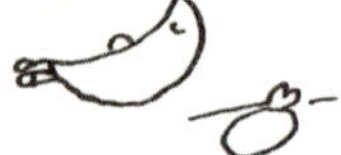

깊이 알아차리게 되었습니다

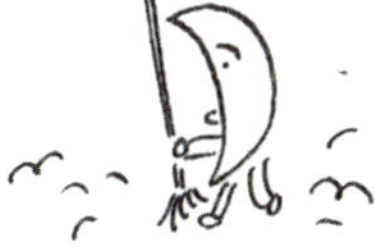

당연하게 행하던 일들이

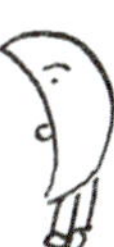

누구에게도 말하지 못한

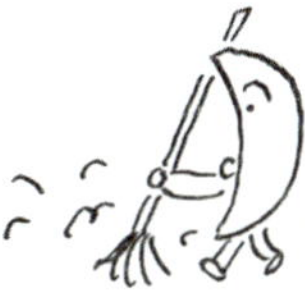

당연한 일이 아니게 된 순간

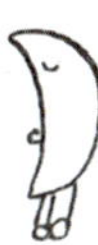

비밀을 떠안은 사람처럼

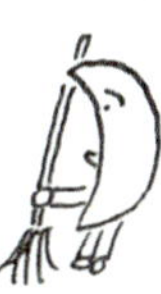

당신은 그 시간들을
어떻게 지나온 것일까

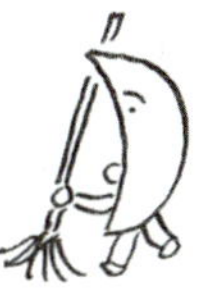

묵묵히 자리를 쓸었다

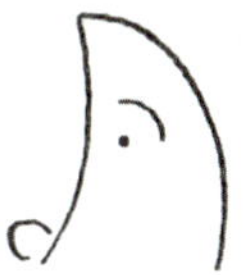

선명해진 모습을 떠올려 봐

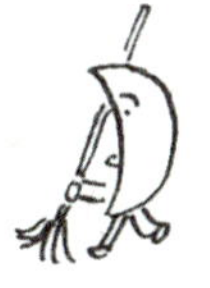

비로소 나도
그 마음을 가진 사람이 되었다

독립하다

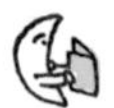 ① 다른 것에 예속하거나 의존하지 아니하는 상태로 되다

② 독자적으로 존재하다

 북적거림을 벗어나 혼자만의 적막을 만들다

독립하여 혼자 산 지 시간이 꽤 흘렀다. 아직도 집안일에 서툰 모습은 남아 있으나 제법 동네에 잘 정착해 삶을 꾸려가고 있다. 연말을 앞둔 12월에 처음 이 동네로 이사를 했고 겨울을 지나는 사이, 우리 집과 동네는 참 삭막하고 조용하게 느껴졌다.

그러다 풍경이 점점 바뀌었다. 따스한 햇빛이 조금씩 길게 비치기 시작할 즈음부터 동네 골목이 시끌벅적해졌다. 집 앞에 의자가 나란히 등장하더니 앞집 옆집 어르신들이 자리를 차고 이야기를 나누느라 여념이 없으셨다. 그러다 점심시간과 저녁 6시가 가까워지면 다들 식사하러 들어가시느라 골목이 조용해진다. 그 광경이 이 동네를 좀 더 귀엽게 만들었다.

봄의 따스함 아래 서로 얼굴을 자주 마주하며 인사를 나누다 보니 자연스레 어르신들과 친근해졌다. 짧은 안부를 묻고 외출의 안전을 당부하며 서로의 안녕을 나눴다. 여름이 되면 늦은 저녁에도 더위를 식히러 나오시기에 간혹 늦은 시간에도 인사를 나누었다. 그러다 찬 바람이 불기 시작하고 해가 짧아지면 얼굴을 뵙지 못하는 날이 길어졌고 겨울이 오면 뵐 일이 거의 없었다. 몇 차례 눈이 내리며 골목은 삭막해졌다가, 어느 날 들리기 시작하는 어르신들의 수다가 어김없이 봄이 왔음을 알렸다. 그렇게 몇 년째 다정한 동네에서 지내고 있다.

가끔 가족이 있는 본가에 간다. 집에 도착하면 보이는 익숙한 풍경에 늘 안심이 된다. 그래서 그런지 집에서는 자주 누워 있는다. 점심을 먹고 집에 찾아온 고양이들을 만나고 소파에 앉아 있는 엄마 옆으로 가서 무릎에 얼굴을 대고 눕는다. 이따금 기댄 머리가 바닥으로 미끄러지면 엄마는 내 머리통을 잡고 다시 무릎 위로 올리고는 떨어지지 않게 손을 걸쳐두었다. 소파나 바닥에 부딪혀도 그렇게 아프지는 않을 텐데 계속 잡아주는 엄마의 손이 좋아서 괜히 미끄러지는 척했다. 엄마는 간혹 내 머리카락을 만지며 귀 뒤로 머리카락을 깔끔히 정리했다. 그런 엄마의 손길이 좋아서 가만히 숨죽인 채 누워 있다 보면 엄마는 늘 먼저 할 일이 산더미라며 자리를 떴다. 나는 노곤해진 틈을 타 잠에 빠져들기 시작하고 엄마는 종종걸음으로 집 안을 돌아다니다가 조용히 곁으로 다가와 담요를 덮어주었다.

담요를 덮어주는 감촉을 알면서도 군말 없이 그 따스함을 받아들이고 그대로 잠에 들었다. 곧이어 아빠 목소리가 들린다. 엄마 아빠가 하는 이야기들이 잠결에 간간이 들린다. 저녁은 무얼 해 먹을지 묻는 일상의 대화가 오고 간다. 우리 집에는 없는 일상의 움직임 안에서 줄곧 나른해진다. 그대로 더 잠에 빠져든다.

가족과 시간을 보내고 다시 집으로 돌아오는 길엔 늘 꾸벅꾸벅 졸았다. 엄마가 챙겨주신 반찬과 국들을 큰 가방에 이고 힘겹게 버스에 몸을 실었다. 혼자가 되는 것이 익숙해질 법도 한데 가족을 만나고 다시 집으로 돌아오는 길엔 늘 무언가를 두고 온 것만 같다. 외로움과 비슷한 마음일까. 함께 만들던 북적거림에서 혼자가 만드는 적막은 좀 더 크게 느껴지니까. 그런 날엔 괜히 '다녀왔습니다'라고 외치며 집에 들어간다. 반찬과 국을 냉장고에 넣어두고 다른 짐들을 풀었다. 두고 온 것은 없었는데 물건을 오래 뒤적거린다.

내가 두고 온 것이 무엇이었을까 깊은 생각에 빠져들면서.

다음 날이 되면 가벼워질 마음 앞에서 어서 잠을 청했다.

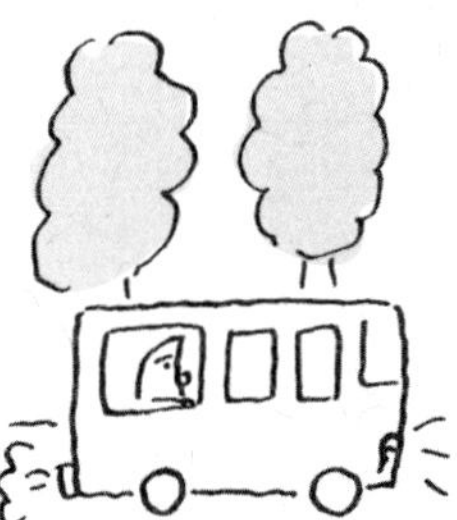

당신은 그 시간들을 어떻게 지나온 것일까

믿다

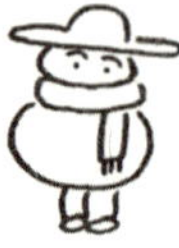

나를 믿는다는 감각이

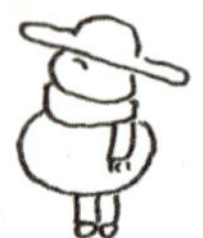

나의 것이 되지 못한 이야기는

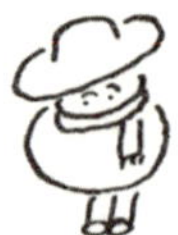

희미해지는 날엔

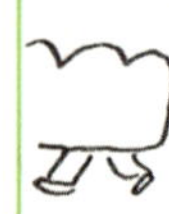
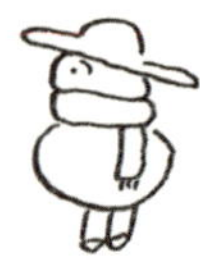

점점 흐려지다 이내

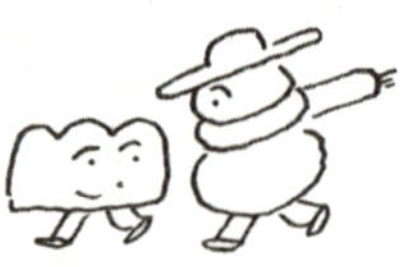

다른 이의 이야기를 마음속에

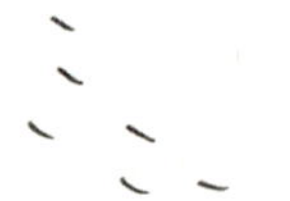
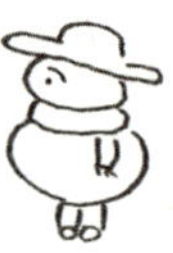

사라질 것만 같았지만

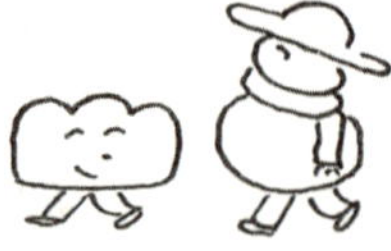

차근차근 쌓아두었다

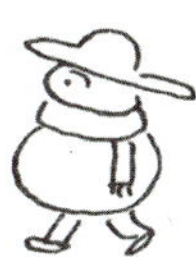

쌓인 마음을
쓰다듬을 때면

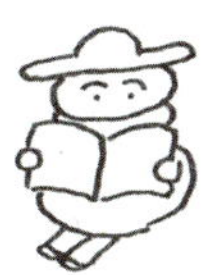

놓칠 것 없이
아름다운 페이지는

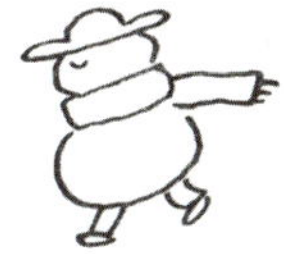

마음의 곳간이 꽉 찬

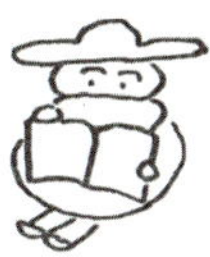

귀퉁이를 접어두면

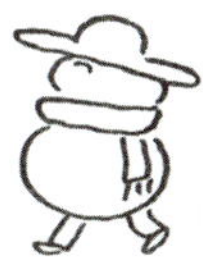

기분이 들어서 기뻤다

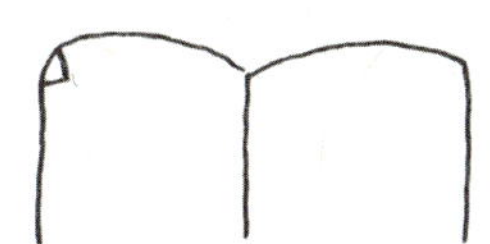

언제든 찾아갈 수 있지

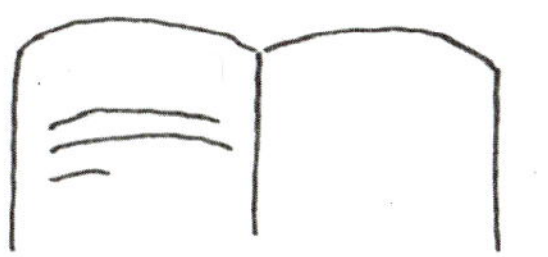

잊지 않으려 그어둔 문장

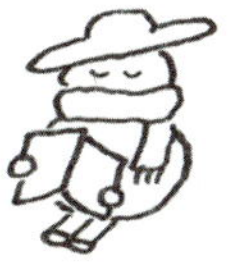

다른 이의 믿음에
잠시 기대어 간다

믿다

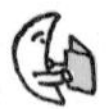 어떤 사람이나 대상에 의지하며 그것이 기대를 저버리지 않을 것이라고 여기다

 나 자신만을 바라보고 대화에 집중해보는 일

우울이라는 감정이 작품의 재료가 되던 날엔 늘 물가를 걷는 사람이 된 것 같았다. 물길 옆 둑 위로 아슬아슬 걸어가다 물에 비친 나를 바라봐, 손을 흔들어 우울을 마주했다. 시간이 갈수록 우울은 점차 두터워졌고 우울이 나를 끌어당기는지 내가 우울을 궁금해하는지 알 수 없었다. 짙어지는 우울 사이를 유영하며 흐름에 몸을 맡긴 채 그저 흘러갔다.

짙어진 우울이 너무 무겁고 외로워 울고 싶은 날엔 수면 위로 올라와 온기를 품은 사람들을 찾아 헤맸다. 모닥불 곁에 옹기종기 모인 사람들 곁에서 그 따스함을 나누다 보면 그들과 함께 살아가고 있는 사람이 된 것 같았다. 그들의 곁에서 나도 그들만큼 좋은 사람이 된 것 같아 발걸음이 가벼워지곤 했다.

보폭을 넓혀 뛰다보면 나를 감싸던 우울은 지나쳐가는 바람 사이로 온데간데없이 사라졌다. 다시 혼자가 되어도 따스한 잔열이 마음에 남아, 작은 불씨가 된 용기를 품에 안고 살아갔다. 희미한 빛으로 길을 밝혀 조금씩 앞으로 나아갔다. 적당한 보폭으로 천천히 내딛는 걸음엔 느슨한 긴장과 안정이 동시에 서렸다.

제 발에 걸려 넘어지지 않을까 조심하는 나는 따스한 용기가 남아 있어도 자주 걱정을 품었다. 언제든 잊고 있던 감각들이 되살아나 나를 어딘가로 데려가버릴까 두려웠다. 두려움에 지는 날엔 다시 익숙한 우울 속으로 도망쳤고, 서늘함에 몸이 떨리는 날엔 따스함을 찾아가길 반복했다. 반복되는 두려움으로 몸과 마음은 쉽게 지쳤고, 나는 용기를 쥐어줄 다른 이들을 찾기보다 물길 사이를 유영하기를 선택했다.

나를 감싼 모든 것들은 그대로 덮어두고 힘을 뺀 채로 유영하는 나를 바라보기만 한다. 고요함 속에서 질문을 던진다. 입을 꾹 닫고 대답하지 않으려는 나를 응시한다. 고심한 질문을 펼쳐두고 대화가 고이는 순간을 기다린다. 시간이 흘러 답을 맺은 대화 속에서 숨겨진 마음을 찾는다. 꼬리에 꼬리를 물고 이어지는 이야기에 대답할 말들을 고르고, 손 위에 모나지 않은 둥그런 단어들을 얹어 문장으로 만들었다.

나에게 이토록 다정해본 적이 있었는지 가물가물해.

이토록 가까이 얼굴을 맞대고 다독여본 적이 있는지 의구심이 들었다. 자신을 보듬어주는 마음은 참 따스하구나. 하루를 온전히 나의 것으로 살아가는 감각을 잊지 말자고, 스스로를 다독였다. 손에 쥔 믿음이 단단해질수록 물속을 유영하던 몸이 두둥실 떠올라 얕은 수면 위로 고개를 들어 올렸다. 기나긴 다정이 쌓여 온전히 내 것이 되던 날, 나는 나의 믿음이 되어주었다.

눈가가 젖지 않은 채 모닥불 곁으로 갔다.

사랑스럽다

어떤 사람은 다정하고

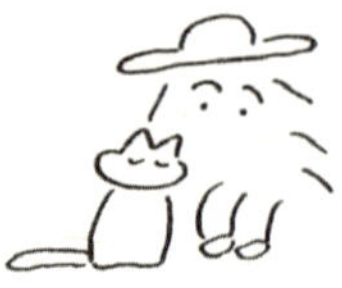

사랑스럽단 표현을

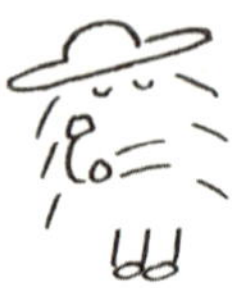

어떤 사람은 재치 있고

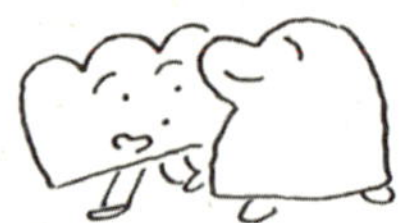

자주 내뱉지는 않지만

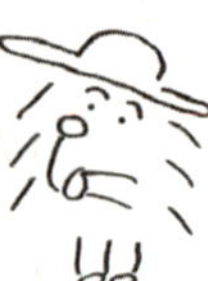

어떤 사람은 친절한 것처럼

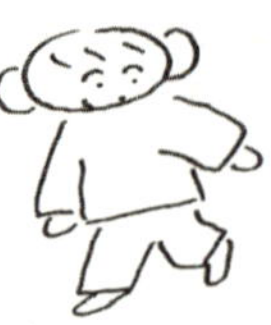

사랑스러움에
특출난 사람이 있다

너는 사랑스러운 사람이다

너를 보며 그리 느꼈어

사랑스러움은 부끄럼이 많아서

그 사이 너를 바라본다

자신을 돋보이게 뽐내지 않고

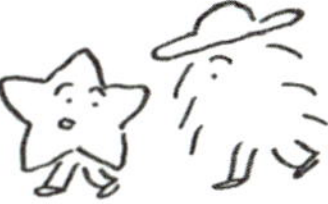

기억한 습관, 싫어하는 채소,
늘 웃긴 말장난들이 모여

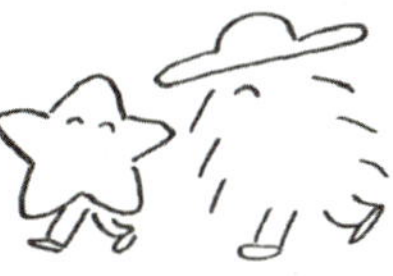

꽁꽁 숨어버리기에

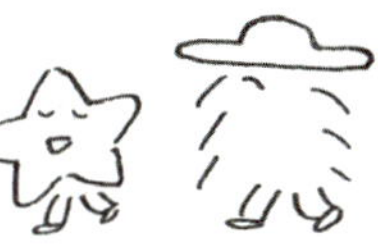

이뤄진 요소들이
너를 사랑스럽게 만든다

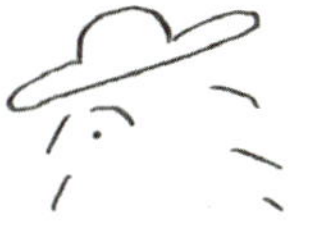

알아차리기까지 오랜 시간을
기다려야 했다

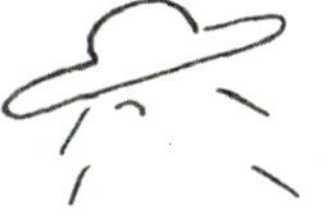

아무래도 넌
사랑스러움에 특출나다

사랑스럽다

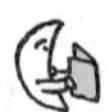 생김새나 행동이 사랑을 느낄 만큼 귀여운 데가 있다

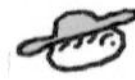 무엇이든 껴안아보고 품 안으로 새겨보다

길을 지나면서, 버스를 타고 차창 밖을 쳐다보면서, 자전거 도로를 천천히 달리며 생각했다. 사람이 너무 많아. 북적거리는 틈은 '나'라는 작은 사람을 숨기기에 안성맞춤이었지만 가끔은 이 북적거림에 기운이 사라져버리는 날도 있었다. 그럴 땐 마음이 휙 바뀌어서 조용한 집으로 도망가고 싶었다.

사람은 참 웃기지. 이랬다 저랬다 변덕스럽고 탈도 많고 화도 많고 웃음도 많고 자주 진중해지기까지 한다니(아 맞다, 눈물도 많다). 이리저리 움직이며 지어낸 얇은 표정으로 다양한 면모를 보이는 사람들이 참 재밌고 때론 밉고 그리고 사랑스럽다.

언제부터 사랑스럽단 말을 자주 담게 되었을까. 사실 사람을 깊게 사랑하게 된 것도 그리 오래된 일은 아니다. 오히려 나는 이러다 세상이 멸망해버릴까 봐 걱정하는 쪽이었다. 다가올 미래는 디스토피아가 될 거라 관망했고 자주 슬픈 눈으로 세상을 바라봤다.

슬픔은 걱정과 분노로 똘똘 뭉쳐 돌멩이가 되었다. 돌멩이를 짊어진 나는 늘 긴장을 한 채로 다가오는 것들을 더욱 기민하게 받아들였다. 굽은 어깨는 고개를 바닥으로 향하게 했고 걱정과 분노는 나날이 쌓여만 갔다. 스스로 짊어진 무게 앞에서 한없이 고꾸라졌다. 조금씩 지쳐가는 자신을 감당할 수 있는 시간이 얼마 남지 않은 듯했다.

뾰족하게 날이 선 채로 먼지 쌓인 내 어깨를 두드려준 것은 곁에 있는 사람들이었다. 쏟아져 나온 눈물을 흘리며 화를 내는 나에게 그만하라고 타이르던 사람, 걱정 앞에서 조아린 머리를 기댈 수 있게 어깨를 내준 사람, 따스한 포옹으로 온기를 전해준 사람, 사람은 사람으로부터 치유받는다는 걸 알려준 사람.

우리는 서로의 부분을 조금씩 나누어 가지며 자신의 다정을 소개했다. 함께 지내온 시간이 나이테처럼 새겨지고 따갑게 몰아세우는 나를 덥석 잡아 올려 불타오른 내가 식어가길 기다려주었다. 내 사람들은 나의 부끄러운 모습을 두 팔과 큰 몸으로 가려주며 저마다의 방식으로 괜찮다고 말해주었다.

당신의 괜찮다는 말에는 마법이 걸려 있는 것 같아서 그 말을 한번 믿어보고 싶었어. 모든 것이 다 사라져버리던 결말 끝에 약간의 희망이 다시 타오르는 것처럼 그럼에도 우리를 살아가게 하는 다정을 한번 믿어보고 싶었다. 사랑은 무엇이든 껴안아보는 일, 무엇이든 품 안으로 새겨보는 것. 당신들이 내어준 믿음을 사랑해보기로 했다. 이렇게 얼굴이 벌게지도록 내일을 꿈꾸던 날엔 배가 고파저 몸이 어서 움직이고 싶다는 신호를 보낸다. 그렇게 나는 내일로 떠날 채비를 마친다.

웃고 슬퍼하고 고집부리고 투덜거리는 나를 지켜준 당신을 사랑을 담은 채 바라본다. 늘 말미에 사랑한다는 말을 붙일 수밖에 없다.

사색하다

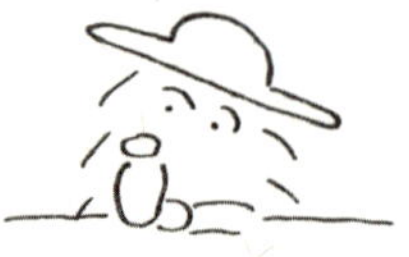
사색하는 모습은

메모가 생각을

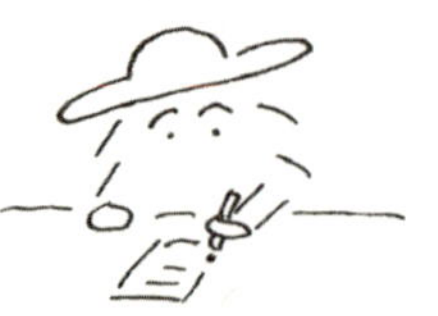
메모를 적는 일과 비슷합니다

종이에 적어
남겨두는 것이라면

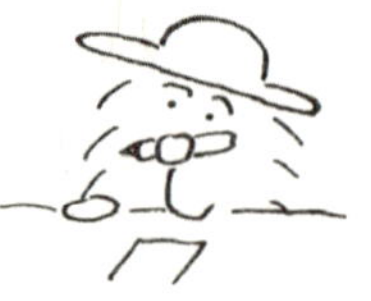
떠오른 생각을 잊지 않도록

사색은 우리가 머무는 시선에

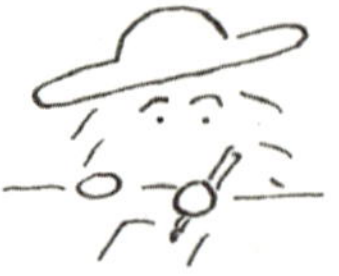
어딘가에 기록해두는 일

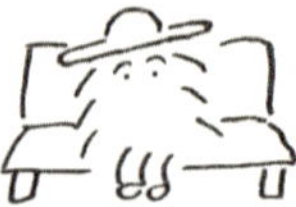
생각을 남겨두는 일입니다

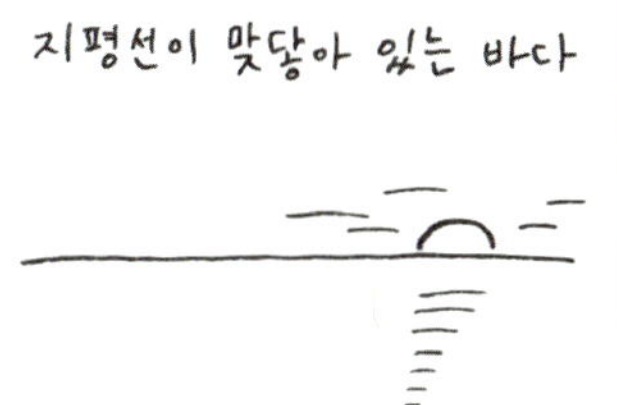

지평선이 맞닿아 있는 바다

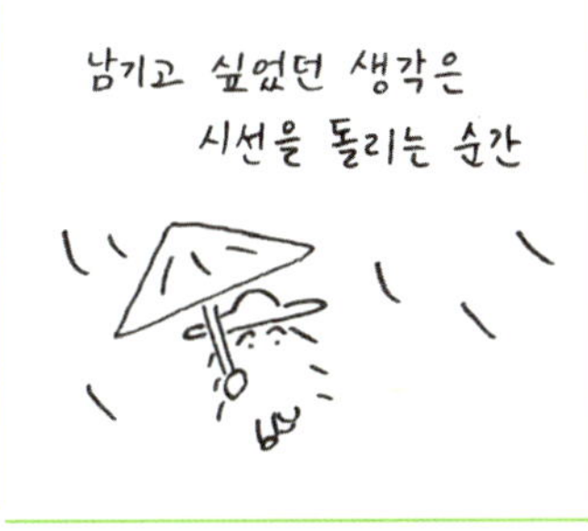

남기고 싶었던 생각은
시선을 돌리는 순간

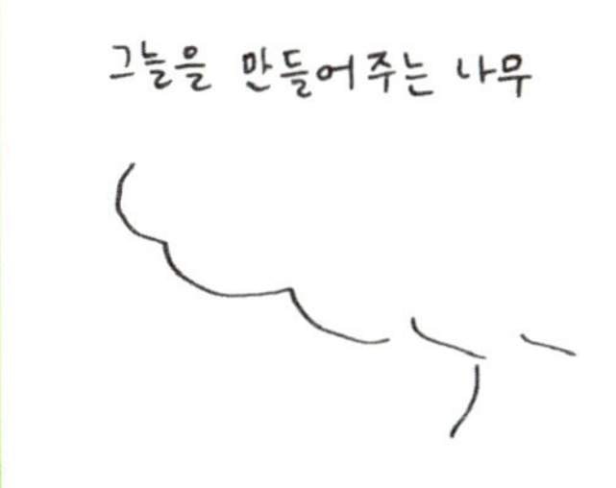

그늘을 만들어주는 나무

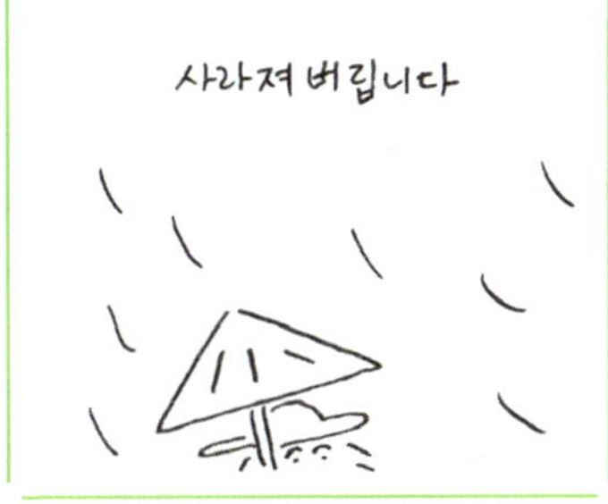

사라져 버립니다

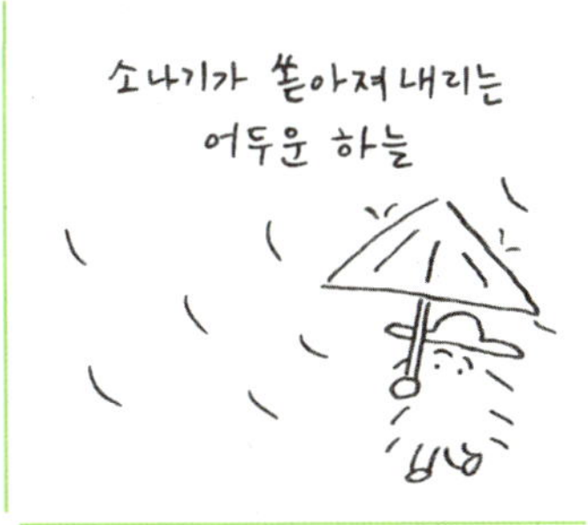

소나기가 쏟아져 내리는
어두운 하늘

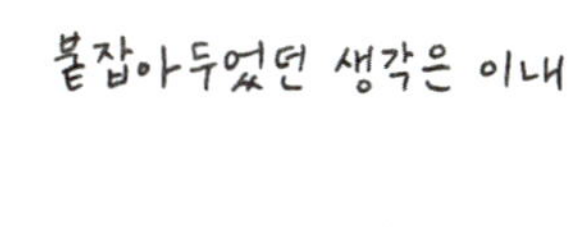

붙잡아두었던 생각은 이내

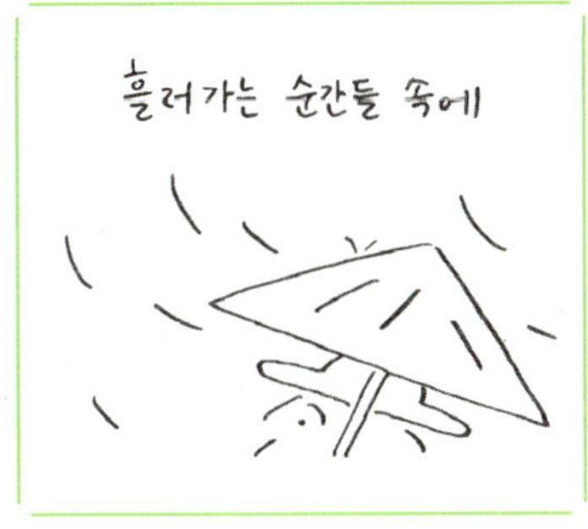

흘러가는 순간들 속에

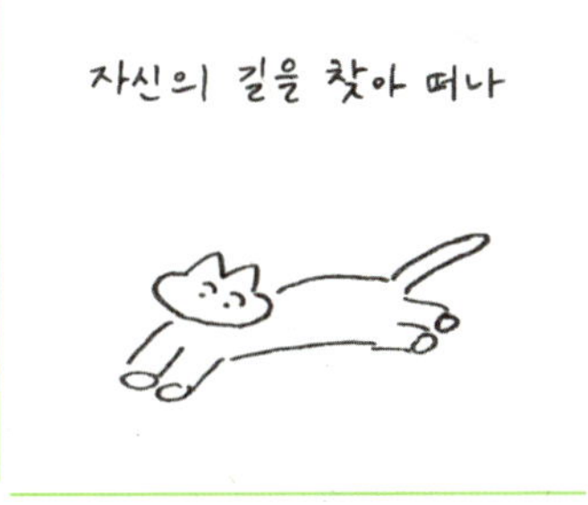

자신의 길을 찾아 떠나

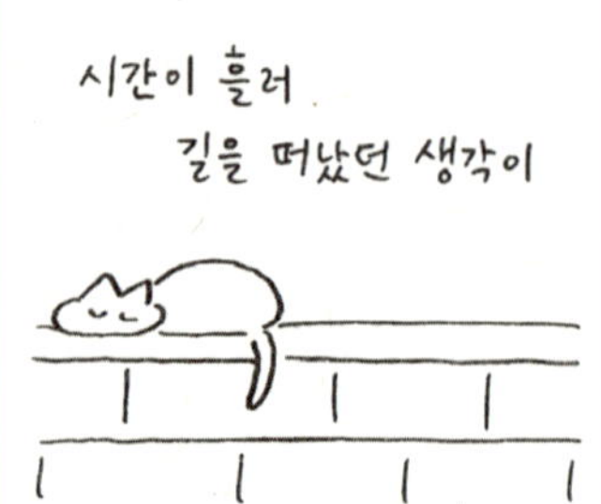
시간이 흘러
길을 떠났던 생각이

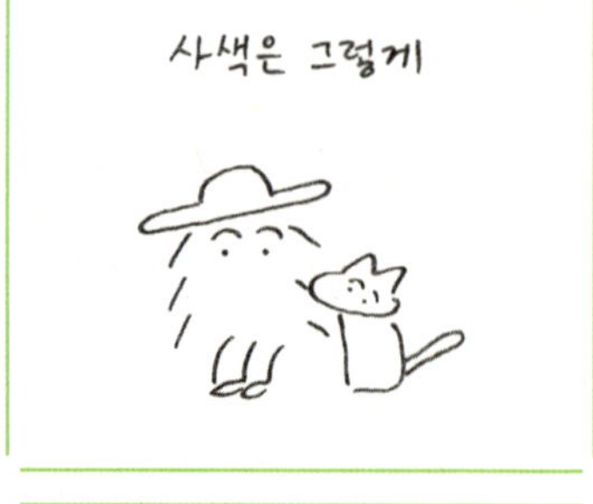
사색은 그렇게

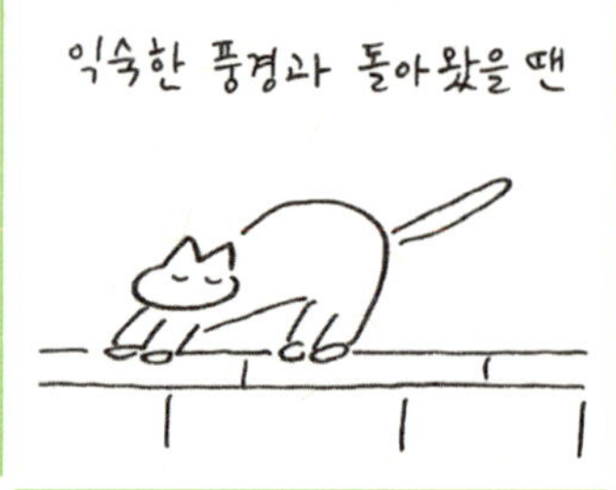
익숙한 풍경과 돌아왔을 땐

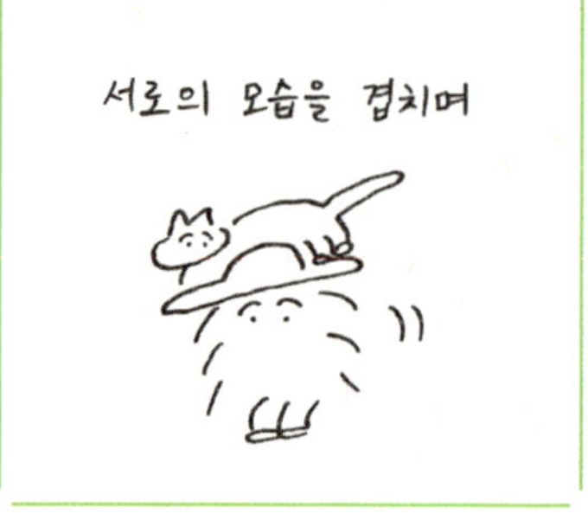
서로의 모습을 겹치며

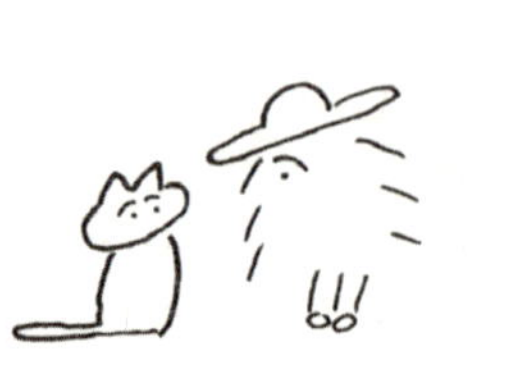
그들도 나와 같이 성장한 채로

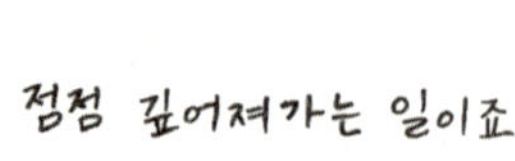
점점 깊어져가는 일이죠

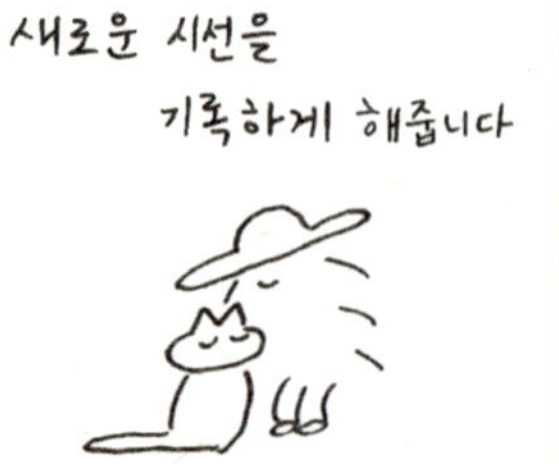
새로운 시선을
기록하게 해줍니다

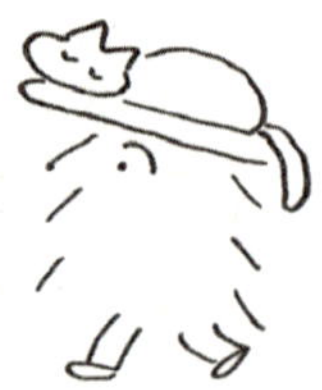

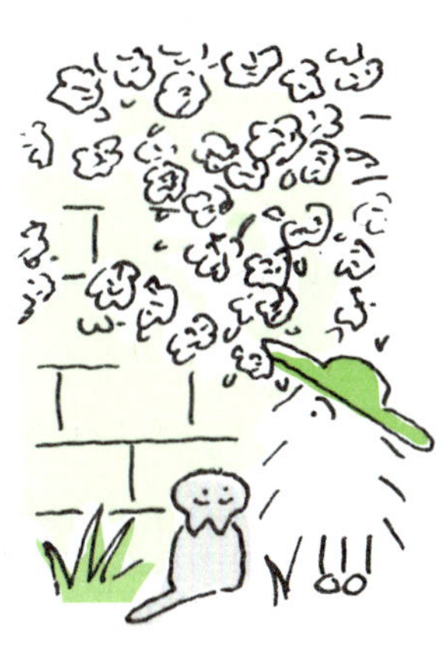

사색은 우리가 머무는 시선에
생각을 남겨두는 일입니다

사색하다

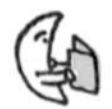 어떤 것에 대해 깊이 생각하고 이치를 따지다

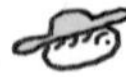 가만히 앉아 나를 자세히 바라보다

오기가미 나오코 감독의 영화 「안경」에는 핸드폰이 터지지 않는 곳으로 여행을 가고 싶은 주인공 타에코의 시점으로 이야기가 시작된다. 여행을 왔으니 관광을 해볼까 하지만 이곳은 관광과 재미를 위한 것이 아무것도 없다. 그저 끝없는 바다만이 기다리고 있을 뿐, 이곳에 놀러 온 사람들이 하는 일은 '사색'이라고 말한다. 황당해하는 그녀에게 이들은 사색하라고 말한다.

아무것도 없는 이곳에 익숙해진 타에코는 숙소 사장님인 유지에게 사색의 요령을 묻는다. 유지는 '추억을 그리워하거나 누군가를 떠올리듯 깊이 생각하는 것'이 사색이라 하면서도 그의 사색은 '그저 흘러가버릴 것들을 자리에서 기다리는 것'이라고 말한다. 애써 붙잡지 아니하는 것. 중요한 것들을 품에 안고 살아가다, 그것을 잊고 살고, 그러다 어느 날 다시 찾아가는 것. 흘러가는 것에 이유를 두지 않는 생각이 파도치듯 이리저리 움직인다. 어느새 타에코도 사색이 자연스러운 사람이 되어 점점 부드러운 몸짓으로 하루를, 생을 살아가며 기다리는 사람이 되어간다. 사색을 취미로 하는 사람들이 모여 이룬 이야기 곁엔 여유가 머물고 있었다.

굳이 하지 않아도 되는 일, 예를 들어 산책이나 생각에 잠기는 일에 우리는 많은 시간을 나눠주지 않는다. 짧은 휴식마저 유용하게 써야 한단 생각에 초조하다. 이런 우리에겐 아무것도 하지 않는 심심한 틈이 필요하다. 하지 않아도 되는 일을 굳이 하는 것이 사색을 시작하는 첫발이 된다.

가만히 앉아 있는 틈에서야 비로소 단순한 생각들이 가지를 뻗어나가며 질문에 질문을 이어간다. 내가 어제 무엇에 기뻐했는지, 모른 체하고 지나쳐버린 것은 없는지 곰곰이 생각하고 적어본다. 한 가지 확실한 건 지난날의 나를 살피는 시선이 단단해질수록 나를 돌보는 일에 익숙해진다. 내가 무얼 좋아하고 편안함을 느끼는지, 어느 순간을 슬퍼하고 아쉬워했는지 선명해지기 시작하면 '나'라는 흐릿한 형체가 테두리를 갖춰 더 자세히 바라볼 수 있게 된다. 그렇게 조용한 틈에서 만들어낸 나만을 위한 자리는 언제든 찾을 수 있는 안식처가 된다. 나를 위한 순간을 만들어가는 것이 얼마나 즐거운 일인지!

우리는 이미 알고 있던 것을 자주 잊어버렸다가 발견하고 보듬는 과정을 반복한다. 익숙한 장면들에서 새로운 해석을 발견할 때면 다음에는 이 풍경이 나에게 어떤 사색을 선사할지 궁금해진다. 다가온 풍경을 애써 붙잡지 않고 흘러가도록 내버려둔다. 아쉬운 마음에 조급해하지 않고 차근차근 용기를 불어넣으며 나의 자리를 단단히 꾸려간다. 다시 마주할 날을 기다리며 사색 앞에서 스스로 자연스러운 사람이 되길 고대한다.

슬퍼하다

참 이상하지

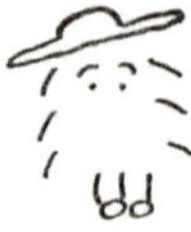

그런 걱정을 해

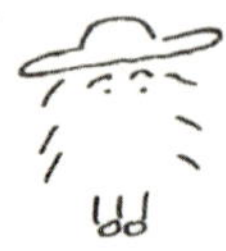

나는 어느 순간부터
잘 울지 못하는 사람이 되었어

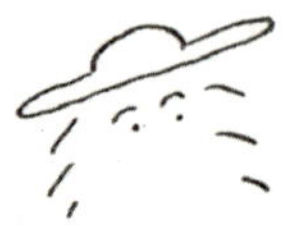

후회를 품게 된
지난 슬픔을 떠올려

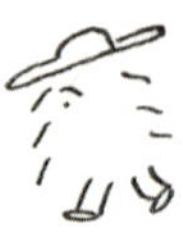

눈물이 고여도 낙하를
망설이는 눈물들이 생긴다

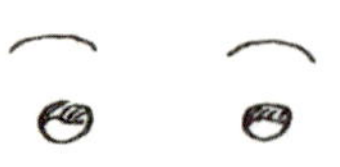

영원한 안녕 앞 슬픔의 무게에
짓눌리고 싶지 않아서

잘 울지 못하는 내가 슬픔의 자리를
제대로 지켜주지 못할까

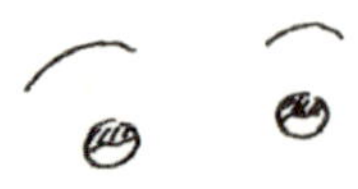

애써 괜찮은 척,
태연한 척한 날들

그날 이후 마음 한편이 무거워
자주 먹먹한 기분이 들었다

내 곁이 고요해지면
어김없이 슬픔이 찾아왔고

이 마음은 멋대로 꺼내고
다룰 수 있는 것이 아니더라

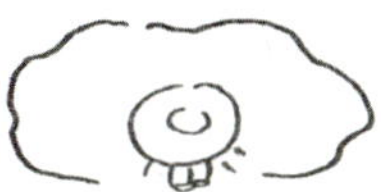

주체할 수 없이 슬퍼지는 날엔
소리 내어 울었고

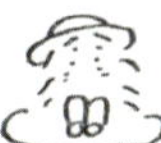

추슬러진 날엔 슬픔을
잘게 흘려 보냈다

슬픔을 위한 자리를 남겨갔다

슬픔의 자리를
자주 살펴보겠다고 다짐할게

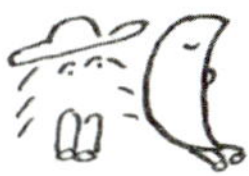

쉽진 않겠지만 노력할게

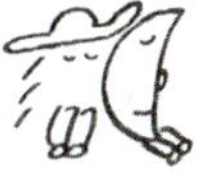

슬퍼하다

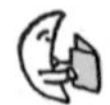 마음에 슬픔을 느끼다

 마음 한편에 작은 돌이 멋대로 굴러다니다

친구야,

따뜻한 노을을 보다 문득 하고 싶은 이야기가 생겨 글을 쓴다. 너는 나에게 일상을 충분히 보내고도 남은 힘이 있을 때 편지를 적어달라 했지. 아직 오늘의 일상은 끝나지 않았지만 너에게 편지를 쓴다.

참 이상하지, 나는 어느 순간부터 잘 울지 못하는 사람이 되었어. 눈물이 고여도 떨어지지 않고 낙하를 망설이는 눈물들이 생긴다. 눈물이 흐르는 대신 목에 물이 넘칠 듯 울렁울렁해.

뒷목이 간지러워 긁적이게 되고 마른세수를 하듯 괜히 얼굴을 매만지는 버릇이 생겼어. 얄미운 마음에 눈을 꾹 눌러 한 방울이라도 흐르게 만들기도 해. 어느 날엔 눈물이 맺히지 않는다는 사실에 간담이 서늘해지기도 한다. 잘 울지 못하는 내가 슬픔의 자리를 제대로 지켜주지 못할까 걱정이 돼. 제때 위로받지 못한 마음이 두고두고 슬퍼하면 어쩌나. 그 순간 그렇게 행동하지 말았어야 했는데… 그런 후회를 한다.

후회를 품게 된 지난날의 슬픔을 떠올려. 영원한 안녕 앞 슬픔의 무게에 짓눌리고 싶지 않아서 애써 몸을 털어내고, 사랑하는 것을 사랑하지 않는다고 단념하며 애써 괜찮은 척 지냈던 날들. 나는 그렇게 죽음을 애도하고 마지막 길을 배웅한 뒤, 잠을 자고 삼시세끼를 챙겨 먹었다. 슬픔에 잠식되어 무기력해지면, 감당할 수 없을 만큼 무너질 내가 두려웠기에 나는 더욱 열심히 내 삶을 일궈갔다. 덤덤하게 행동하는 것만이 내가 할 수 있는 최선이었다. 그게 슬픔을 마주하는 방법이라고 자연스레 익혔다.

다만 그날 이후 내 마음 한구석은 늘 얹혀 있는 듯했어. 작은 돌이 마음을 굴러다니는 듯한 무게감이 늘 한편에 자리했고 자주 먹먹했다. 그건 마치 내가 아닌 것 같은 기분이었어.

내 곁이 고요해지는 순간이면 어김없이 슬픔이 찾아왔고 떨쳐내지 못한 슬픔은 입에 맨밥을 욱여넣듯 몰아쳤다. 누구든 붙잡고 이 마음을 꺼내어 보여주고 싶었지. 그러나 슬픔은 멋대로 다룰 수 있는 물건이 아니었고, 어른들은 나에게 슬픔을 다루는 법을 알려줄 수 없었다. 그저 슬픈 날엔 엉엉 울고 괜찮은 날엔 슬픔을 위한 자리를 보듬어가며 흘려보내라고 말해주었다. 시간은 흐르고 해를 거듭할수록 마음의 돌은 점점 작아졌어. 더 이상 얹힌 기분이 들지 않았다. 다만 어떤 풍경을 마주하면 흐르지 않는 눈물이 조용히 고였다. 나는 그렇게 슬픔을 위한 자리를 남겨두었다.

꼭 눈물을 흘려야만 슬퍼하는 것이 아닌데. 눈물이 없는 내가 냉소적으로 느껴져 걱정 아닌 걱정을 했네. 그런 모습이어도 다정은 사라지지 않는다고 말해주는 너의 목소리가 귓가에 들려. 응원에 힘입어 나는 또 나아가고 싶어진다. 슬픔의 자리를 자주 살펴보며 지내겠다 다짐할게. 쉽지 않겠지만 노력할게.

해가 지는 노을빛이 내 눈에 담겼을 때, 너의 이름이 문득 부르고 싶어져서 이 이야기를 너에게 전해야겠다고 생각했어. 너도 이 광경을 좋아할 걸 알고 있으니까.

이 노을을 같이 볼 그때까지 건강하자, 우리.
늘 고마움을 담아 이만 편지 줄입니다.

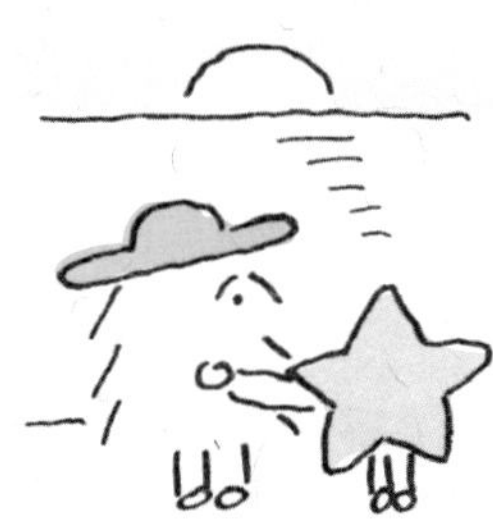

슬픔의 자리를 자주 살펴보겠다고 다짐할게

시도하다

내가 먼저 걸어본
길에 대한

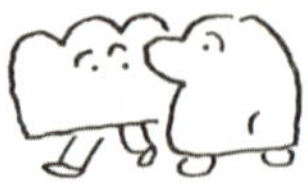

당신은 결국
어떤 길을 선택할지

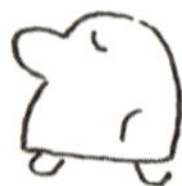

상대의 고민들을 들을 때면

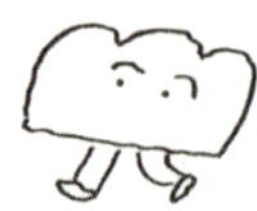

조용히 가늠하고 생각해

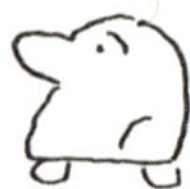

여러 가지 생각이 들지만

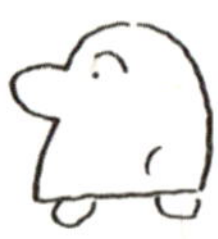

나는 열심히 도망치기도 하고

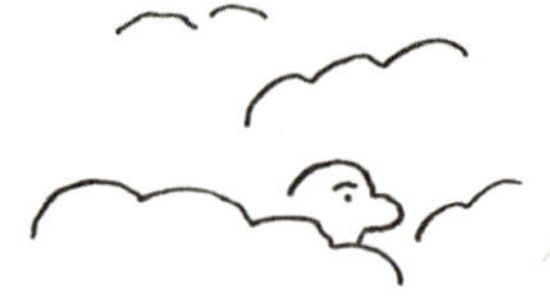

그저 이야기를 듣는다

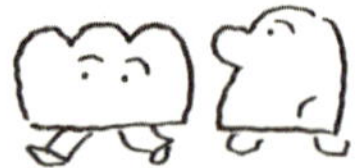

전속력으로
부딪혀보기도 했다

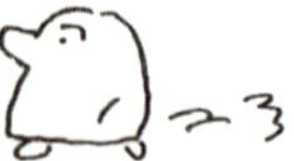

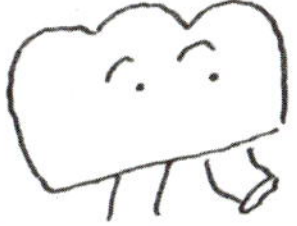

다만 고민을 품은 눈동자가
흔들리지 않는 것을 보았다

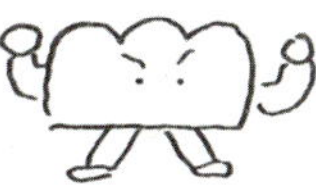

굳게 쥔 다짐은
힘을 잃지 않는다

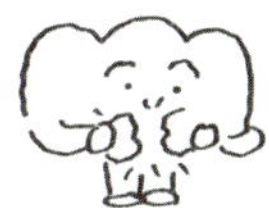

돌을 맞대어 부딪혔을 때
작은 빛이 반짝이듯

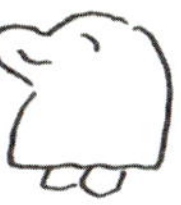

그 용기 앞에서 나 또한
밝아지는 듯해

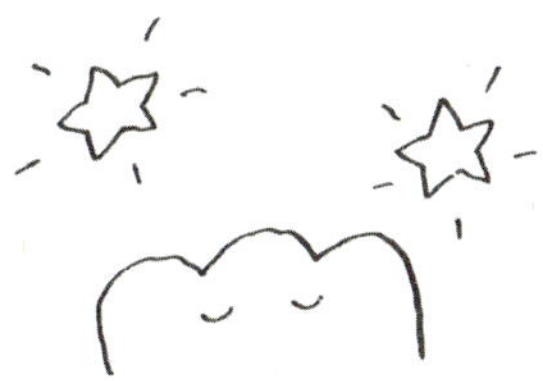

그 고민조차 빛나 보였다

때론 머무르는 물결에 빛이
다가와 반짝일 때도 있듯이

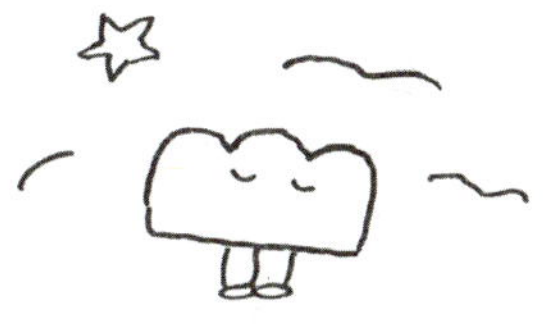

희미한 빛이
바람 앞에 일렁여

기회가 절로
주어지기도 하지만

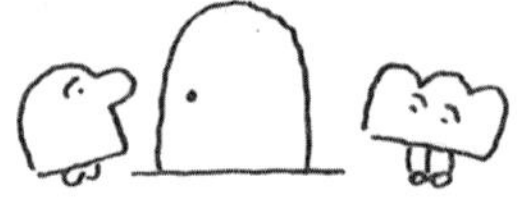

어떤 일들은 스스로
문을 열어 마주해야 한다

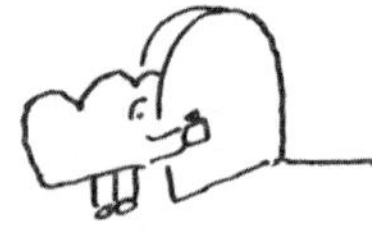

그 용기의 문을 여는 너를
지켜보는 것만으로도 힘이 돼

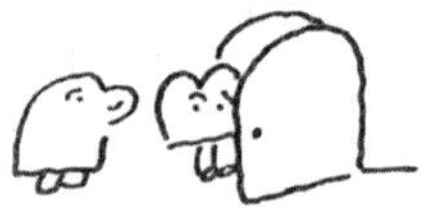

자유를 꿈꾸는 이에게서
영원을 만난다

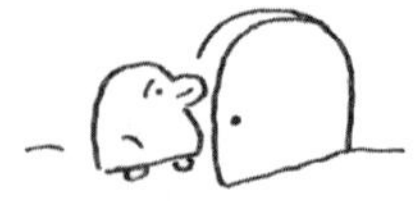

그 덕에 나도
문을 열어보고 싶어져

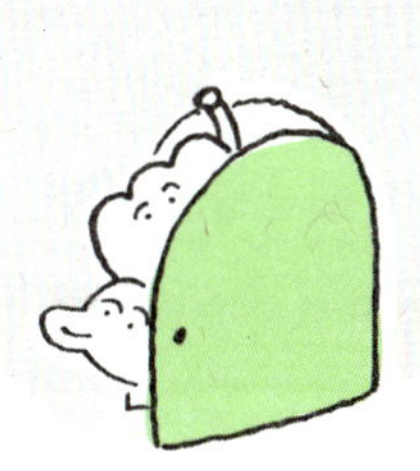

당신은 결국 어떤 길을 선택할까

시도하다

 어떤 것을 이루어 보려고 계획하거나 행동하다

 다시 한번 모험을 떠나는 나를 찾다

어른들은 자주 그런 말을 하곤 했다. 나이 들수록 겁나는 것들이 많아지니까 부딪힐 수 있을 때 많이 경험해보라고. 이미 겪어본 두려운 경험을 다시 시도하려면 처음보다 더 큰 용기가 필요하단 것을 그들은 알고 있었다. 아무것도 모르는 새로운 영역으로 발을 내디딜 때면 기대감과 함께 불안한 마음도 배가 되어 따라온다. 그 불안함은 때로 발목을 잡아 막아서기도 한다.

무언가를 시도하는 것은 새로운 이름을 가진 두려움이 늘어나는 것과 같다. 감정을 온몸으로 맞이하는 것이 얼마나 힘든 일인지 알고 있어서, 두려움이 데리고 온 무기력 앞에서 나는 곧잘 무너졌다. 나는 점점 겁쟁이가 되었다.

무기력한 나날 속에서 모험보단 안정을 바랐고 새로운 것보다 익숙한 것을 택했다. 그렇게 지내는 삶은 꽤 단조로웠다. 크게 놀랄 일 없이 평온했으며 주어진 일을 차근히 해나가는 일은 오히려 나에게 충족감을 선물했다. 평온한 삶 속에서 부딪힐 용기를 저버린 채 점점 더 몸을 웅크려 안전하게 나를 끌어안았다. 그렇게 나는 안온한 삶에 익숙해졌다.

어느새 모험심 같은 것은 잊힌 지 오래였고 좋은 게 좋은 것이라며 적당한 결과를 내비치는 것이 추구하는 삶의 방향이 되었다. 새로운 것을 마주하는 건 몸도 마음도 지치는 일이니까 내가 할 수 있는 선에서 나온 결과에 적당히 만족하기도 했다. 다만 이것이 최선인지 나에게 물었다면 어떤 마음은 떳떳하지 못해 곧잘 눈을 피하기 바빴을 것이다.

외면하는 그 행동이 나를 더 외롭게 만들었다. 이런 삶이 좋다고 말하면서도 마음 한편은 언제나 불안했다. 편안했던 자리엔 가시가 돋쳤고 불편한 기분이 나를 떠밀었다. 나는 떠나야만 했다.

한차례 다가올 두려움과 실패를 떠올렸다. 상상 속에서 계획을 세우고 그려 볼 때면 후회와 불안감은 커져만 간다. 그럼에도 우연은 늘 예기치 못한 순간 내 앞에 나타난다. 그 우연이 불어 넣어준 바람에, 나는 한번 더 모험을 떠나보고 싶어졌다. 포기하고 싶은 불안감에 겁쟁이가 되어 지난날의 선택을 반복할 수도 있겠지만, 그 안에서 다시 시도할 용기를 찾아낼 것을 알기에 한 번 더 믿어보려 한다. 떠날 채비를 마치고 엉성한 다짐을 해본다.

아름답다

분노와 슬픔으로 가득한 날들

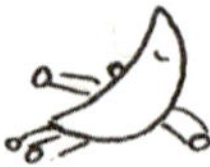

누군가 그 마음을 가다듬어

절망만을 마주하는
순간들 앞에서

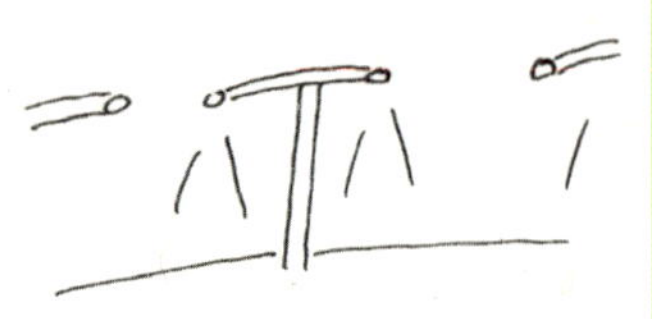

노랫말을 뱉었는데

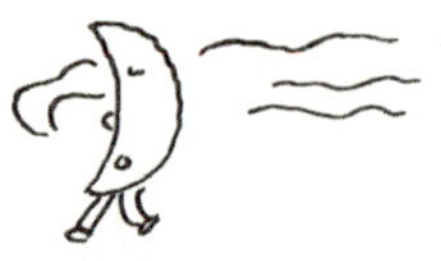

세상은 그리 아름답지 않다는
것을 몸소 깨달았다

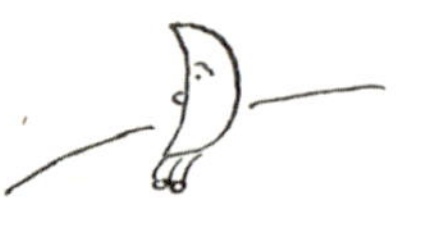

그것이 다른 이에겐
빛이 되었다

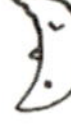

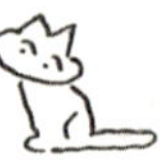

자주 꺾이고 부서지는 마음들

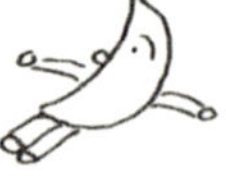

분노와 슬픔으로 가득한 날들

절망이 빛을 받은 순간이
얼마나 아름다운지

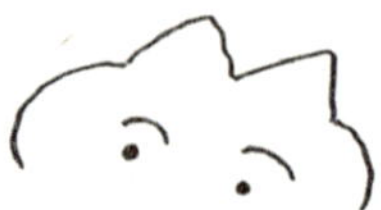

누군가 그 마음을 가다듬어

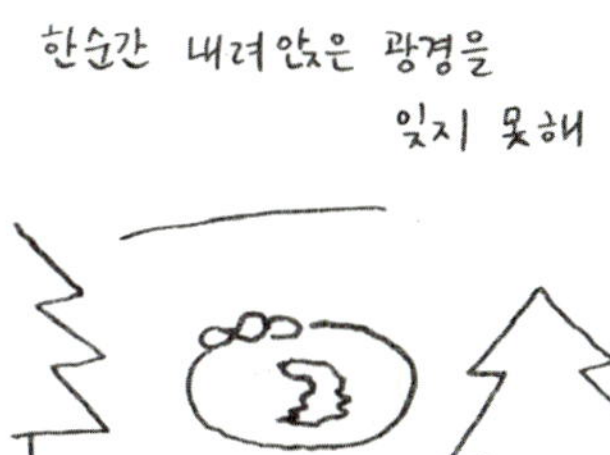

한순간 내려앉은 광경을
잊지 못해

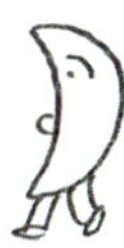

그럼에도 아름다운 방향으로
고개를 둔 채

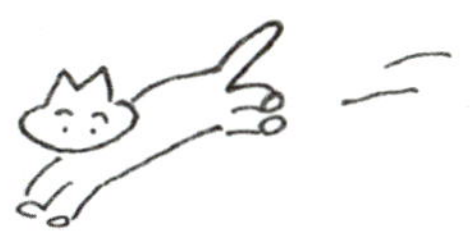

그 다정 앞에서 나는
다시 살아가고 싶어진다

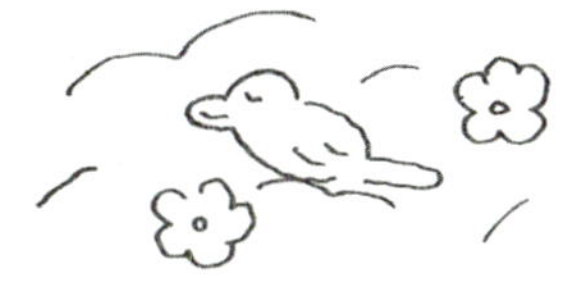

살아가려 노력하는
사람들이 있잖아

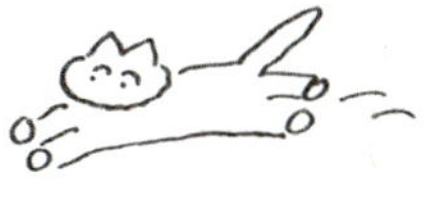

그렇게 또다시 희망을 믿어

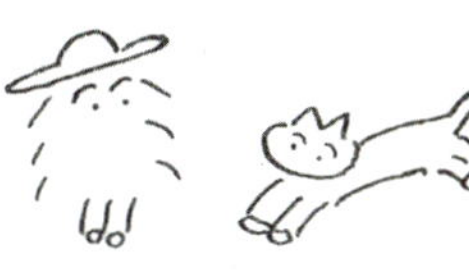

그렇게 살아가는
사람들이 있잖아

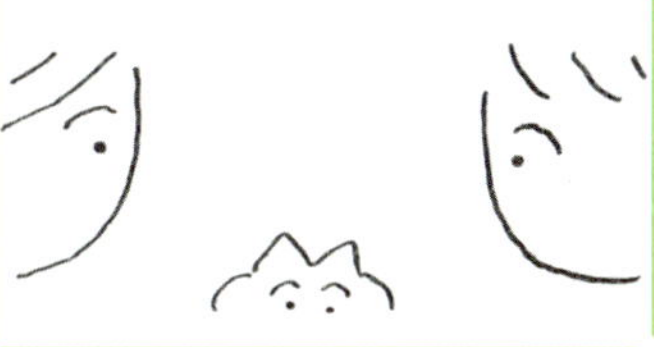

낯선 이가 바라보기엔
어리석은 일이라 하겠지만

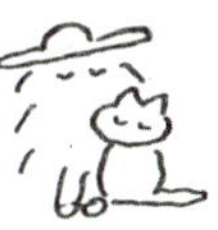

나도 아름답게
살아가고 싶어

아름답다

 보이는 대상이나 음향, 목소리 따위가 균형과 조화를 이루어
눈과 귀에 즐거움과 만족을 줄 만하다

 상냥하게 살고 싶은 마음이 드는 순간

　친구가 재밌는 문장을 찾았다며 사진 하나를 보내주었다. 건축가 이타미 준이 자신의 딸 이화에게 보내는 편지글이었다.

　이화야, 몸에 기름이 끼면 안 된다. 건축가는 몸에서 긴장이 빠지면 안 돼. 아름답게 살아야 하지. 삶이 아름다워야, 결과물도 아름다운 거야. 내 몸에서 나오는 결과물이 디자인이다.

-건축가 이타미준(유동룡), 딸 이화에게 -

　친구는 기름이 끼면 안 된다는 말에 집중했고 나도 그 문장에 공감한다고 말했다. 사람은 아름다운 것들을 보고 느껴야 아름다운 결과물을 만들어낸다. 그 결과물은 내 마음과 손, 그리고 몸이 만들어낸 것이니 그 누구보다도 자신이 제일 잘 알지 않겠는가. 결과물이 아름다운지, 아름답지 않은지. 그 대답만큼은 스스로에게 거짓말을 할 수 없다.

　친구는 나에게 아름답기 위해 무얼 했는지 물어봤다. 쉽게 답을 할 수 없었다. 오늘의 난 나를 위해 아름다운 행동을 하지 않았다. 일을 한다는 핑계로 한자리에 같은 자세로 앉아 시간을 오래 보냈고 집안일도 하지 않은 채 하루를 보냈다. 오히려 악행을 저지른 기분이었다. 나와 달리, 친구는 자신이 이뤄낸 아름다운 행동을 자신감 있게 읊었다. 점심식사로 건강한 음식을 먹고 스트레칭을 했다며 자신이 노력한 지점을 말했고, 기름 끼지 않으려 노력한 그녀에게 나는 칭찬의 말을 전했다. 친구는 이런 재밌는 글을 보면 나에게 보내주고 싶다고 말했다. 나는 그것이 사랑이라고 말했다. 그녀가 보내준 사랑 덕에 아름답게 살고 싶어진다.

나는 아름다운 것이 좋다. 자연과 삶, 예술이 보여주는 맑은 아름다움은 스스로를 제한하지 않고 계속 뻗어나간다. 마치 우주가 계속 팽창하는 것처럼. 우리의 몸과 마음 어딘가에 가닿아 작은 파동을 일으키고 그 파동은 점점 커져 몸을 돌며 구석구석 순환시킨다. 그 아름다움이 우리의 감정, 경험 그리고 인생을 건드려 눈물과 웃음이 날 때면, 나는 그 아름다움을 온전히 받아들일 수 있는 사람이 되고 싶다. 아름다운 것들을 세세히 느끼고 싶을 때면 상냥해지고 싶다. 현실을 한 꺼풀 벗겨주는 아름다움과 낭만 앞에서 영원하지 않은 아름다운 순간을 온전히 누리고 싶다. 잠시 그 순간을 소유했다는 착각을 할 때마다 그 순간들을 잊지 않고 상냥하게 살아가고 싶다.

세상엔 아름다운 것들이 즐비한데도, 선한 것과는 반대되는 세상의 자극적인 것들 앞에서 나는 줄곧 아름다움을 잊은 채 살아가곤 한다. 부당한 일들은 매일 일어나고 누군가의 죽음은 실없이 소비된다. 매번 실수를 가장한 듯 반복되는 상황들 속에서 옳고 그름만을 따지며 나아질 기미 없이 늘 서로의 것을 쟁탈하려 하고 서로를 향해 삿대질하느라 바쁘다.

지친 마음들은 이내 갈피를 잃는다. 그 앞에서 살아남기 위한 생존 이상을 거론한다는 것은 쉬이 배부른 소리가 된다. 다만 우리는 그 안에서도 희망을 찾고 착실히 자신의 자리를 이어간다. 사랑하고 행동하고 아름다운 것을 좇는다. 왜일까, 이토록 고통스러운 세상 앞에서 우리는 어떻게 긍정할 수 있을까.

어쩌면 마음에 품고 손으로 거머쥐었던 아름다움이 얼마나 상냥한지 알기에 그런 것은 아닐까. 아름답게 살아가길 바라는 사람들의 마음이 모여 우리는 연결되고 다시 한 번 애쓰게 된다. 자신이 가진 아름다운 시선으로 삶을 바라보고 슬퍼하며 환희를 읊는 사람들의 목소리가 계속 이어진다. 그렇게 빚어진 아름다움이 오랫동안 향을 잃지 않고 여러 사람에게 가닿길 바란다. 작은 파동이 큰 파도를 일으킬 순간들을 고대한다. 연결된 우리가 삶 속의 희망을 계속해서 노래하길 바란다.

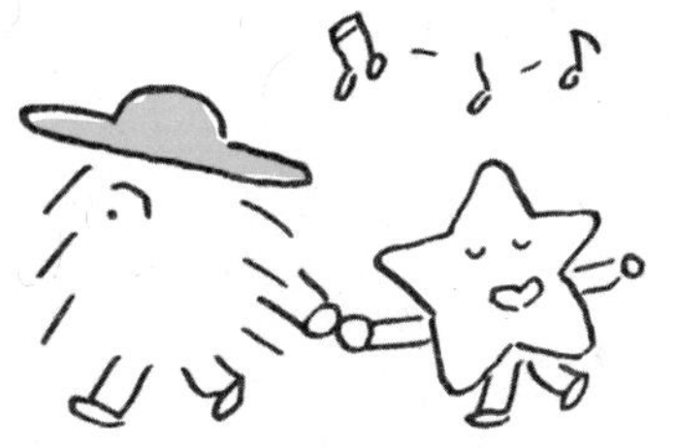

안다

슬피 우는 사람에겐
가냘픈 성대가 있어

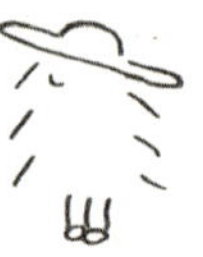

뒷목을 쓰다듬으며

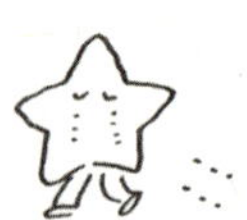
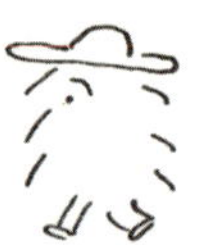

누군가 울고 있는
소리가 들려오면

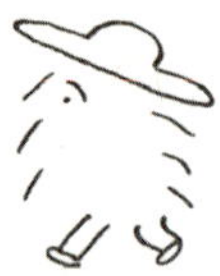

고개를 저었다

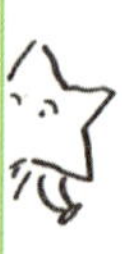

나도 모르는 사이

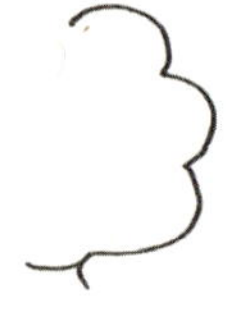
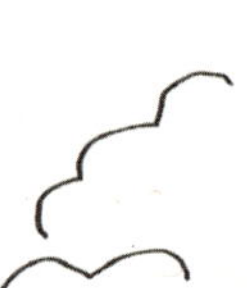

수풀 사이로 울 것만 같은
얼굴을 숨겼다

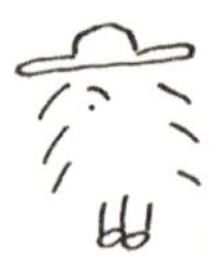

함께 울먹이게 된다

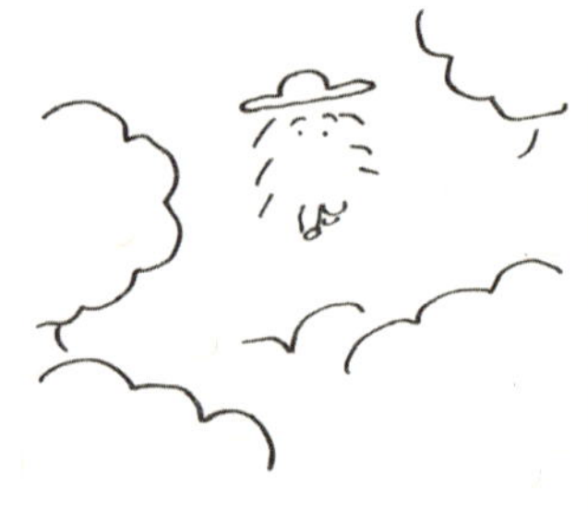

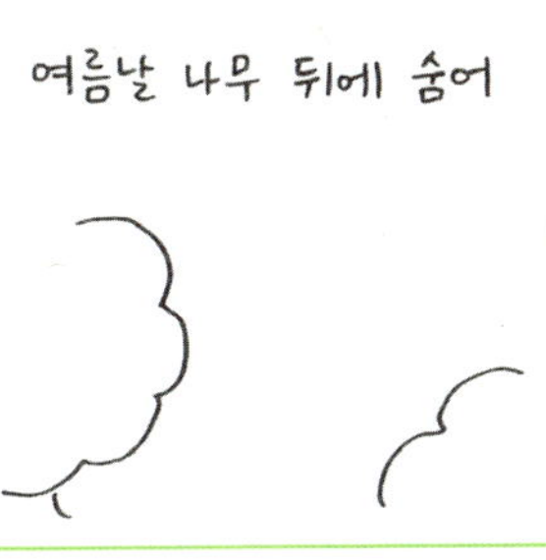
여름날 나무 뒤에 숨어

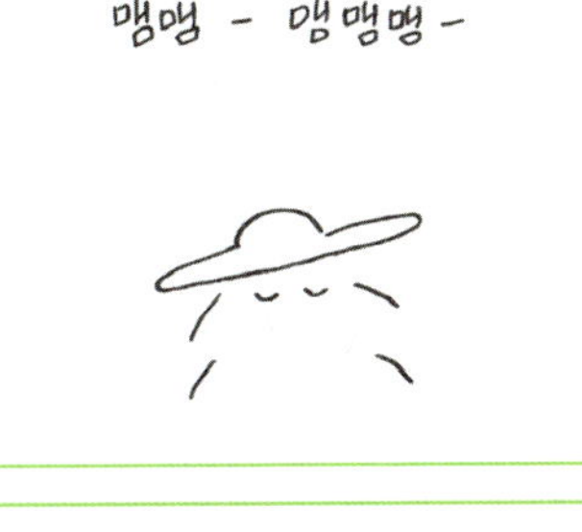
맴맴 - 맴맴맴 -

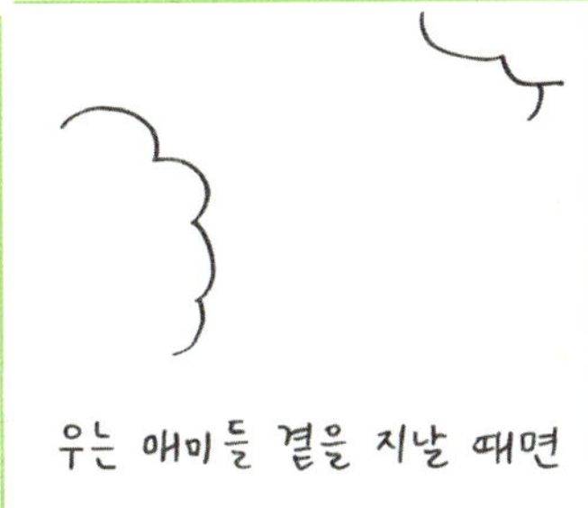
우는 매미들 곁을 지날 때면

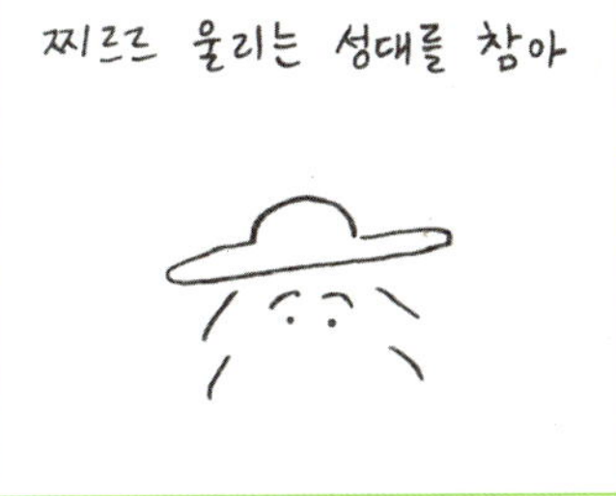
찌르르 울리는 성대를 참아

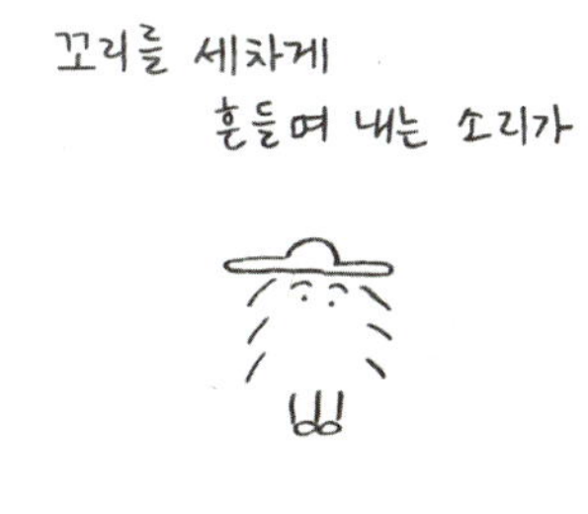
꼬리를 세차게
흔들며 내는 소리가

힘껏 우는 사람처럼 들려

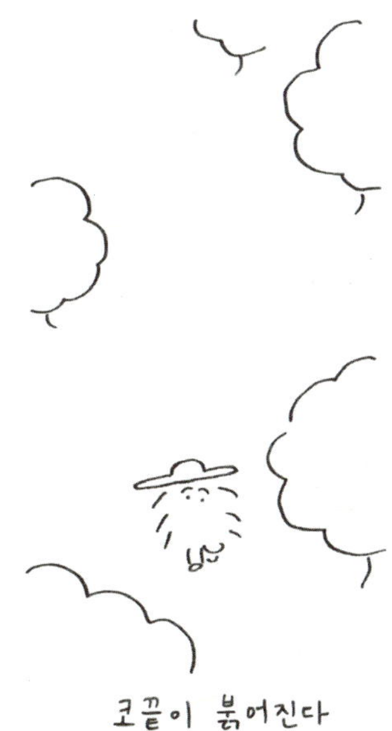
코끝이 붉어진다

안다

 생각이나 감정 따위를 마음속에 가지다

 들키고 싶지 않아 고이 접어두는 마음을 보다

1

울먹이는 사람의 눈엔 눈물이 고인다. 터질까 말까 고민하며 눈가를 따라 멈춰 있는 눈물방울. 떨리는 눈이 눈물의 낙하를 알린다.

2

어릴 적 아빠가 말했다. 엄마가 너를 야단칠 땐 엄마의 눈이 아니라 마음을 바라보라고. 그게 무슨 뜻인지도 모르면서 엄마의 울먹이는 눈을 마주쳤을 때, 나도 모르게 엄마의 심장 부근을, 그 마음을 오랫동안 바라봤다. 옅게 떨리는 엄마의 목소리에 울먹이고 있구나 생각했다. 엄마의 볼을 타고 흘러나온 눈물이 반들거리는 모습을 보고서야 나오려는 눈물을 애써 참았다. 나오지 못한 눈물은 목구멍으로 흘러 타들어가듯 자국을 남겼다. 마치 자신이 흘러가고 있음을 알리는 것처럼. 목에 가시가 걸리면 꾹꾹 맨밥을 삼키던 것처럼 발버둥치는 눈물을 애써 밀어 넣었다. 눈물을 참을 땐 아주 무거운 돌을 삼키는 것처럼 목이 막혔다. 삼킨 눈물은 돌덩이처럼 무겁게 마음을, 우리가 있는 공간마저 짓누르는 듯했다.

적막 속에서 작은 머리를 굴리며 엄마의 눈물을 이해하고 싶었으나 나는 늘 실패했다. 적막을 지키는 사이 얼마의 시간이 흘렀을까, 자리에서 일어나 방으로 갈 때 온몸이 저려 턱 턱 발을 얹듯이 걸음을 옮겼다. 저려오는 몸을 침대에 눕힌 채 울고 있으면 엄마는 조용히 다가와 앉아 웅크린 날 쓰다듬으며 대화를 이어갔다. 따뜻한 손이 내 등을 쓸어줄 때면 눈물이 기다렸다는 듯이 흘러나왔다. 그제야 보듬어진 슬픔이 서러움을 이기지 못한 채 울음을 터뜨렸다. 그것이 우리가 서로의 슬픔을 보듬는 방식이었음을 이제는 안다. 나는 늘 눈물 앞에서 서툰 사람이었다.

3

접어둔 눈물들은 눈처럼 내린다. 겨울도 아닌데 마음 가득히 눈이 내린다. 눈송이를 모아 굴리다 보면 감당할 수 없이 커져버린 눈물은 그 무게를 이기지 못하고 떨어질 준비를 마쳐. 그런 새벽은 늘 고요하게 지나가지 않았다. 떨군 고개 아래 모아둔 손등 위로 떨어진 눈물방울은 차갑다. 눈가에 담겨 있을 때만큼은 따뜻했을 눈물이 바깥 공기를 만나 차갑게 식어간다.

한창 이야기를 하던 도중 고개를 들어 천장을 바라보는 나에게 친구가 울 것 같으냐고 물어봤다. 아니 그렇지 않다고 태연하게 말했다. 들키고 싶지 않아 나중이라 말하며 눈물을 돌려보냈다. 나는 몇 번의 마음을 또 다시 접어 품에 안았다. 가볍게 날려버리고 싶지 않은 마음들이 있다.

애틋하다

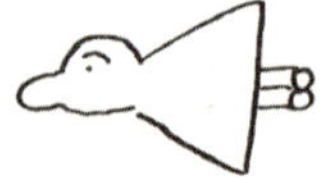
바다 위를 나는 꿈을 꿨다

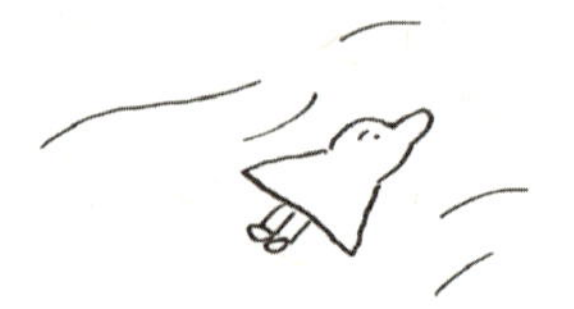
다시 살아나길 반복했다

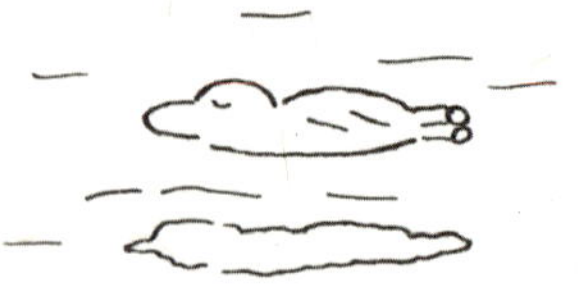
그 광경이 너무 아름다워서

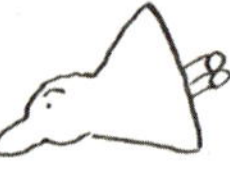
죽는다는 것이
두렵지 않을 정도로

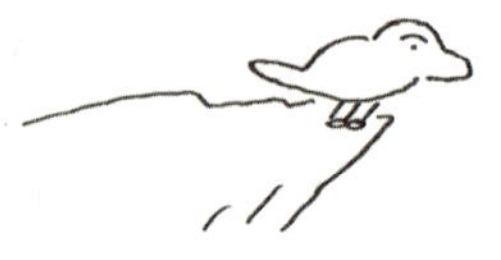
절벽으로 다가가
떨어지길 반복했다

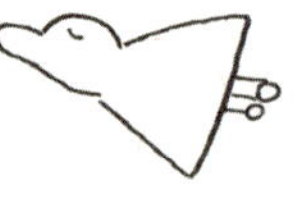
그 광경은 무척 아름다웠다

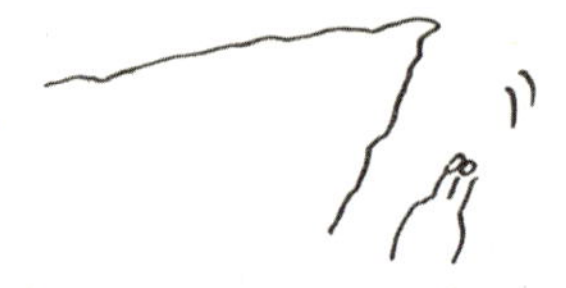
떨어질 때마다 나는 죽었고

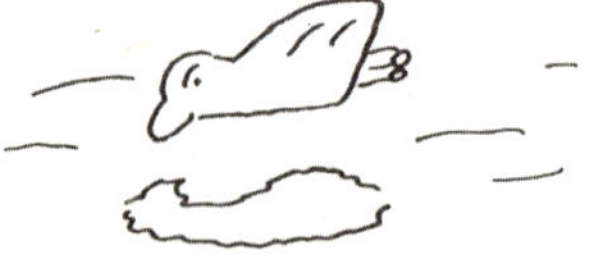
꿈속의 나는
무엇도 두렵지 않았다

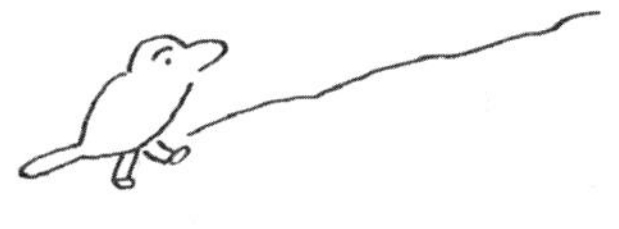
다시 태어날 것이란
믿음 앞에서

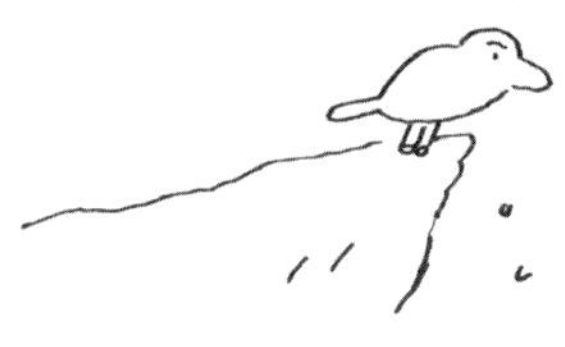
절벽 끝으로 나를 내던졌다

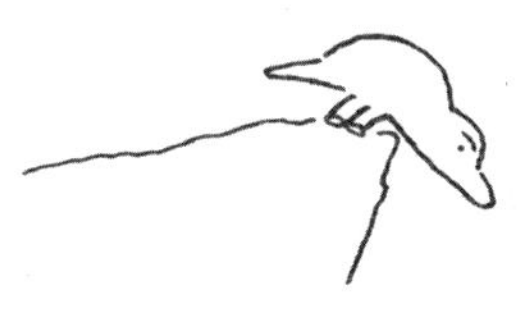
다시 태어날 수 있다면

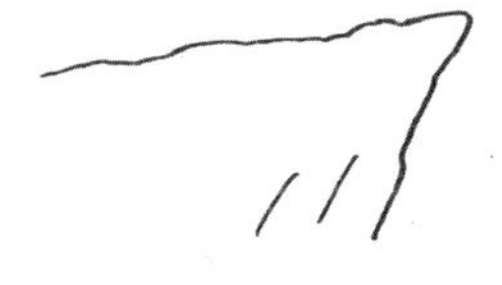
꿈에서 깨어나 작게 읊조렸다

애틋하다

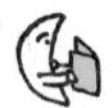 섭섭하고 안타까워 애가 타는 듯하다

 서로 닮은 부분을 볼 때면 어쩔 수 없다

1

내 발가락은 아빠를 닮았다. 엄마는 작은 발에 동그랗게 달린 오동통한 발가락을 매만지며 포도송이 같다, 아빠 발과 닮았다고 말한다. 작은 발에 자리가 부족한지 위로 톡 튀어나온 두 번째 발가락이 우스웠는데 아빠의 발가락도 그렇다고 생각하면 좀 웃음이 나온다. 아주 작은 부분이더라도 우리가 서로를 조금씩 닮았다고 생각하면 어쩔 수 없이 애틋한 표정을 짓게 된다.

가족 앞엔 '애틋한'이라는 형용사를 붙이고 싶다. 가족 이야기를 할 때면 여전히 말줄임표가 길게 머물러. 언젠가 시작할 수 있을까. 제일 아프고 연한 구석을 뚫어 이야기할 수 있을까. 아직 답을 내릴 생각이 없는 나는 석상처럼 묵묵히 자리를 지킨다. 대답할 입이 없음에도 눈을 가린 어린 내가 석상 앞에 서서 외친다. 어떤 날들을 살아가게 될지 모르는 어린 내가 계속해서 대답을 원한다. 그 앞에서 대답할 수 있는 입이 없는데도 기어코 변명을 내뱉는다. 조금만 더 기다려줘.

언젠가 후회하기 전에 대답을 뱉을 수 있을까, 내 그림자가 점점 길어진다. 영원한 것은 없다는 걸 알면서도 감각하고 있는 순간을 흘려보낸다. 불어온 바람에 연거푸 마른세수를 한다.

2

　내가 지었던 표정을 네가 지을 때마다 네 얼굴을 한 겹 떼어내 내 얼굴에 걸쳐둔다. 서로를 연결하는 보이지 않는 줄의 끝과 끝을 맞잡은 우리는 잠시나마 한 사람이 된다. 너의 마음이 구슬을 꿰듯 줄줄이 흘러 들어온다. 너에게서 시작된 구슬이 내가 가진 줄 끝에 당도한다. 도착한 구슬을 손에 쥐어봐. 따스함과 서늘함이 동시에 존재하는 너의 마음. 내가 너의 표정을 닮아갈수록 나에게 너는 더욱 애틋해진다.

　너무 다른 서로가 사실은 조금씩 닮아 있다고 생각하면 어쩔 수 없이 마음이 동하게 돼 일직선을 긋는다. 그러다 나란히 달려가던 마음이 온도가 달라지면서 닿을 수 없는 부분이 선명해지면 마음이 저릿해져 알 수 없는 표정을 짓게 돼. 미움도 사랑도 동정도 모든 것이 섞여버린 마음 앞에선 눈을 질끈 감아버리고 싶다. 이 마음은 분명 나를 산산조각으로 부숴놓을 거란 예감이 든다. 사랑하는 네가 나의 약점이 될 것이란 사실이 두려워지는 날이 있다.

　네가 짓는 표정을 따라 짓는다고 네가 될 수 없는 것처럼, 영원히 건넬 수 없는 포옹을 알고 있어. 내가 도착할 수 없는 곳의 풍경이 어떤 모습일지 영원히 알 수 없기에 쓴웃음과 함께 선명하게 그어진 외곽을 따라 걷는다.

　우리의 세계가 서로 등을 맞대고 앉아 있다.

　맞댄 체온을 기억한다.

다른 이와의 약속은

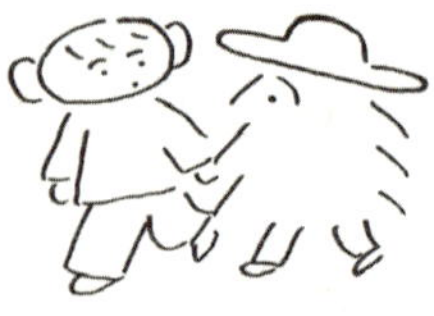

가끔 그 사실이 떠오르면

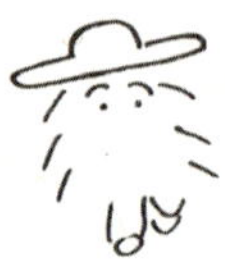

소중하게 다루면서

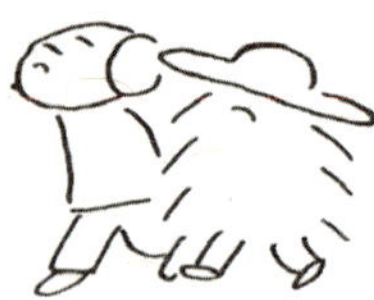

스스로에게 의문을 품었다

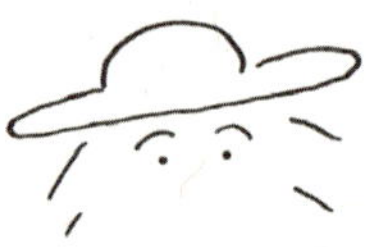

왜 자신과 한 약속은

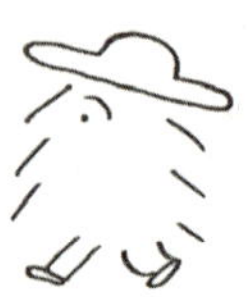

나와의 약속이 그만큼

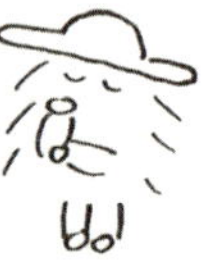

쉽게 잊고 떠나보내는지

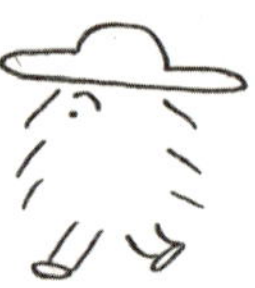

소중하지 않은 것도 아니면서

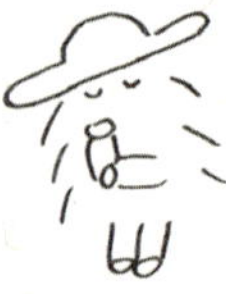

나는 쉽게

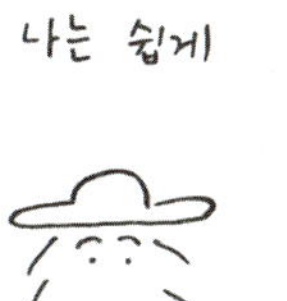

다음에 라고 말했다

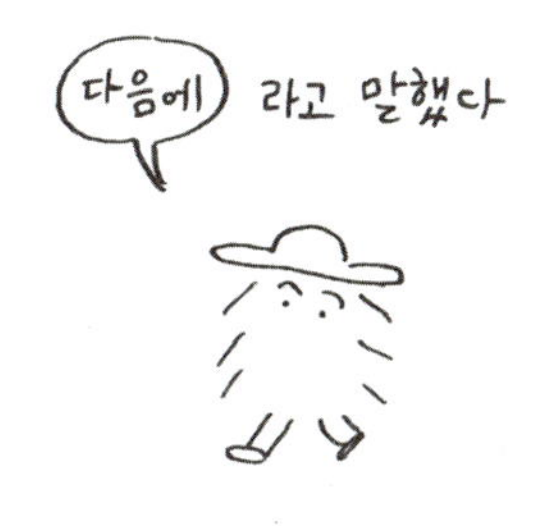

다음은 또 다른 다음을 낳고

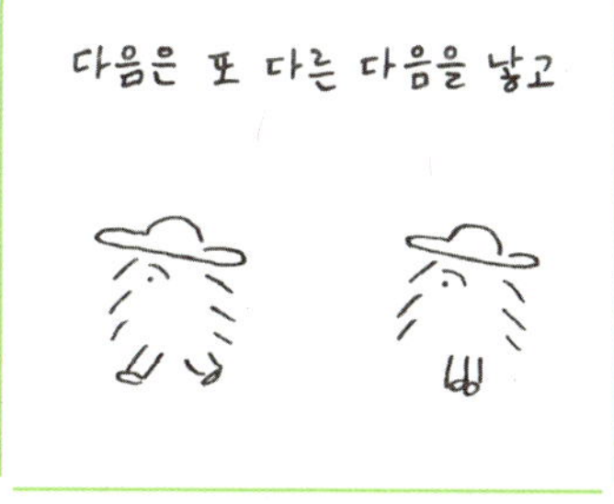

약속은
하염없이 외로워졌다

더 이상 약속을
미룰 수 없는 날엔

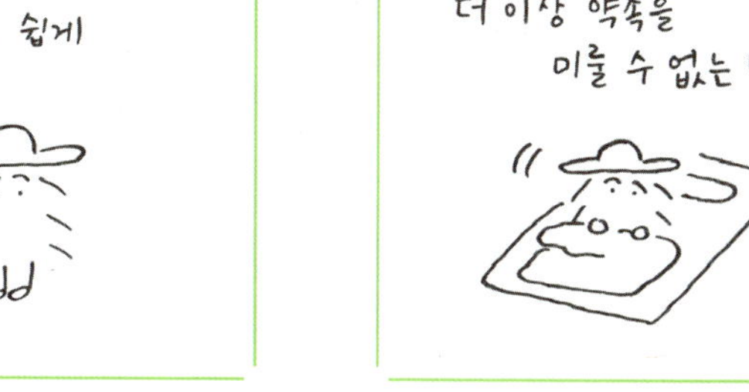

약속을 위해 밖을 나섰다

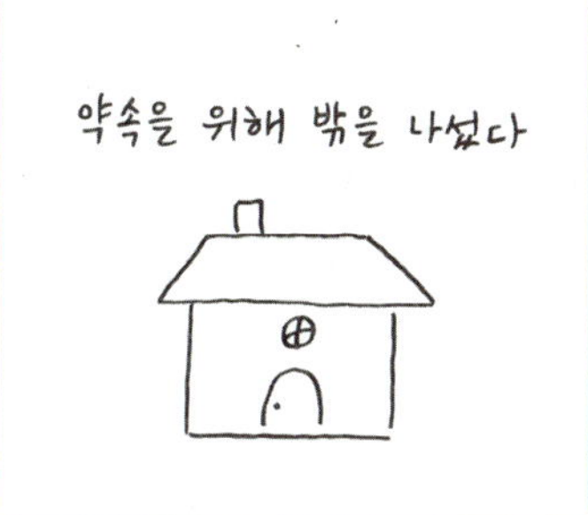

나오지 않았으면
만나지 못했을

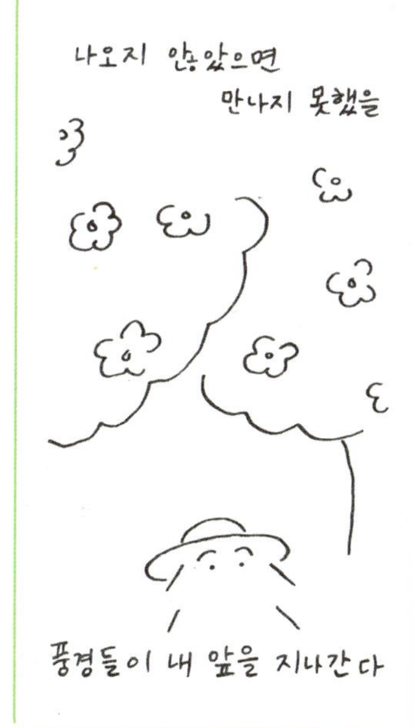

풍경들이 내 앞을 지나간다

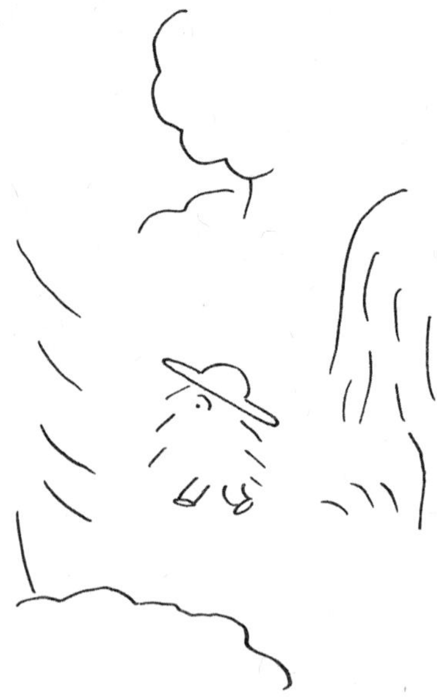

오늘도 약속을 미루지 않았다

다정한 풍경들이 나를 반긴다

약속하다

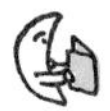 다른 사람과 앞으로의 일을 어떻게 할 것인가를 미리 정하여 두다

 일상에 꼭 살아가야만 하는 이유가 생기다

우린 그런 말을 자주 했잖아, 누군가에게 의지하는 것이 어렵다고. 그런 생각을 할 때면 나는 늘 혼자인 것만 같았다. 우스갯소리로 인생은 혼자라는 말도 서슴지 않고 말했지. 어쩌면 나는 두려웠던 것 같다. 겁이 많은 강아지가 더 크게 짖는 것처럼, 상처 입는 것이 얼마나 두려운지 알기에 괜히 몸집을 부풀려 그리 말했다. 앞에선 아무렇지 않은 척 태연하게 굴면서 거리를 두고 멀어지려 했나봐. 미리 걱정하고 불안해하는 마음은 어린 내 이야기인 줄로만 생각했는데 아직도 나에게 남아 있었다니 새삼스럽기도 해.

상처 입는 것이 두려워 사랑하는 것에서 멀어지기로 다짐했을 때, 다정한 이들은 내게 아무리 그래도 그런 말은 하지 않았으면 했다. 어떤 의미인지 알면서도 심술 가득한 얼굴로 왜 그러냐고 물었다. 누군가 나를 그렇게라도 붙잡아주길 원했던 것 같다. 이런 내 모습에 얼굴이 붉다 못해 타들어갈 것 같다.

두려움이 가득한 내 마음을 누군가에게 보여줄 자신이 없었기에 나를 더욱 고립시키고 비밀이 많은 사람이 되길 자처했다. 다른 이에게 기대지 않고 온전하게 살아가고 싶었던 것뿐이라고 일단락을 지었다. 진정한 나를 알게 되면 답을 내릴 수 있을 테고, 그러면 뭐든 해결할 수 있을 것만 같았다.

가라앉은 마음을 들추려 이리저리 막대기를 흔들면 미꾸라지가 강바닥을 어지럽히듯 맑던 물이 금방 뿌옇게 흐려졌다. 부유물을 떠내고 맑아질 때까지 홀로 지켜보는 동안 우리는 어떻게든 또 살아간다. 그럴 때마다 살아가는 마음 사이에서 자주 외로움을 마주해. 어쩔 수 없이 떠오르는 부가적인 생각들을 다스리고 나면 마음이 조금 헛헛해졌다.

문득 혼자라는 사실이 두려워질 때가 있어. 그토록 지독하게 혼자가 되고 싶어 했으면서 어떤 이의 얼굴이 보고 싶었다. 내가 당신을 보고 싶어 하는 만큼, 당신도 나를 보고 싶어 할까.

복잡하고 두려움이 가득한 속이어도 보여주고 싶었다. 부끄럼과 걱정, 용기가 주먹밥 재료마냥 울퉁불퉁하게 섞인 마음을 품은 채 보고 싶다고 말했다. 얼마 지나지 않아 친구는 그냥 연락하지, 참 너답다고 했다. 손가락으로 이마를 튕기며 장난스레 말할 것만 같아. 안 봐도 눈에 선한 모습에 나도 모르게 미소 지었다. 그렇게 약속을 정하고 달력에 우리들의 만남 일정을 적어두었다.

일상에 꼭 살아가야만 하는 이유가 생겼다. 그 약속을 지키기 위해 그 사이에 있는 날들은 얼마든지 이겨낼 수 있다. 너와의 약속 앞에선 힘든 일도 외로움도 이겨낼 수 있는 크기가 되었다.

나는 그 힘이 너와 나 사이의 애정과 믿음이라고 생각했는데 사실은 내가 너에게 의지하고 있다는 증거이기도 했다.

네가 없었으면 나는 어떻게 견뎌낼 수 있었을까.

흘러가버린 줄 알았던 용기를 꺼내어 보일 때, 나는 늘 덤덤한 사람이 된다.

그럼 나를 바라보는 당신의 눈썹이 일그러지고 속상한 표정을 지어. 나도 당신을 향해 지었을 속상한 표정, 그 표정이 무얼 의미하는지 알기에 나는 슬픈 낯빛을 띄운다.

　서로의 등이 보이지 않을 때까지 인사하고 나서, 뒤돌아 홀로 길을 걸어갈 때 우리는 오래 웃으며 걸어갔으면 좋겠다. '아 오늘 참 좋은 약속이었어' 웃음을 짓다가 다시 덤덤하게 일상을 살아가길 바란다.

위로하다

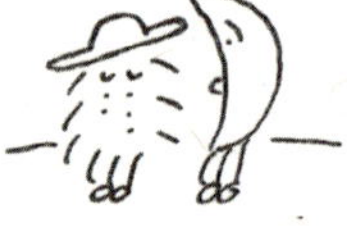
위로하는 마음은

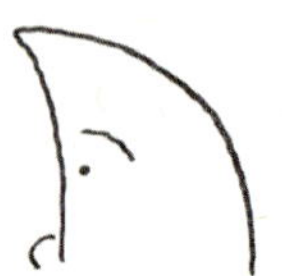
슬퍼하는 너를
조용히 가다듬는다

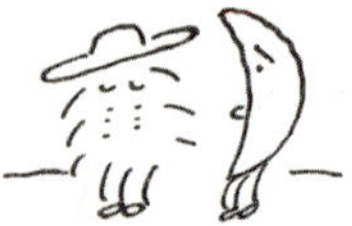
한결같이 새롭게 느껴진다

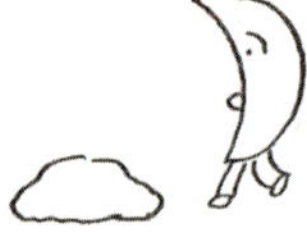
이야기가 흐르다 막히면

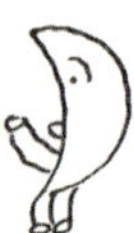
서투른 마음을 전하다가

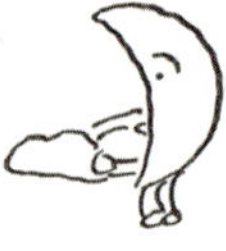
박혀 있는 돌을 건져내고

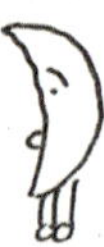
상처라도 내게 될까
걱정하며

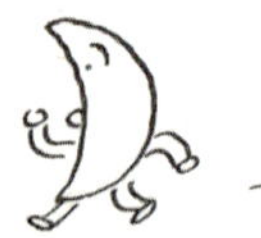
너무 서두르다
흘러 넘치는 마음엔

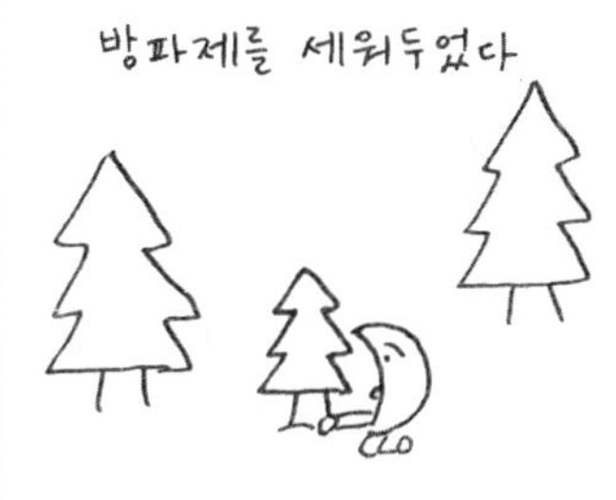

방파제를 세워두었다

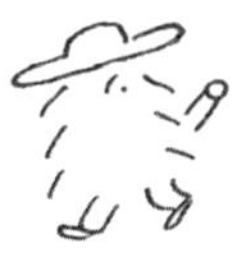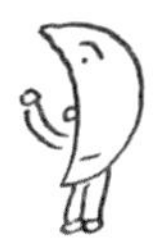

나는 언제나 너를 바라볼게

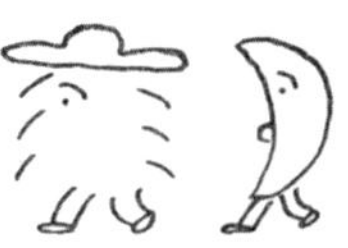

함께 나아가다 보면

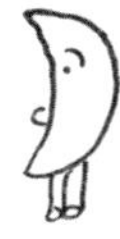

그렇게 나는 너를 위로할게

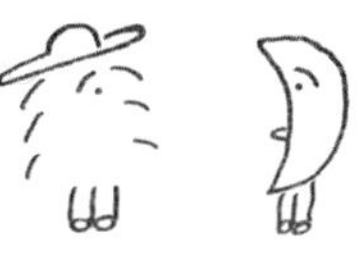

어느새
    이야기의 끝을 마주해

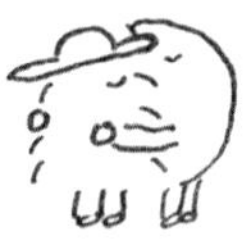

잦아든 마음이
    어느 방향을 가리키더라도

위로하다

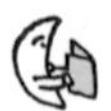 따뜻한 말이나 행동으로 괴로움을 덜어 주거나 슬픔을 달래주다

 건네 받은 마음을 스스로 마무리 지을 때 느낄 수 있는 다정한 마음

초등학생 시절 나는 위로를 잘하는 사람이라고 스스로 자신했다. 누군가를 이해하고 보듬고 싶어 하는 마음은 늘 자연스러웠고 상대방의 진솔한 이야기를 듣는 일이 어렵지 않았다. 걱정을 품은 친구가 있다면 먼저 다가갔다. 그저 옆에 앉아 상대방이 전해주는 이야기를 조용히 들었다. 간간이 몇 마디를 얹기도 하고 조심스럽게 질문하며 이야기를 이어갔다. 친구는 그런 나에게 마음을 편히 열고 고민이나 슬픔을 털어놓았다. 그렇게 나는 잘 들어주는 사람이었다.

대화 끝에 친구는 한결 가뿐해진 말투로 큰 위로를 받았다고 내게 참 다정하다고 말했다. 미소를 띤 친구의 얼굴을 마주하면 마음 한가운데에서 빛이 반짝거렸다. 내가 받아본 칭찬 중 가장 밝고 환한 칭찬이었다. 나에게도 잘하는 것이 있다는 사실이 무엇보다 기뻐서, 그 마음은 꼭 내가 가진 마법 능력 같았다. 그 마음을 오래 간직하며 나는 이야기를 잘 듣는 사람으로 살아갔다.

시간이 흘러 나이를 먹은 우리의 고민은 각기 다른 모습을 드러냈다. 어린 시절의 고민, 슬픔과는 또 다른 결이었다. 각자 뻗어 내려간 뿌리의 깊이만큼 세상을 바라보는 눈높이만큼 우리는 서로 너무나도 다른 사람이 되었다. 나는 여전히 이야기를 잘 들어주는 사람이었지만 위로를 잘하는 사람이라고 말하는 건 점점 어려워졌다. 세상엔 내가 겪어보지 못한 일들이 참 많았고 경험의 무지 앞에선 무척이나 작아졌다. 감히 어떻게 위로를 표해야 하는지 몰라 얼버무리기도 했다. 직접 겪어보지 않아 알 수 없는 무게를 가진 슬픔 앞에선 그저 눈을 맞추는 것밖에 할 수 없어 무기력하기도 했다.

나 또한 타인의 위로를 온전히 받은 적이 있었던가. 서로의 상황을 전부 이해할 순 없어도 곁에 앉아 전해주는 따스한 말 한마디는 분명 나를 외롭지 않게 해주었다. 다만 받은 위로를 풀어 살피며 내가 다시 한 번 곱씹지 않으면 그 말들은 금방 휘발되어 사라졌다. 위로는 오롯이 내가 마무리 지어야 하는 행위였다. 내가 나를 보살피며 위로받은 마음을 다듬어야 했다.

타인에게 받은 위로를 통해 자신에게 한 발자국 다가갈 수 있게 되었다면 다정한 마음은 그것으로 역할을 다한 것이다. 다정한 마음을 품었을 당신이 무기력 앞에서 무너지지 않길 바란다. 위로를 건넬 줄 아는 당신은 여전히 다정한 사람이란 사실을 잊지 않았으면 좋겠다.

의지하다

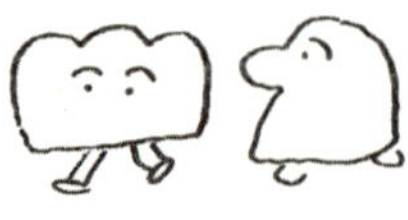
오랜만에 마주한 네 얼굴에

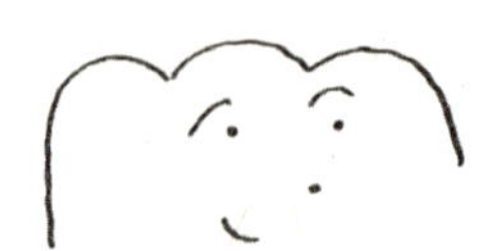
늘 미소가 떠 있던
너의 눈가에

수심이 깊게 차올랐다

오늘은 작은 웅덩이가 생겼다

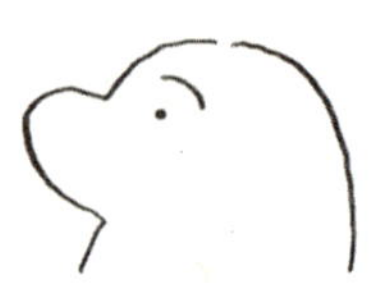
그 표정을 바라보는 내내

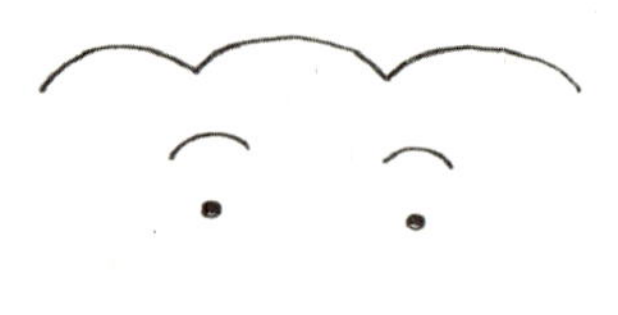
자세히 바라보지 않으면

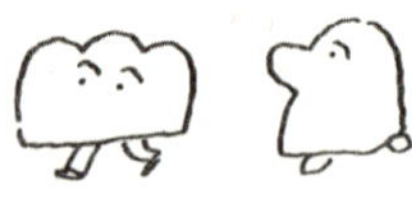
나도 그 속에서 허덕이는 듯해

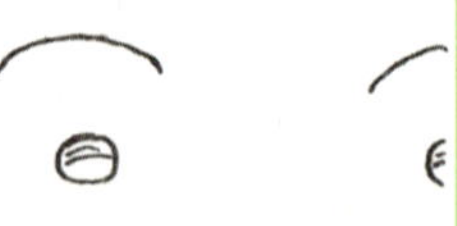
알아챌 수 없는 크기의 웅덩이

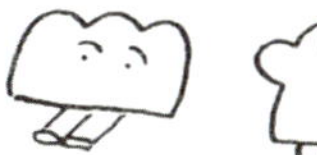

대화 사이 길어지는 공백 동안

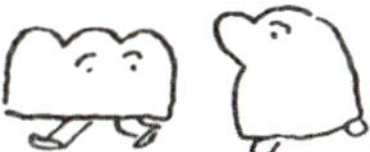

다시 집으로 돌아가는 길

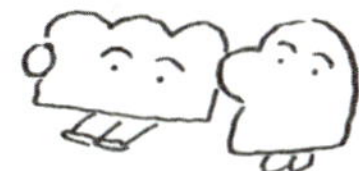

가끔 너의 어깨를 토닥였고

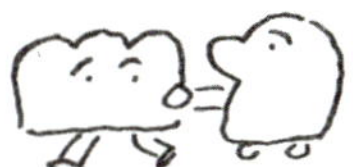

너와 오래 붙어 있고 싶어서

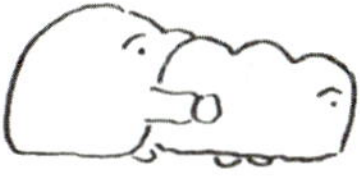

가끔 너의 등을 쓰다듬었다

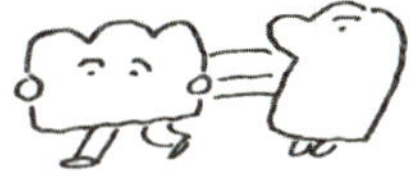

괜히 핑계를 대며
시간을 벌었다

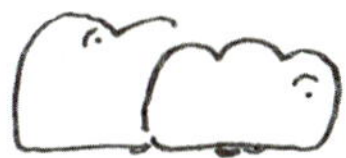

네가 품은 무게가
가벼워졌으면 해서

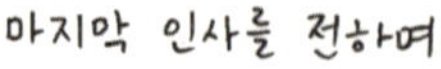
마지막 인사를 전하며

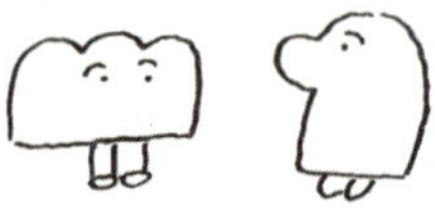

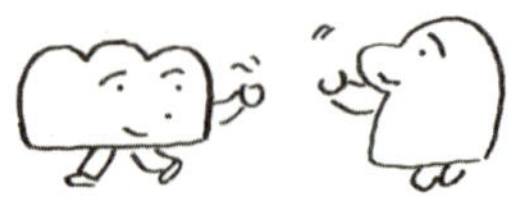
너도 나도
허덕이지 않는 채로

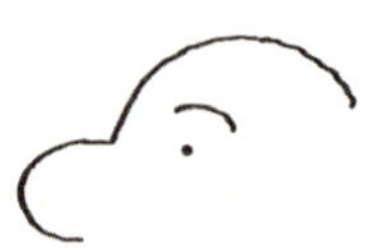
너의 눈을 오래 바라봤다

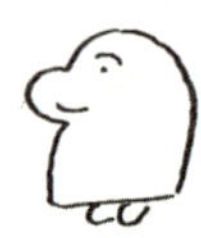
서로에게
티 없는 미소를 보이며

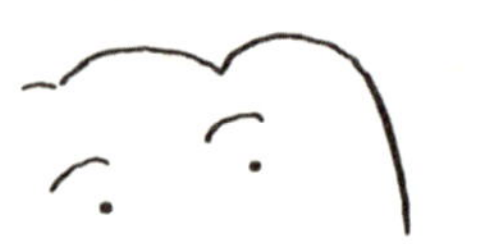
웅덩이는 여전히 그 자리를 지켜

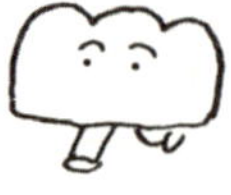
다시 서로의 일상으로 돌아갔다

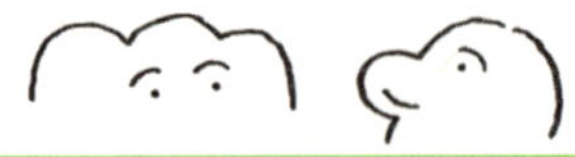
다만 짙던 수심은
이내 가벼워진 것 같아

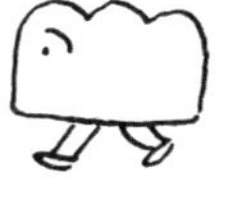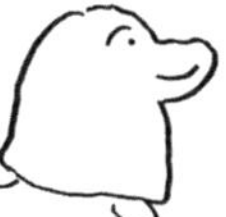

의지하다

 ① 다른 것에 몸을 기대다   ② 다른 것에 마음을 기대어 도움을 받다

 서로에게 소중한 것을 쪼개어 나눠 갖다

side A

여느 때처럼 가족과 함께 시간을 보내고 나의 집으로 돌아오는 길, 더 이상 무언갈 놓고 왔다는 기분은 들지 않았다. 마음 언저리를 누르던 돌이 사라진 듯했다. 누름돌이 사라지니까 마음이 텅 빈 것 같아서 괜히 뭔가를 먹고 싶었다.

집에 가는 길에 카페에 들러 아이스크림을 사 먹었다. 여전히 지도 앱에 '집'으로 저장되어 있는 주소는 우리가 함께 살던 곳이지만, 마음 한편을 두고 온 듯해 뒤돌아보던 마음이 더 이상 불편하지 않다는 건 내가 꾸린 새 공간이 안식처가 되었다는 뜻일까. 턱이 시리도록 찬 아이스크림을 물고 있으려니 잊힌 감각이 돌아오는 듯했다.

여느 때와 같이 "다녀왔습니다"라고 말하며 나의 집에 들어선다.

내가 발을 붙이고 살아갈 세상을 만드는 것은 오롯이 내가 되어가는 일이기도 했다. 내가 되어간다는 사실이 기쁘면서도 두려워 내 어깨는 늘 긴장으로 굳었다. 그걸 알면서도 힘을 빼는 법은 몰랐어. 이처럼 알지 못하고 주어진 생을 흘려보낸 많은 날들이 안타까워, 이제야 아득바득 살아가려는 걸지도 모른다.

미처 불태우지 못했던 마음들이 먼지처럼 쌓여 눈앞을 가린다. 희게 남아버린 풍경 앞에서 두려움이 가득한 후회에 몸을 떨었다. 나에게서 멀어지고 싶은 날엔 마음 뉘일 곳을 찾아 늘 떠돌이처럼 맴맴 길을 걸었다. 길어지는 두려움은 누군가의 곁을 바랐다. 따스한 체온을 나누고 싶어 계속 전전했다.

애쓰는 나를 향해 사람들은 손을 잡아준다. 그 온기가 참 따뜻해서 나는 이 감사한 마음을 어찌 전해야 할지, 소중히 모아둔 마음에서 일부를 쪼개 함께 나누었다. 아쉬운 만큼 소리 높여 "안녕"이라고 말하며 눈을 마주치고 힘을 들이지 않은 가벼운 손목으로 인사했다. 그렇게 뒤돌아 서로의 길을 다시 걸어가. 그런 날엔 돌아가는 길이 덜 두려워 씩씩하게 걸음을 옮겼다. 당신에게 쪼개어 건넨 마음만큼 나는 가뿐히 또 나아가.

서로에게 너무 소중한 것을 나눈 마음이 의지라는 것을 오랜 시간 동안 알지 못했다. 참 길고 긴 시간 동안 나는 외로운 사람이라 믿었는데 이제야 늘 누군가에게 기대어 있었다는 사실을 깨달았네. 내 눈앞을 가리던 두려운 흰 풍경이 어쩌면 먼지가 아니라 따스한 눈발이었을 수도 있겠다.

좋다

사랑하는 마음이 앞서가는데

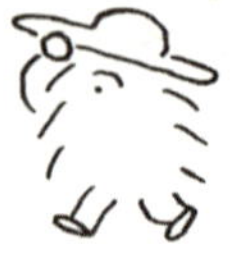

그럴 때 마음이
뒤를 돌아봐주지 않을까 봐

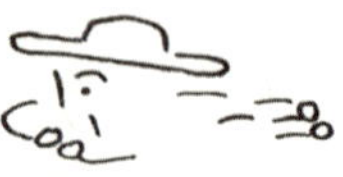

속도를 따라잡지 못 할 때면

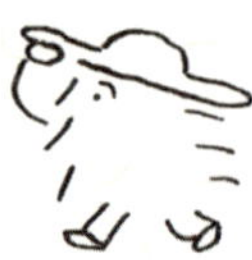

우리는 겁이 났을까

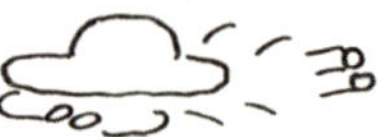

내 몸은 괜히 조급해져

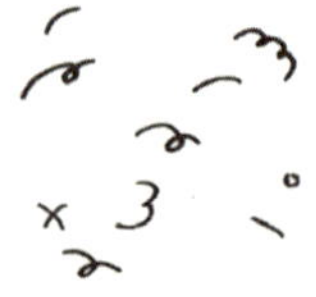

내가 삭막한 사람이
된 것 같다고 말했다

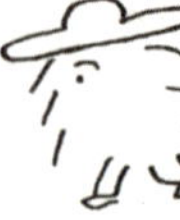

잘 걷던 다리도
꼬여 넘어져버린다

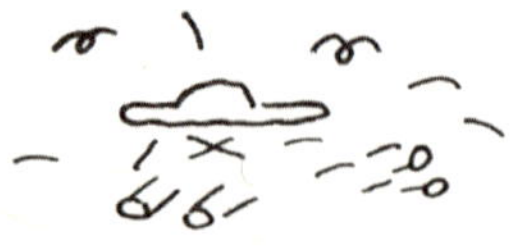

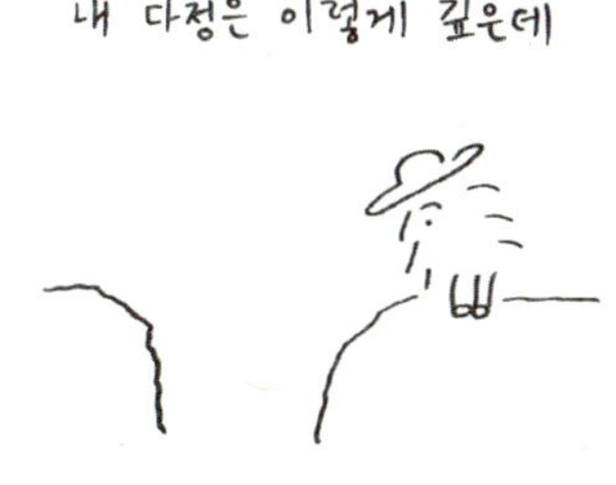
내 다정은 이렇게 깊은데

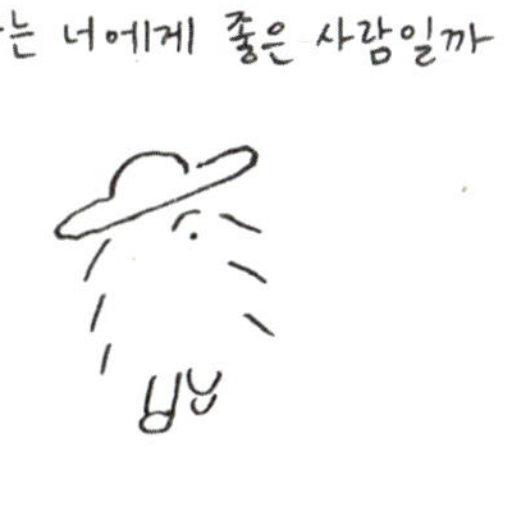
나는 너에게 좋은 사람일까

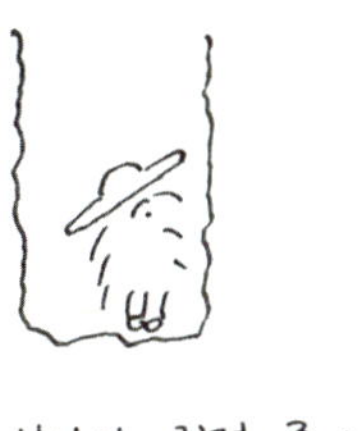
내 시야가 점점 좁아져서

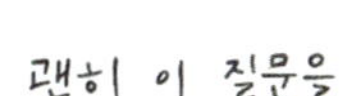
어떠한 대답을
바라는 것은 아니지만
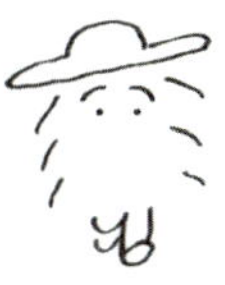

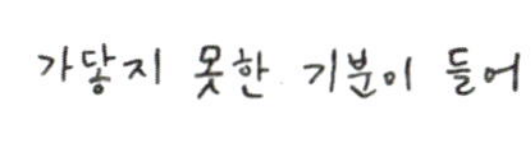
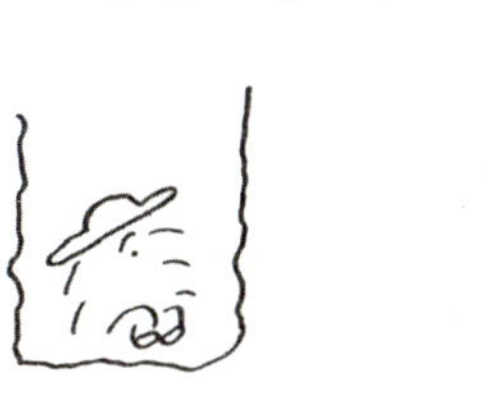
가닿지 못한 기분이 들어

괜히 이 질문을

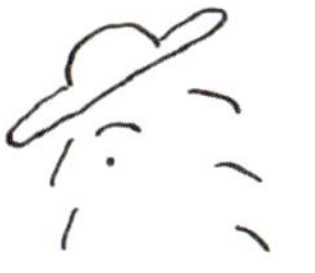
그 구멍으로 널 바라본다

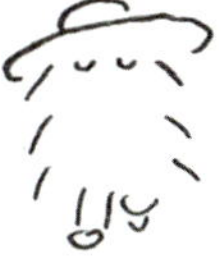
입안에서 자주 굴려본다

좋다

 성품이나 인격 따위가 원만하거나 선하다

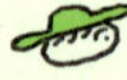 먹구름 사이에 구멍을 내어 빛을 쬐어주는 다정한 침범으로 일으켜 세우다

공주야, 우리가 처음 만났던 날을 기억하니.

고등학생 때 입시 미술 학원에서 처음 만났잖아. 새 학기가 시작되고 학원에 친구들이 많이 들어오면 나는 괜히 쭈뼛거렸다. 학교도 그렇지만 학원에서도 새로운 친구를 사귀는 건 늘 서투르고 어색한 일이니까. 더군다나 그 시절의 난 더욱 낯을 가려서 친구를 사귄다는 게 무섭게만 다가왔어.

나뿐 아니라 모두가 그랬을까, 서로가 어색하던 학생들은 어느새 손에 과자를 들고 같이 먹자며 첫 인사를 건네곤 했지. 먹을 것 앞에서 장사 없는 우리였기에 금세 너나 할 것 없이 친구가 되었고 매번 웃음으로 가득한 소란스러운 날들을 보냈다. 우리는 긴 테이블을 두고 마주 앉아 그림을 그렸는데 마침 내 앞자리는 너였어. 장난기가 많고 재밌는 너와 친해지고 싶어 너를 자주 힐끔힐끔 쳐다봤다. 네가 장난치는 모습이 웃겨서 나도 모르게 웃고 있었는데 네가 그런 날 알아차리고는 이렇게 말했잖아. "너 되게 부처님처럼 웃고 있네."

나도 모르는 사이에 미소 지었던 사실을 깨닫고, 부끄러워했던 것 같기도 해. 다만 그때 지은 미소는 힘주어 짓는 표정이 아니었어. 슬며시 지어진 미소가 새삼스레 기쁘게 다가와서 심장께가 달콤하게 저렸다. 그 뒤로 은은한 미소를 띠고 있다는 이유로 내 별명은 부처님이 되었지. 친구들이 장난치는 모습을 바라보며 조용히 미소 지을 때마다 어김없이 공주는 나를 "부처님"이라고 불렀다. 그럼 나는 더욱 인심 가득한 미소를 지어, 폭풍처럼 웃음소리가 지나가고 선생님께 혼이 나고서야 상황은 일단락되곤 했다.

공주야, 내게 어떻게 늘상 미소를 짓고 있느냐고 물어봤잖아. 생각해보면 그저 좋은 사람이 되고 싶어서 그랬던 것 같아. 정말 행복하기에 지은 미소는 아니었어. 웃는 낯에 침 못 뱉는다는 말이 있듯이 남의 시선을 신경 쓰며 입꼬리를 살짝 올린 채 지내다 보니 미소는 몸에 그대로 익어버렸어. 미소 짓는 일이 어렵지 않게 되었지만 동시에 웃지 않아도 되는 상황에서조차 웃는 모습을 보였어. 그런 나에게 누군가는 왜 그렇게 애쓰냐고 물어봤다. 벙찐 얼굴로 '그야 좋은 사람이 되고 싶었으니까'라고 당연하게 입 밖으로 내뱉으려 했는데 과연 이 모습을 좋은 사람이라고 말할 수 있을까 의문이 들어. 나는 언제부터 남의 시선을 의식하며 살아왔을까. 왜 모두에게 좋은 사람이 되고 싶었을까. 그것이 불가능한 일인 것을 알면서도. 결국 대답하지 못한 채 며칠은 사람들의 시선 안에서 허덕이는 악몽을 자주 꾸었다.

그런 내가 네 앞에서 힘을 주지 않은 미소를 지을 때면, 웃는 건 참 즐거운 일이란 걸 새삼스럽게 깨달았다. 웃지 않으려 해도 피식피식 새어나오는 웃음이 가려지질 않아. 그 기분을 너무도 오랫동안 그리워한 사람처럼 난 정말 행복했다. 집에서 가족들과 함께하는 시간보다 더 길게 한 공간에서 맞대고 있던 우리는 서로의 힘이자 지지대가 되었다. 그때의 우리가 서로에게 주었던 격려와 사랑, 시기와 질투를 넘어선 다짐, 위안과 포옹들이 없었다면 나는 좋은 사람이 될 수 있었을까.

볕이 들지 않는 그늘을 고개 숙인 채 걸어가던 하루들에 구멍을 내어 빛을 쐬어주던 다정한 침범이 나를 먹여 살린다. 그리고 그 다정함은 여전히 나의 먹구름 가득한 하루에 구멍을 뚫어 빛을 내어줘. 그럼 나는 따뜻한 부분만 골라 길을 걷는다. 내가 슬퍼하지 않길 바라는 너의 마음을 알고 있으니까. 나는 다정한 힘을 받고 자라나 지금의 내가 되었어. 그 다정함을 바라보며 나 또한 다른 이의 먹구름 사이에 구멍을 뚫어 햇빛을 비췄다.

자신에게 가장 소중한 것들을 서로 나누려고 하잖아, 사람들은.

나에겐 좋은 사람으로 만들어주는 이 힘이 가장 소중하다. 이 따스함이 우릴 순환하고 이어지게 만들어 온몸에 피를 돌게 해. 잊고 있던 마음을 계속 일으켜 세운다. 일어나봐, 우리 다시 움직여보자.

멀리 떨어져 있지만 오늘도 너에게 사랑을 보낸다. 먹구름 사이로 빛을 보낸다.

나는 너에게 좋은 사람일까

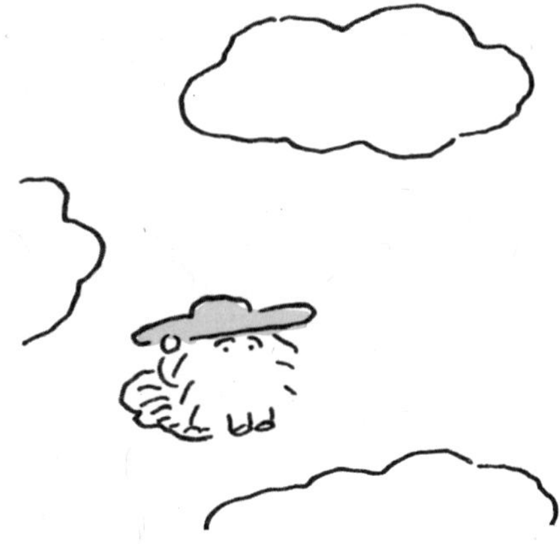

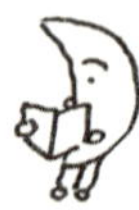
알게 모르게
따스히 퍼져버린 감촉이

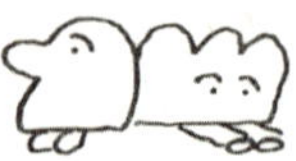
사람은 서로를 상처 입히고

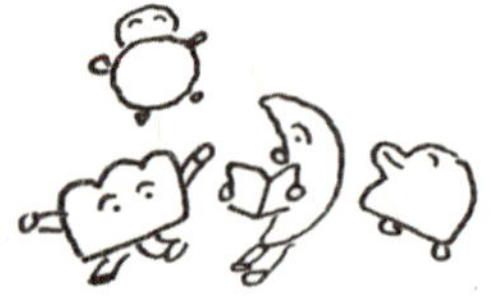
불쑥 얼굴을 내밀어
나타났다가

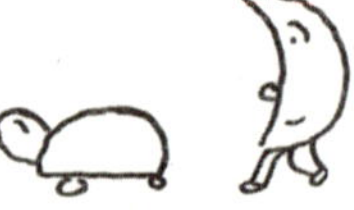
서로를 구원해준다

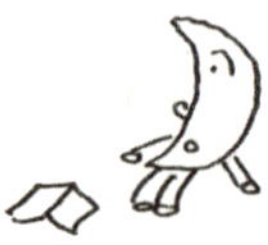
다시 잠잠해진 마음 한구석을

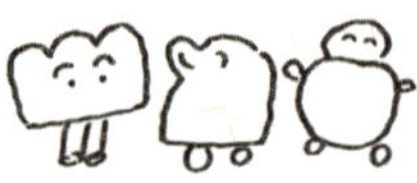
변덕스러운 사랑들

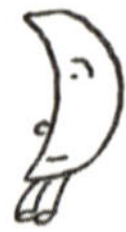
오래도록 바라봤다

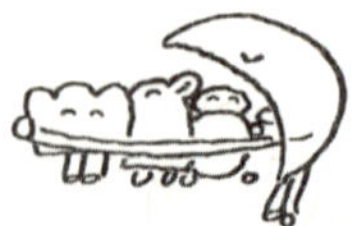
그 변덕스러움마저
다 안아버리고 싶을만큼

복잡하고 따스한 사람들

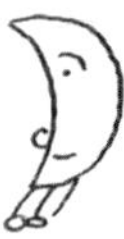

보고 싶다는 말을 삼키려다

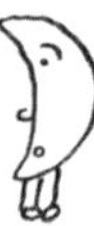

보고 싶다고 말했다

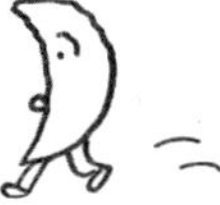

좋아하는 마음은
숨기고 싶지 않아진다

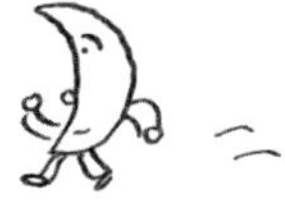

좋아하다

 어떤 일이나 사물 따위에 대하여 좋은 느낌을 가지다

 꾸준히 쌓여 내가 되는 일

좋아하는 것을 좋아한다고 말하는 사람들의 눈빛은 참 빛나서 마치 한순간에 어린아이가 된 것 같습니다. 입가에 미소 지은 채 자신의 이야기를 신나게 하는 상대를 바라보는 일. 나에게는 참 귀한 일입니다. 내가 알지 못하는 상대의 어린 시절을 엿보는 기분이랄까요. 좋아하는 것을 숨기지 않고 그것을 좋아할 수밖에 없는 이유를 듣고 있으면 나도 모르게 고개를 연신 끄덕이게 됩니다. 어느새 나도 함께 그것을 좋아하게 됩니다.

좋아하는 것을 말하는 사람들은 어딘가 자신감이 넘쳐 보입니다. 어떠한 사물을, 사람을, 일을 좋아한다고 말하는 건 저에게 용기의 영역이어서요. 누군가에게 내 생각과 주장을 펼친다는 것이 쉽지 않습니다.

그런 감정이 어디서부터 시작되었을까요. 어린 시절 글짓기 발표를 하던 날이 문득 떠오릅니다. 글짓기의 주제는 내가 좋아하는 것을 발표하기였어요. 아직도 그 글의 시작을 기억합니다.

'제가 좋아하는 것은 공책입니다. 아무것도 쓰이지 않은 종이에는 무엇이든 쓸 수 있어서 좋아합니다.'

교탁 앞으로 나와 반 아이들 앞에서 발표하던 순간, 그리고 발표가 끝난 뒤 좋아하는 것이 공책이라는 사실이 이상하다는 말을 들었습니다. 그 이후로 좋아하는 것을 말하는 일에 부끄러움이 앞섰습니다. 지금이라면 대수롭지 않게 넘겼을 테지만 아무리 사소한 사건이라도 거대하게만 느껴지던 사춘기 시절의 나는 그 일 이후 매사에 더욱 조심스럽고 잘 숨기는 사람이 되었습니다. 좋아하는 것을 말하는 일은 매우 개인적인 일이 되었고 꼼꼼하게 가면을 쓴 채 친구들 사이를 유영하며 그 시절을 흘려보냈습니다.

간혹 좋아하는 마음을 숨기지 않고 그대로 보여줬다면 어땠을까 생각해봅니다. 그랬다면 좋아하는 마음을 좀 더 편히 내비칠 수 있었을까, 어딘가 자신감 있는 사람처럼 보였을까. 후회 섞인 질문을 하면서도 좋아하는 마음을 숨기며 살아본 사람이기에 느낄 수 있는 시선과 마음도 존재한다고 생각해요. 그런 사람이기에 좋아하는 것을 힘주어 말하는 사람들의 눈을 더 자세히 바라볼 수 있게 된 것처럼요.

여전히 좋아하는 것들에 대해서 말하는 것을 어려워하지만 꾸준히 좋아한다고 전하고 응답받은 마음들은 오랜 시간 쌓여 나의 일부가 됩니다. 꾸준한 마음이 쌓여 내가 되고, 좋아하는 것 앞에서 거짓말을 할 수 없는 사람이 된 나는 어느새 조용히 눈을 반짝이며 말하는 사람이 되어갑니다. 그런 내가 좋습니다.

짝사랑하다

마음이라는 건
꺼내어 보여주지 않으면

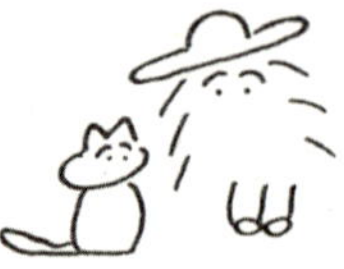

결국 내뱉지 못한 마음은

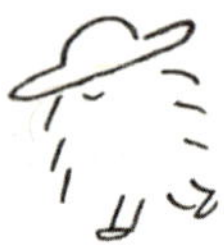

소리 내지 않으면
곧잘 사라져

짝사랑이 되어

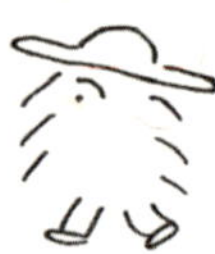

마음을 받고 전하는 일 앞에서

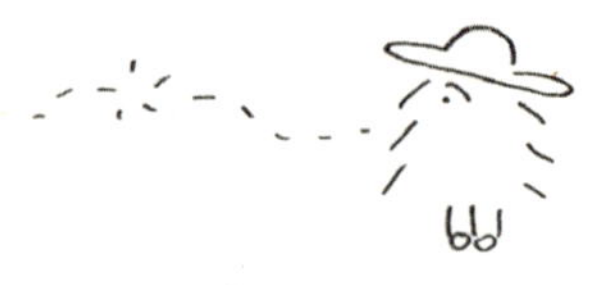

말하지 못한 비밀처럼

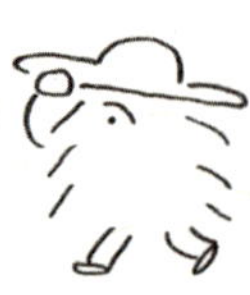

자주 혼자하는 사랑을 한다

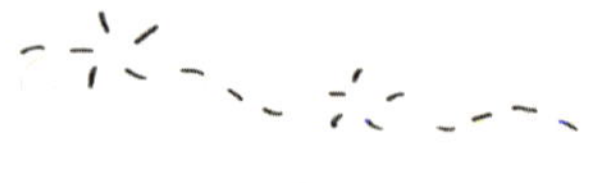

마음 속에
은밀하게 자리한다

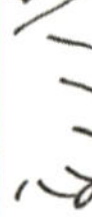

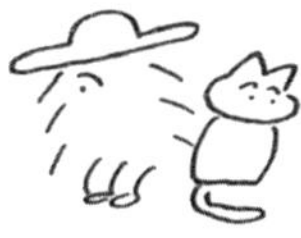
등을 맞대고 붙어 있으면서

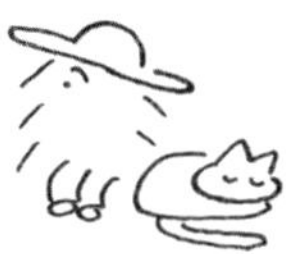
쉽게 마음을 전하지 못한다

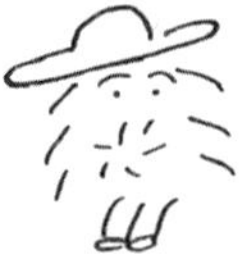
사랑이라는 단어가 빠진

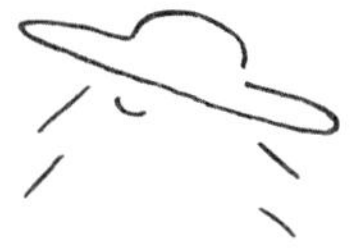
당신의 마음 한편에

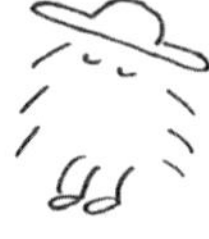
문장을 만들어내며

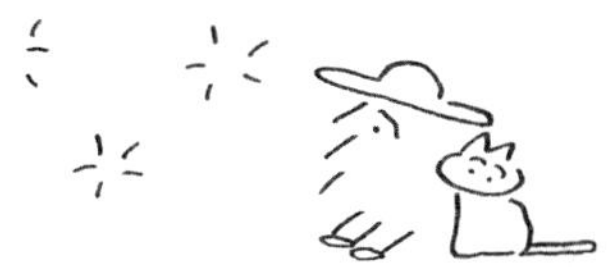
이 마음을 조심스레 전해본다

짝사랑하다

 한쪽만 상대편을 사랑하다

 누군가에게 보여주기 어려워 꽁꽁 숨겨두면서도 계속 그리다

서양화 수업 중에 모델을 그리는 수업이 있었다. 직접 모델을 바라보며 그리는 그림은 처음이었다. 솔직히 고백하자면 나는 사람을 그릴 줄 모른다. 취미 미술부터 입시 미술까지 오랜 시간 동안 그림을 그려왔지만 초상화를 그려달라는 부탁은 언제나 부담스럽고 두려웠다. 더군다나 인물화는 비율이나 구도 같은 아카데믹한 기술이 필요한 분야였다. 친구들 사이에서 나만 못 그릴까 하는 걱정으로 인물화 수업 전날엔 밤을 설쳤고 걱정은 늘 현실이 되었다. 인물화 수업 날엔 숨길 수 없는 실력 앞에서 진땀을 뻘뻘 흘렸다. 멋지게 연필을 들어 비율을 나누는 친구들을 보며 대체 어떻게 하는 건지 궁금했고 슥슥 긋는 선을 남몰래 동경했다. 나는 좌석 뒷줄에 앉아 그들의 행동을 열심히 따라 하며 얼추 사람의 형상을 그릴 수 있었다. 어설프게 따라 그린 첫 인물화는 다른 이들과 언뜻 비슷해 보이기도 했다. 그렇게 나의 첫 인물화가 완성되었다.

학년이 오르고 주전공인 한국화 수업에도 인물화를 그리는 시간이 커리큘럼에 포함되어 있었다. 다시 한번 지난날의 기억이 맴돌았다. 적잖은 긴장에 나는 또 밤잠을 설쳤고 비장한 마음가짐과 함께 교실로 향했다. 다만 지난 인물화 수업과는 과정이 달랐다. 한 작품을 오랜 기간 걸쳐 완성하는 것이 아닌

3분, 5분, 15분 단위로 나눠 속도감 있는 인물 드로잉을 진행하는 방식이었다.

 교수님은 최대한 긴장을 풀고 못 그려도 괜찮으니 정해진 시간 내에 그릴 수 있는 정도까지만 선을 그어보라고 말씀하셨다. 처음 3분은 무얼 그리지도 못한 채 지나가버렸다. 허둥지둥하는 사이 주어진 시간은 훌쩍 가버리고 선만 몇 가닥 남겼다. 잘 그리지 못한 그림은 책상 구석에 접어둔 채 새로 그림을 그렸다. 수업을 진행하는 내내 정말 많은 종이를 꺼내어 그리고 버리고 그리길 반복했다. 가끔은 종이가 아까울 정도로 아무것도 그리지 않기도 했다. 다만 계속되는 반복은 의미가 없어도 익숙해지기 마련이었다. 수북하게 쌓은 결과물들로 무엇이든 그려내는 것에 관대해졌고, 관대함은 넓은 마음으로 결과물들을 포용했다. 힘들이지 않은 채 완성된 평범한 선들은 늘 보던 익숙한 선들이었지만 이상하게 계속 눈에 밟혀 어딘가에 남겨두고 싶었다. 그렇게 눈에 남겨진 선들을 모아 작품 안으로 데려왔다.

 내 그림은 단순하다. 멋진 기법이 있지도 않고 거대한 의미를 담고 있지도 않다. 그림 안으로 들어오는 장면들은 주로 집 주변 풍경만이 무척 반복적으로 등장했다. 얇은 선으로 그려진 드로잉들은 점점 모여 면을 만들었고 면은 하나의 공간을 만들었다. 그리고 그 공간 속으로 이야기들이 절로 찾아왔다. 완성과 완성되지 않음 사이에 있는 얇은 종이들은 한 단어이자 문장이 되어 서로를 이어갔다. 각각의 모습으로 작품이 되기도 하고 그들을 한번에 묶어 새로운 작품으로 완성하기도 했다. 나는 그 이야기들에 어울리는 사람이 되고 싶었다. 내가 그리는 그림이기도 했지만 동시에 그들의 말을 전하는 사람인 나는 그 이야기들을 품을 수 있는 사람이 되고 싶었다.

그로부터 오랜 시간이 흘렀지만 여전히 나는 그림 앞에서 수줍은 사람이 된다. 그려내는 도중에 목적을 잃어 허무한 기분이 들 때면 그림 그리는 것을 포기하고 싶었고 누군가에게 나의 비밀을 꺼내어 보여준 듯한 날엔 부끄러움을 참지 못하고 그림을 꽁꽁 숨긴 채 살아갔다. 다만 혼자 들춰본 내 그림의 버석한 붓칠과 여러 번 지나간 연필 선, 남겨둔 공백을 바라볼 때면 적어도 나만큼은 나의 그림을 아무 이유 없이 사랑하고 있다는 기분이 들어, 그저 내가 그림을 사랑하는 만큼 그림도 날 사랑했으면 좋겠다고 생각했다. 그럼 영원히 나만 내 그림을 사랑해도 슬프지 않을 것만 같다.

말하지 못한 비밀처럼

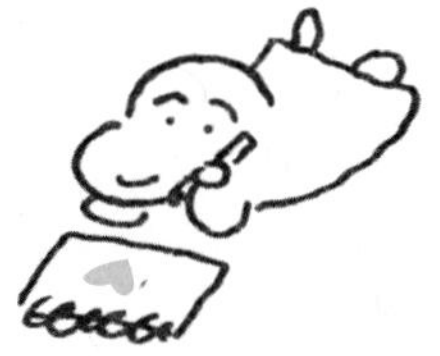

칭찬하다

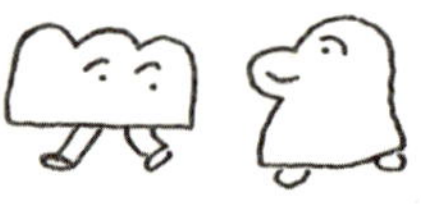

내가 모르던 나의 모습을
말하기까지

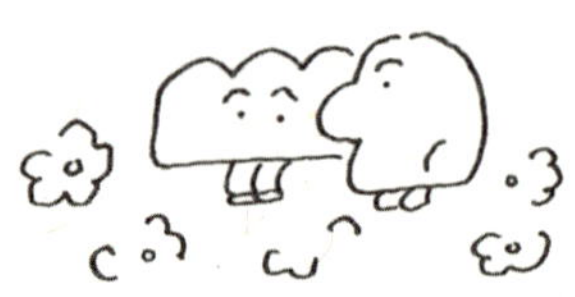

네 시선은 날카로우면서도

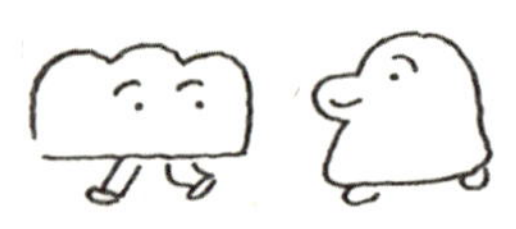

너는 얼마나 바라본 거니

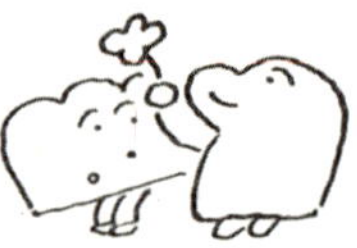

무척이나 섬세하다

얼마나 오래 바라봤기에

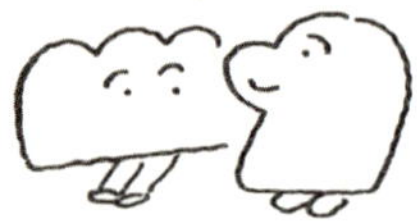

네가 읊어주는 칭찬 앞에서

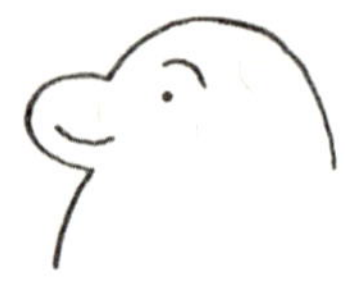

너는 나를 그리도 잘 아는지

나는 자주 얼굴을 붉힌다

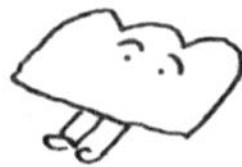

나도 모르던 내 모습이

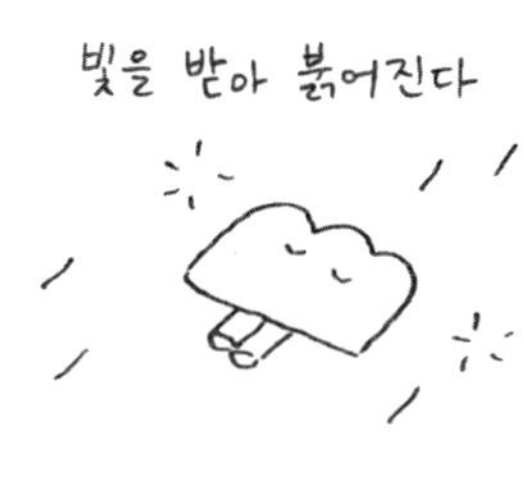

빛을 받아 붉어진다

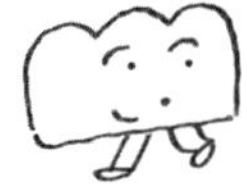

네 덕에 나를 더 아끼게 돼

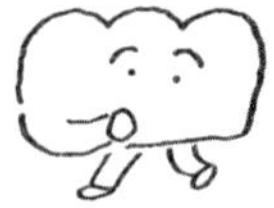

네 시선을 받아
따뜻해진 내 모습을

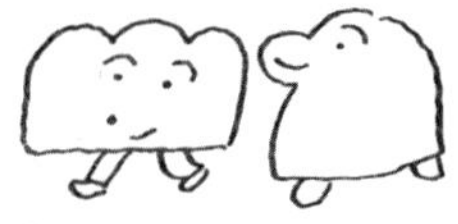

나도 사랑하고 싶어진다

칭찬하다

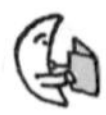 좋은 점이나 착하고 훌륭한 일을 높이 평가하다

 오랫동안 알아가고 깊이 생각해서 발견한 모습을 이야기하다

칭찬을 듣는 일은 감사한 일임에도 불구하고 받은 칭찬에 반응하는 일은 늘 조심스럽다. 자존감이 낮고 부끄러움이 많던 난 칭찬을 받아들이기 어려워했고 칭찬 앞에선 자꾸 나를 낮추었다. "아닙니다" 하며 손사랫짓하는 것이 습관이었다.

어느 날, 친구가 나를 칭찬했다. 나는 평소의 습관처럼 아니라며 부끄러워했다. 그러자 친구는 조금은 단호한 말투로 "칭찬을 하면 하하! 하고 웃으며 받아야지" 하고 나에게 작은 호통을 쳤다. 나의 부끄러움은 친구의 말 앞에서 주춤거렸다. 칭찬을 애써 부정하던 지난날들이 스쳐 지나가며 머리를 한 대 맞은 듯 얼얼했다. 어쩌면 칭찬을 전해준 상대의 마음과 칭찬을 받아 기쁘고 감사한 나의 마음을 모두 무시해온 건 아니었을까. 무언가를 부정하는 일이 얼마나 사소하고 단순했던가. 타인의 진심을 자연스럽게 방치해버렸던 날들 앞에서 오랫동안 어안이 벙벙했다.

당신이 들려준 장점은 늘 내가 알아차리지 못한 부분들이었다. 나도 모르는 사이 나를 만든 습관과 생각들을 읊어주었다 생각하면 당신이 얼마나 다정한 사람인지 다시 한번 곱씹게 돼. 그 시선은 단순히 당신이 기민했기 때문에 발견한 것이 아니라, 나를 오랫동안 깊게 바라봤기에 알아차릴 수 있었던 것이겠지.

당신의 단호하면서도 진실된 다정 앞에서 부끄러워하며 애써 부정하던 날 다그치게 된다. 그날의 다짐 이후로 칭찬 앞에서 고맙다는 대답을 하는 연습을 한다. 상대가 날 위해 전해준 다정함을, 칭찬을 받아 기쁜 마음을 위해 그 마음을 온전히 받으려 한다.

장점에 대한 칭찬을 들으면 모호하게만 느껴졌던 나를 이루는 요소들이 선명하게 빛을 냈다. 상대방의 시선으로 나의 장점을 살펴보는 일은 익숙하게 늘어놓던 말투와 행동, 문체를 다시금 바라보고 내가 가진 장점이 얼마나 빛이 나는지 깨닫는 과정이었다. 그 과정을 지나오면서, 당신이 나를 믿고 있다는 용기가 나에게도 옮겨온 듯 나도 모르게 주먹을 힘차게 쥐게 된다. 다정한 말들을 감사하게 새기고 껴안은 채 더 나다운 사람이 되고 싶어진다.

풀다

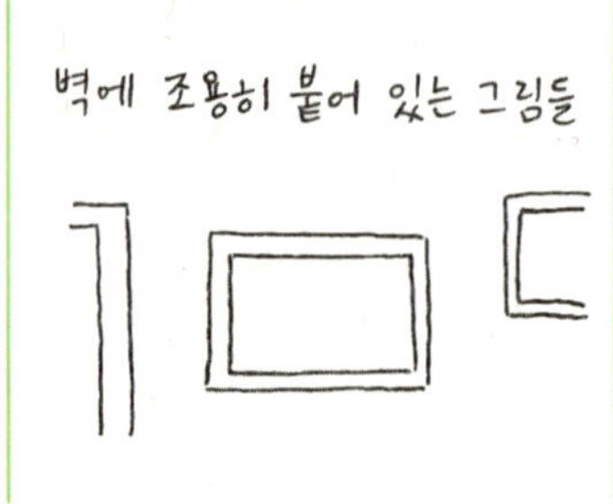

벽에 조용히 붙어 있는 그림들

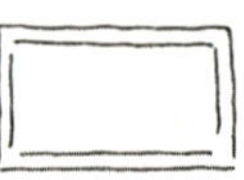

무기력해 보이는 모습에
누군가는

글로 기록되어 있는 이야기들

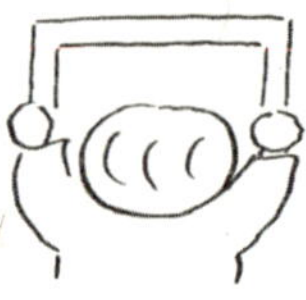

그것이 쓸모 없다고 말하며

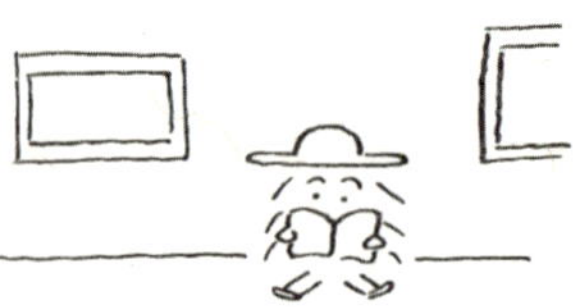

몸을 움직일 수 없는 이들이

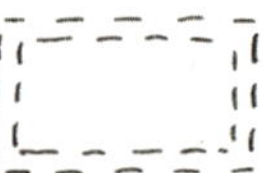

쉽게 그 존재를 지우곤 했다

과연 무얼 할 수 있을까

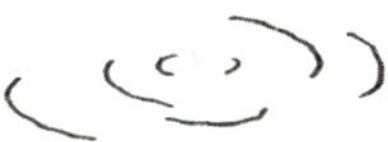

다만 이들이
누군가의 누워 있던 마음에

그것은 더 이상
죽어 있는 것이 아닌

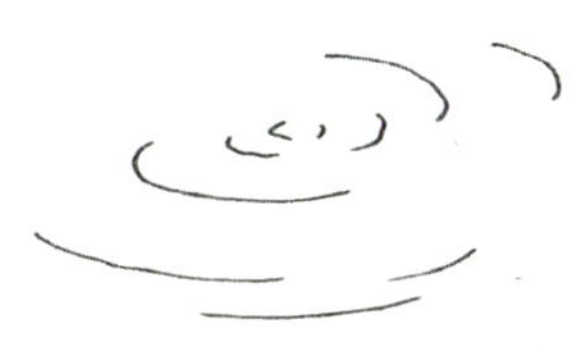

돌을 던지고 파동을 일으켜

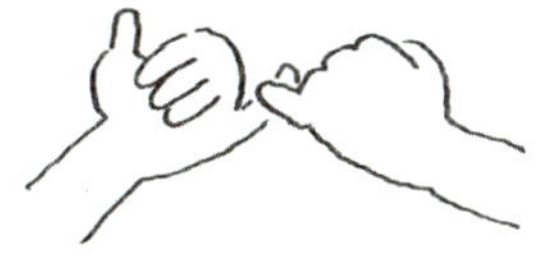

다시 만나고 헤어짐을
약속하는 다짐이 된다

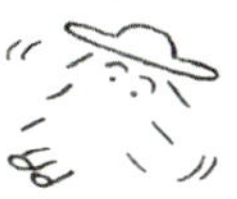

누군가 몸을 일으켜 세워

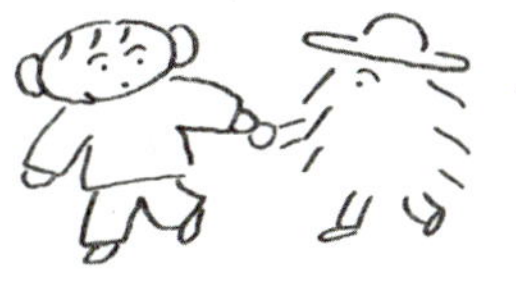

손에 손을 잡은 약속이 이어져

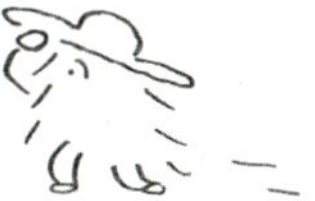

나서기를 바란다면

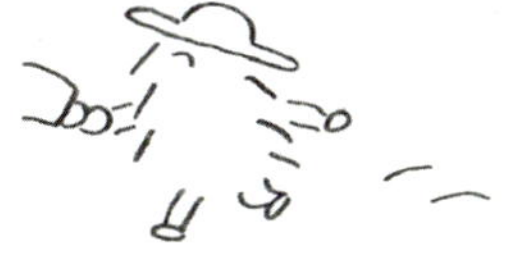

우리를 다시 태어나게 한다

풀다

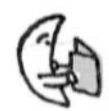 마음에 맺혀 있는 것을 해결하여 없애거나 품고 있는 것을 이루다

 마음속 이야기를 입 밖으로 내뱉다

분명 각자의 삶을 살아가고 있는데 이상하게 우리는 자주 마주친다. 한동안 마주치지 않다가도 간혹 다시 마주하고 또 만나고. 교차로에서 만난 우리는 여운이 짙은 사람들, 미련이 남은 사람들처럼 노래가 되고 시가 되는 이야기들을 읊는다. 마음속 이야기를 입 밖으로 뱉으며 살아가야 하는 사람들이 있다. 그래야만 하는 사람들이 있다.

그들의 이야기들을 마주할 때면 그들의 눈이 밟혀 쉽사리 빠져나올 수 없다. 어깨에 힘을 주며 쓰느라 종이에 깊게 패인 볼펜 자국, 다음 문장을 생각하며 오랫동안 떼어내지 않은 볼펜이 남긴 똥그란 흔적, 어긋나지 않으려 온 집중을 다해 일자로 적어 내려간 문장들, 여러 차례 썼다 지우기를 반복해 두터워진 화이트 자국, 그러다 맘에 들지 않아 다시 새로운 종이를 펴들었을 그 얼굴.

덤덤한 얼굴로 오랜 시간 써 내려갔을 문장들을 바라보면 글 안에 당신이 투명하게 비치는 것 같다. 웃기려는 의도 없이 유머가 드러난 문장에선 웃음을 터트렸고 난해하지만 이해하고 싶은 문장은 여러 번 읽어 몸으로 익히려 했다. 여전히 지키고 싶어 하는 것이 분명한 당신을 응원했고 애써 담담한 문장 앞에선 등을 토닥여주고 싶었다. 밑줄을 치며 문장을 오래 바라보고 읽고 쓰다듬었다. 서로 마주하고 바라볼 때 알고 있던 당신이 아닌, 한 겹씩 가라앉고 있는 당신을 만나고 있는 것 같아서 한 문단을 곱씹는 데 오랜 시간 공을 들였다. 당신이 뱉어낸 이야기는 잔잔한 강에 빠진 돌이 일렁임을 만들듯 나에게까지 퍼져온다. 그 진동을 느끼며 나에게도 남은 이야기가 있는지 살펴본다.

물결만이 일렁이는 강에 햇살이 반사된다. 빛이 찰나에 부스러진다. 짧은 순간에 지나간 시선들이 몸에 여운을 남긴다. 남겨진 여운은 상처 위로 새살이 돋는 간지러움처럼 딱지가 될 때까지 기다리지 못하고 긁어 부스럼으로 만들었다. 어떤 부스럼은 찬란하게 아름다워 눈시울을 붉게 만들었고 어떤 부스럼은 눈에 띄지 않고 조용히 흘러갔다. 입안에서 맴돌던 말과 마음속에만 존재하던 운율들이 억압에서 벗어나 모습을 갖추기 시작할 때 비로소 무언가 시작될 것이란 예감이 들었다.

이게 다 무슨 소용인가 싶어지는 무기력 앞에선 뱉어내야만 하는 사람들의 이야기를 찾았다. 그들의 목소리를 듣고 이야기를 읽으며 우리는 교차로에서 만나고 헤어지기를 반복한다. 그렇게 또 살아가자 다짐하며. 잘 견뎠다고 위로하면서. 다음 교차로에서 또 만날 것을 약속한다. 손깍지를 껴 약속을 한 날엔 늘 무언갈 글로 남겨두었다. 다음 날이 되면 지워버리고 싶을 정도로 부끄러운 이야기들 앞에 벌거벗은 기분이 들어도 적어 내려갔다. 황망한 풍경을 세워둔 채 뱉어내야만 하는 이야기들을 품으며 나아간다. 무엇을 향해 갈 수 있을지 걸음마다 짐작해보며.

휴식하다

어떤 날의 휴식은

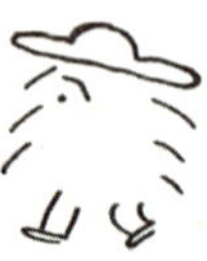

마음 놓고 쉴 수 없는

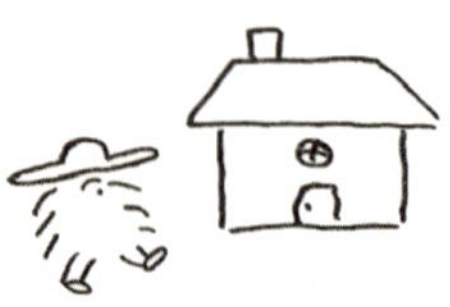

사치처럼 느껴지곤 해

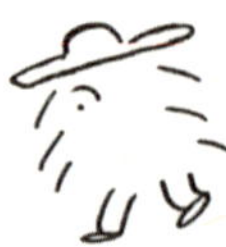

그건 내가 있다

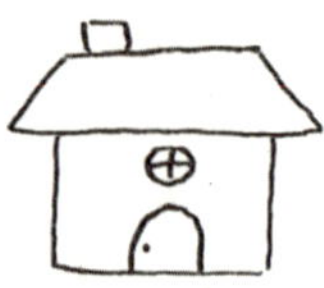

내가 지금
휴식을 취해도 괜찮을지

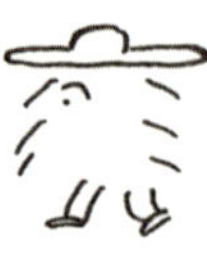

가끔 이상하게
불안해지는 날엔

계속 물어보고 바라본다

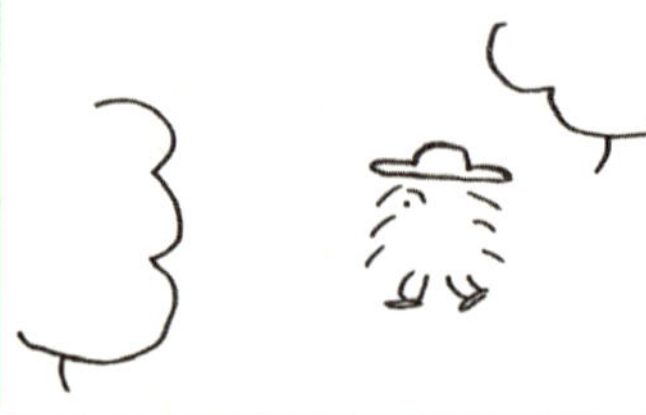

심장이 쿵쿵 뛴다

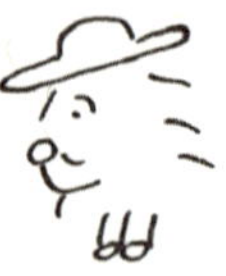

양손을 꼭 붙잡는 수밖에

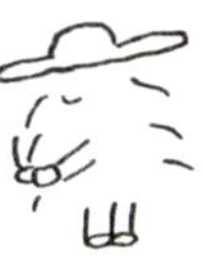

다시 한번 심장이 쿵쿵

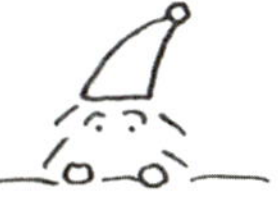

떨리는 손을 애써 부여잡는다

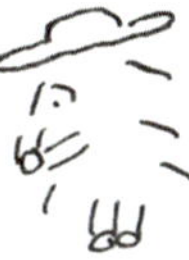

불안이 찾아오면

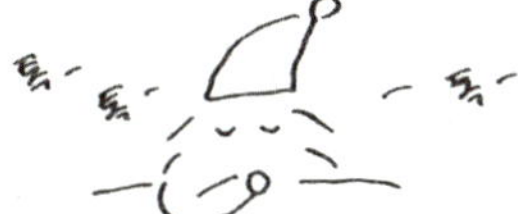

잦아들던 떨림은
고요를 타고 흐른다

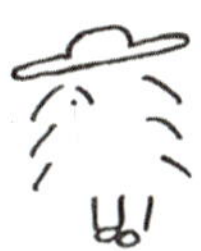

가슴께에 손을 올려

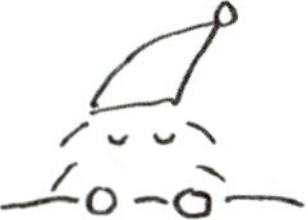

모두가 잠든 밤 그 틈 속에

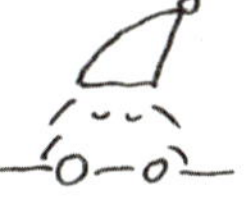

괜찮아 괜찮아

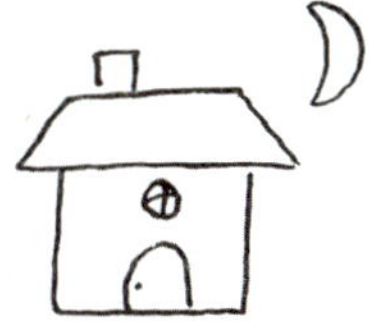

휴식하다

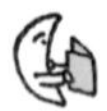 하던 일을 멈추고 잠깐 쉬다

 단조로운 일상을 환기하다

휴식(休息)의 '쉴 휴(休)'를 좋아한다. 사람과 나무를 뜻하는 한자가 함께 붙어 나무 아래에 사람이 쉬고 있는 형상은 제법 안정적이다. 휴라는 발음도 안도감에서 얕게 나오는 숨소리 혹은 새소리나 휘파람 소리처럼 경쾌하게 느껴져 발음과 의미가 참 잘 어울려. 그래서 더욱 휴식이라는 단어를 아끼게 된다.

다만 아끼는 것과는 별개로 휴식을 취하는 법을 모를 때가 있었어. 규칙적인 생활이나 계획이 없이 일하고 한숨 돌리고, 한숨 돌리기 무섭게 또 일하고 쉬고 일하고의 단조롭고도 무자비한 일상을 반복하던 날들이 있었다.

중간에 밥을 먹는 것을 제외하면 늘 작업실에 콕 박혀 하루가 저무는지도 모르는 날들이 계속 이어졌다. 나에게 하루는 24시간이 아니라 마치 단 몇 시간처럼 느껴졌다. 시선의 이동과 움직임이 최소한으로 단절된 하루는 단순하고 일방적이었다.

그러던 어느 날, 일상에 큰 변화가 찾아왔다. 친구가 우리 집에서 일주일간 지내게 되면서 함께 저녁을 먹는 약속이 생겼다. 설레기도 했지만 한편으론 걱정이 되었다. 변화가 찾아오면 불안하기 마련이니까.

아침 일찍 회사로 출근하는 친구와 함께 이른 시간에 일어났다. 출근 준비를 하는 친구에게 조촐하게 아침을 챙겨주기도 하고 잘 다녀오라며 배웅을 나갔다. 그렇게 서로의 일상이 시작되면 나는 이전과 별다를 것 없이 작업을 하며 하루를 보냈다. 그러다 저녁이 되어 퇴근한다는 연락이 오면 하던 일을 중단하고, 집을 정리하고, 저녁 먹을 준비를 했다. 체력이 남아 있는 날엔 요리를 하고 기분 전환이 필요한 날엔 배달 음식을 시켜 먹기도 하며 하루에 있었던 일들을 함께 나눴다. 하루에 무얼 했는지 시시콜콜한 대화를 이어 나가다 보면 그 따스한 시간 속에서 내가 얼마나 편안히 휴식하고 있는지 몸소 느꼈다.

휴식의 이 기분을 오래 잊고 살았다는 생각이 들자 친구에게 고마웠다. 친구와 보낸 순간은 새로운 일상이 되었고 나에게 없던 습관도 생겼다. 친구가 오기 전에 집을 청소하고 식재료를 미리 준비하기 위해 장을 보러 나갔다. 자연스레 냉장고 안에는 신선한 재료들이 가득 찼고, 직접 요리를 하며 맡는 다양한 냄새와 계속해서 바뀌는 시각적 즐거움은 일만 반복하던 나에게 환기가 되었다. 점점 일에 몰두하는 시간이 쪼개지고 휴식을 빙자한 일과들이 생겨났다. 휴식하는 일도 나에겐 연습이 필요한 일이었다.

일주일이 지나고 친구는 다시 집으로 돌아갔다. 함께 저녁을 먹는 약속은 사라졌지만 나는 더 이상 예전과 같지 않다. 휴식의 기분을 아는 여유로운 사람이 되었다. 나무 아래에 쉬고 있는 사람처럼 내가 쉬어갈 나무를 키우는 법을 알게 되었다.

흠모하다

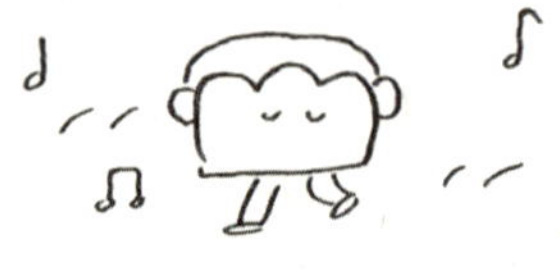
아름다운 노래를 듣고

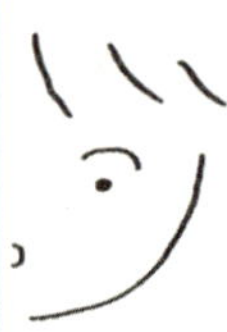
당신만이 비출 수 있는 마음은

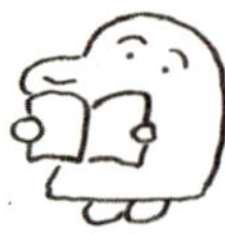
아름다운 이야기를 찾고

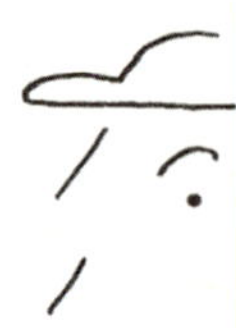
우리의 얼굴이 되기도 해

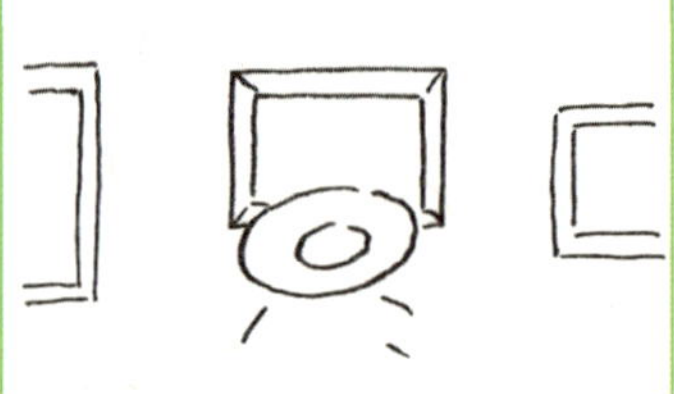
아름다움 앞에서 느끼는 질투는

그 표정을 지어본 적 있기에

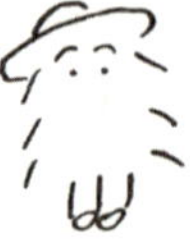
부러움일까 경외심일까

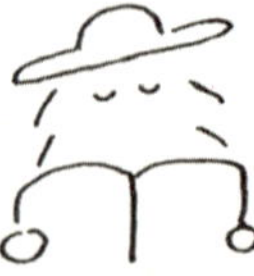
더욱 사랑할 수밖에 없다

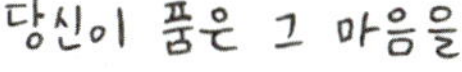
당신이 품은 그 마음을

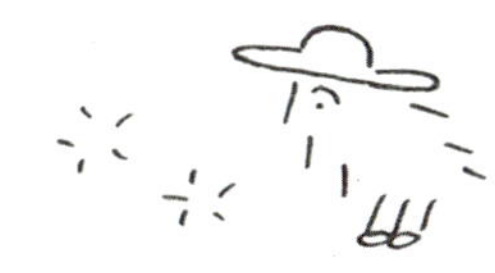
짙은 아름다움 앞에서

마음 깊이 흠모한다

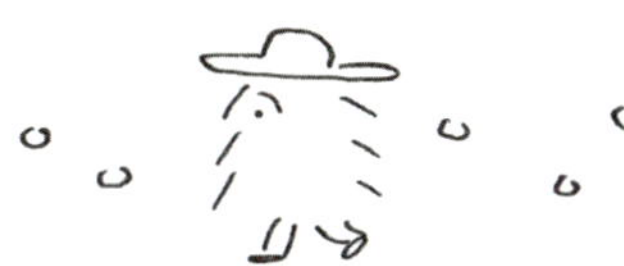
마음 깊이 채워지는
기쁨을 누린다

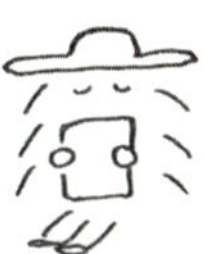

기꺼이 보여준 얼굴을

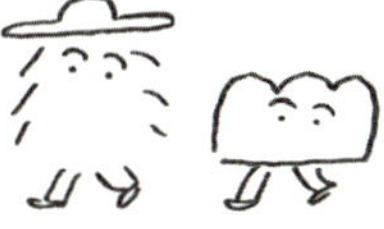
우리가 서로의 아름다움을

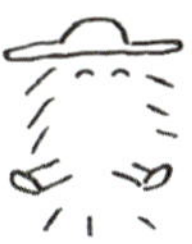
열렬히 사랑할게

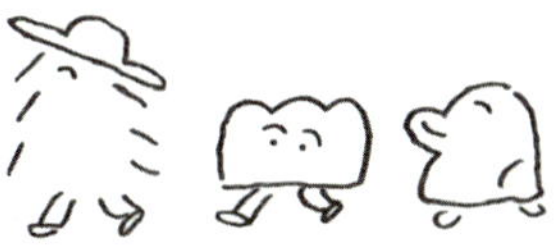
맘껏 꺼내두고
살아가길 바란다

흠모하다

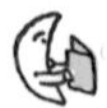 기쁜 마음으로 공경하며 사모하다

 아름다움을 마주하고 경외감을 품다

있잖아, 공주야. 어릴 땐 입버릇처럼 '귀엽다'는 말을 많이 했는데 요즘은 '아름답다'는 말을 더 자주 쓰게 되는 것 같아. '아름답다'의 사전적 의미는 즐거움과 감탄사를 표하는 데에 그쳐 있어. 나는 아름답다는 말이 더 크게 보폭을 넓혀서 뛰어갈 수 있는 움직임을 숨기고 있다고 생각해. 나에게 '아름답다'라는 의미는 계속해서 향유하고 싶어지는 마음이라고 말하고 싶다.

아름다움을 향유하고 창조하는 모습엔 각자만의 고유한 가치가 숨겨져 있지. 누군가는 아름다움을 자신의 것으로 만들기 위해 끊임없이 질문하고 마음 깊이 사랑을 해. 사랑과 관심이 깊어지면 자연스레 하나의 가치로 길이 모이게 되고, 점차 익숙해지면 우리가 밥을 먹고 잠을 자듯 자연스러운 일상의 일이 된다. 그렇게 우리는 제각각 다른 모습을 한 아름다움을 마음속에 품고 살아간다.

아름다운 마음가짐으로 만들어진 창작물과 공간은 단숨에 시선을 끈다. 가끔 혹은 자주 나는 아름다움을 담은 것들 앞에서 질투를 해. 이 마음을 과연 질투라고 불러도 될까. 질투라는 마음은 아주 찰나의 순간 나에게는 없는 것이란 걸 알아차려 따끔하게 빛이 나는 마음이야. 가볍기에 툭 내던질 수 있지만 뭉툭함 속에 날이 서 있어 위험하다. 아무리 작은 마음이어도 쌓이면 두려운 감정이 돼. 질투 앞에선 괜히 못난 표정을 짓고서 가볍게 그들을 털어내려 한다.

다만 겹겹이 쌓인 지난날들이 한 사람을 지탱하는 그림자가 되고, 끊임없는 사랑 덕에 탄생한 아름다움이라는 사실을 마주하면 그것은 질투가 아닌 경외감으로 다가온다. 단순히 좋다거나 취향이라는 말로 정의 내릴 수 없어, 얇은 속내를 꺼내어 보여줘야만 알 수 있는 마음들은 너무도 단단하게 싸여 있잖아. 그렇기에 오랜 시간 누군가의 삶을 담아낸 아름다움을 바라볼 땐, 생 안에서 반복되는 굴레를 전시하는 전시장에 초대된 사람처럼 그 안을 계속해서 맴돌게 된다. 그들이 보여준 아름다움은 나를 울상 짓게 하기도 하고 미소 짓게 하기도 해. 편안한 몸짓 속에서 지어진 표정을 면밀히 살펴본다. 받아들인 마음이 나의 언어로 익숙해질 때쯤엔 나도 조금은 아름다운 사람이 된 것 같아.

무엇과도 바꾸지 않을 것만 같은 단단한 가치를 찾아가며 살아가는 사람들, 심지가 두터운 사람들의 이야기를 들을 때면 그들을 더욱 사랑할 수밖에 없었다. 사랑을 품은 마음은 더 많은 사랑을 찾아 끌어안는다. 이 마음을 맘껏 꺼내고 나누며 우리가 선선하게 순환하며 살아갔으면 좋겠다.

희망하다

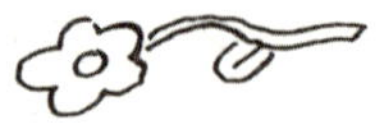
희망이라는 건
적은 힘으로도 쉽게 꺾였다

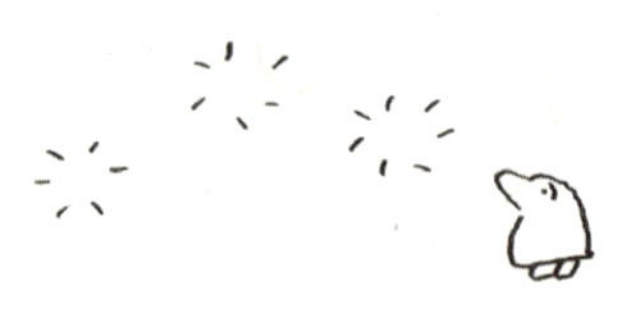
작은 조각이 되어
떠다니는 이야기들은

살아있는 것들은
참으로 연약하다

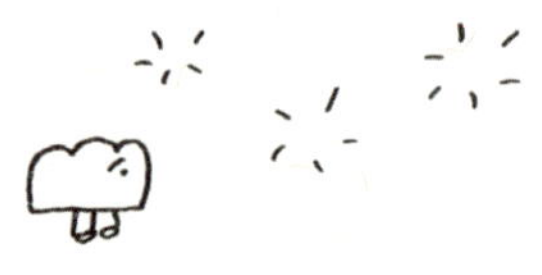
소리 없이
누군가에게 가닿곤 했다

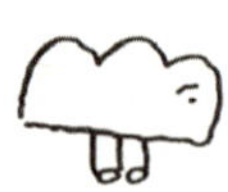
그런 기분을 느낄 때마다
쉽게 절망하고

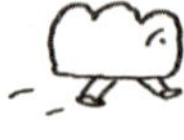
나의 이야기를 들은
누군가가 대답을 하고

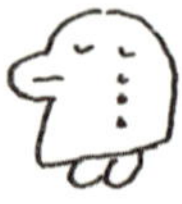
자주 슬픔을 노래했다

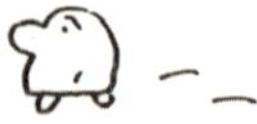
서로의 이야기가 이어져

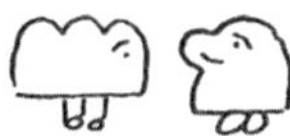

서로의 노래들 나눈 우리가
서로의 희망이 돼

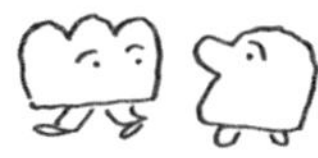

나는 그 노래가
계속 듣고 싶었나봐

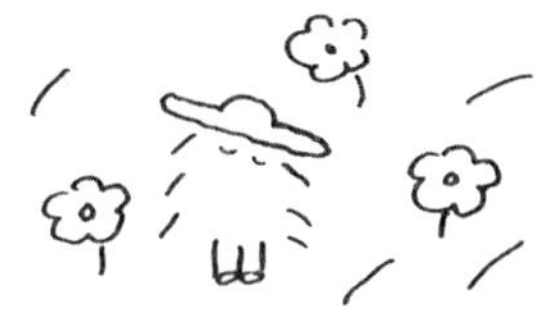

그렇게 내일을 꿈꾸게 돼
다시 한번 희망을 노래하고 싶어

희망하다

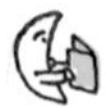 ① 어떤 일을 이루거나 하기를 바라다   ② 앞으로 잘될 수 있는 가능성

 당신의 다음 이야기가 궁금해서 내일을 기대하다

희망을 말할 때면 늘 머금게 되는 말이 있다. '그럼에도 불구하고 나아가자.' 그 말 다음엔 늘 따라오던 질문이 있다. '그럼에도 불구하고 왜 나아가야 하는 걸까, 무엇을 위해 나아가야 하는 것일까.'

한때 '그럼에도 불구하고'라는 관용구를 좋아하지 않았다. 그 의미가 마치 어릴 적 읽던 동화책에서 고난과 역경을 겪은 주인공의 결말이 '모두 행복하게 살았답니다'로 끝나는 이야기처럼 느껴져서 말이야. 이 관용구를 붙이면서 뭐든 해결될 것이라는, 아무리 괴롭고 힘들어도 결국 괜찮아질 것이라고 말하는 위로는 적어도 나에겐 통하지 않았다.

시간이 흐르면 해결될 것이라는 어른들의 말은 이해하기 힘들었다. 시간은 너무나 느리게 흘렀지만 그 말을 이해하고 싶어서라도 나는 어른이 되고 싶었다. 어른이 되면 정말로 내가 안고 있는 고통과 슬픔이 모두 사라질까 내심 기대하며 시간에게 희망을 걸었다.

어느덧 스무 살이 넘어 어른의 가면을 쓰기 시작한 난 어릴 적 나와 같은 마음을 가진 여전한 나였다. 달라진 점이 있다면 지치도록 품고 있던 우울과 절망이 서서히 짙게 드리워지는 것뿐이었다. 분기마다 잔잔히 찾아오던 우울은 계절마다 나를 만나러 왔고 그러다 아주 오랜 시간 나에게 붙어 사라지지 않았다. 자세히 살펴봤다면 우울감이 아니었을 다른 감정들도 마구 뒤섞인 반죽이 되어 더더욱 정체를 알 수 없게 되어버렸다. 시간이 흐르면 괜찮아질 것이란 말은 결국 감정 앞에서 무던해지는 일이었을까, 그런 무기력함 속에 나는 무엇을 위해 나아가야 할지 몰라 점점 더 미궁 속으로 빠졌다.

　다른 이들은 어떻게 하루를 살아가는지 궁금했다. 그럴 때마다 무언갈 안고 내일을 향해 달리는 사람들의 이야기를 읽었다. 책 속 주인공의 이야기, 친구가 써둔 블로그의 일상 이야기, 지난날의 기억이 담긴 편지 속 너의 이야기. 슬픔과 절망이 잘게 재단되어 일상과 버무려진 이야기를 읽고 들을 때면 그들이 전해주는 하루의 이야기들이 별이 되어 어두운 밤을 밝혔다.

　내 머리 위 천장에 선명하면서도 희미하게 반짝이는 별들이 가득 차 외롭지 않았다. 홀로 배를 띄워 항해하는 기분이 들지 않게 해주었다. 슬프지만 아름다운 이야기들, 하나의 감정으로만 점철될 수 없는 귀한 우리의 일상을 나눠 가질 때면 당신이 다음에 들려줄 이야기들이 궁금해서 어느새 나도 기운 내어 살아가고 싶어졌다. 슬픔과 분노, 절망 앞에서 그럼에도 불구하고 사랑과 희망, 행복을 찾아 살아가는 우리들이 나와 다를 것 없는 무기력한 마음을 안고 있는 사람이라는 사실에 한번 더 위로를 받는다.

　저마다의 고난과 역경을 겪은 우리가 '행복하게 살았답니다'라는 결말을 맞이할지는 아무도 모른다. 그렇지만 슬픔과 희망을 나눈 우리가 모두 안온한 잠에 들고 떠오르는 해에 내일을 기대하길 바란다.

나에게 다정을 주는 연습

　멀리 떠나온 나의 뒷모습을 바라볼 때면 어쩐지 지긋한 눈으로 응시하게 된다. 이제야 맞는 옷을 입었다고 생각했는데, 지난 나를 외면하고 싶었던 걸까. 몸과 마음을 곧게 다듬어갈 때마다 나는 늘 어딘가 불편했다. 그래야만 한다고 생각해서 불편함을 감수하고 어색함을 이겨내려고 노력할수록 나는 한 꺼풀 괜찮은 사람이 되는 것 같았는데. 그것이 진실이었는지 허상이었는지는 긴 시간이 흐르고 나서야 알 수 있었다. 무언갈 깨달을 때마다 내 몸집은 점점 커졌다. 이젠 입을 수 없게 된 좋아했던 옷을 개며 작았던 나를 기억해. 그때의 나로 돌아갈 순 없겠지만 그럼에도 나로 지나온 시간을 결코 허투루 쓴 적은 없었다.

　『인생의 작은 숙련가를 위한 감정 사전』에는 그간 만나온 다양한 감정들에 대한 이야기를 담았다. 이해하지 못한 채 받아들여야 했던 감정들이 무엇인지 궁금했고, 이 마음은 어디에서 태어났을지 찾고 싶었다. 정의 내리지 못한 채 동글게 말려 있던 감정들을 한 겹씩 풀어 마주하는 과정을 풀어냈다. 이 책을 읽는 누군가에게 자신의 감정을 들여다볼 용기를 건네주고 싶었고, 그렇게 함께 나아가보길 바라면서.

외롭다, 행복하다, 불안하다, 사랑하다…

'아주 먼 옛날에'라고 시작하던 동화책의 도입부처럼, 내가 미처 알지 못한 어느 날 다가온 감정들에 이름표를 달아주며 소리 내어 입밖으로 내뱉어보았다. 언어로 뱉는 감정들로 우리는 저마다의 마음을 '나만의 기억'으로 쌓아가며 자기 자신이 된다. 내가 겪어본 경험 혹은 미처 겪어보지 못한 풍경 앞에서 각기 다른 감정들을 품에 안아보기를. 감정을 담은 단어를 살피며 지금의 '나'가 된 우리가 각자의 감정 사전을 만들어가며 단단해졌으면 좋겠다. 나를 다듬어가고 나에게 다정을 주는 연습의 기회가 되길 바란다.

무엇 하나 버릴 수 없는 생의 시간들을 간직하려 『인생의 작은 숙련가를 위한 감정 사전』을 세상에 내어놓는다. 여전히 내가 되어가는 일 앞에선 어리숙한 사람이 된다. 부끄럽지만 마주하러 나가본다.

2025년 7월

단춤

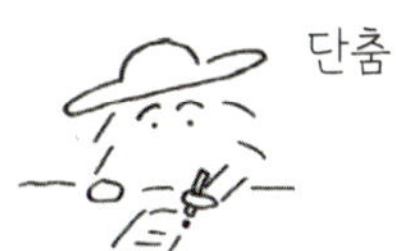

인생의 작은 숙련가를 위한

감정 사전

© 2025

초판1쇄 발행일 2025년 6월 10일
초판2쇄 발행일 2025년 8월 18일

지은이 단춤
발행인 이지은
마케팅 전준구
디자인 송윤형
제작 제이오

발행처 유유히
출판등록 제 2022-000201호 (2022년 12월 2일)
ISBN 979-11-93739-15-0 03810